涂梦珊

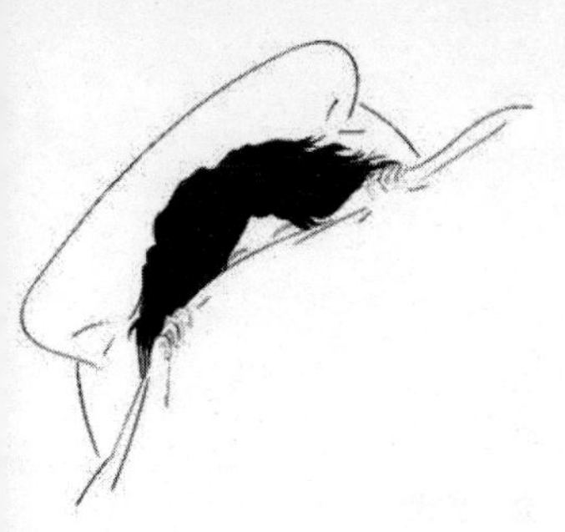

涂梦珊 / 著

单身十年

SINGLE FOR A DECADE

上海女子图鉴

百花洲文艺出版社
BAIHUAZHOU LITERATURE AND ART PRESS

图书在版编目（CIP）数据

单身十年：上海女子图鉴 / 涂梦珊著. -- 南昌：百花洲文艺出版社，2020.8
ISBN 978-7-5500-3759-5

Ⅰ. ①单… Ⅱ. ①涂… Ⅲ. ①纪实文学－作品集－中国－当代 Ⅳ. ①I25

中国版本图书馆CIP数据核字（2020）第120390号

单身十年：上海女子图鉴

Danshen Shinian: Shanghai Nüzi Tujian

涂梦珊 著

出版人 章华荣
责任编辑 郝玮刚 蔡央扬 程慧敏
书籍设计 黄敏俊
制作 何丹
出版发行 百花洲文艺出版社
社址 南昌市红谷滩新区世贸路898号博能中心一期A座20楼
邮编 330038
经销 全国新华书店
印刷 江西千叶彩印有限公司
开本 720mm × 1000mm 1 / 32 印张 8.25
版次 2020年9月第1版第1次印刷
字数 192千字
书号 ISBN 978-7-5500-3759-5
定价 39.80元

赣版权登字 05-2020-97

邮购联系 0791-86895108
网址 http://www.bhzwy.com
图书若有印装错误，影响阅读，可向承印厂联系调换。

目录

引言

结婚的理由大体相似，单身的原因各有各的不同。听起来是不是很像托尔斯泰在《安娜·卡列尼娜》的开篇语“幸福的家庭大体相似，不幸的家庭各有各的不幸”？

人们走进婚姻，不外是在情感、经济、子女抚养三个方面达成了一致。不管看重哪一个因素，都可以简单归类为几种情况。单身的原因就复杂得多，三个方面的否定条件都数不胜数，光一个情感问题，就可以演绎出无数的分手故事。

单身，是每个人都经历过的。有些人很快就结束了单身生活，进入婚姻，有些人则长期保持着单身状态。这些年，长期单身的人越来越多，以至于形成了一种社会现象。企业也开始专门为单身群体设计产品，就像它们之前为独生子女准备保险理财产品，为二胎家庭准备上下床铺一样。甚至连房地产开发商也在研究单身现象是否会增加需求总量，以及会带来怎样的户型要求。

我对于单身现象的兴趣，首先来源于自身。从2008年毕业到现在，我已经单身超过十年了，稳稳地跨入了大龄单身女青年行列。大学校园每到夏秋两季便有很多返校活动，十周年、二十周年、三十周年、四十周年……一直到人少得再也聚不起来为止。我曾在某个校园里见到一些参加毕业六十周年同学聚会的老人，他们的心思已无法猜度，听到他们说七十周年还要相聚时，还是很感动的。不过，最有朝气的一定是十周年聚会。同学当中最有成就的那几个，或许已经是博导、处长或大老板了。当然，他们不具有典型意义。最典型、最普通、人数最多的，或者说最保守的一批人，也都嫁娶生子，买房买车，成家立业了。剩余的便是特例，每个班级总有几个特例。

“那个谁谁谁，现在还没有结婚呢。还有那个谁谁谁，人家都二婚了呢。”这样的议论，会导致一些单身女性不愿意参加同学聚会。为什么要去听别人“嚼舌根”呢？倒不如在家好好整理思绪，为下一步的生活做准备。

大概是因为“视网膜效应”，我发现到处都是大龄单身女性，甚至怀疑全国的单身女性都在向上海聚集。大龄单身女青年的成因是什么呢？显然，大部分的长期单身状态，都是计划外的事。很少有人从一开始就计划单身下去吧？尤其是女性，在传统思想和原生家庭的影响下，绝大多数都是期待婚姻，期待走入新生家庭的。导致长期单身的原因各不相同，但也会有共性。我读过很多分析单身现象的文章，发现它们太枯燥乏味。还看了许多反映单身女性生活的小说和影视剧，确实更生动些，可总觉得故事和实例差距太大，大概是为了戏剧化效果，为了激化矛盾冲突而过度改编了。

所以我决定自己讲述单身女性故事。最近几年，我在不知不觉中结识了不少年龄和我相仿的单身女性。讲述身边人的故事，才能让大家贴切地了解“单身女性”是“如何炼成的”。与社会学家写论文不同，我写这些故事没有要完成特定课题的限制，也没有为某一特定论点服务的压力，而且既不是为这个群体发声，也不是要贬抑或赞美这个群体，只是想感同身受地讲好她们的故事而已。出于兴趣，写得有趣，便是本书的唯一初衷。

于是最近一年，我以上海杨浦区大学路为主要据点，有目的地访谈了我的那些单身女性朋友们，征得同意后把她们的故事陆续写了出来。为了避免有人对号入座，对她们的生活造成影响，我讲述故事时对情节进行了适当地移花接木，但不会影响故事的可读性。如果再有雷同，那么真是纯属巧合了。

参加访谈的女性超过了一百位，但本书只选取了部分故事，选择的标准，还是出于情节的考虑。当然要挑些“精彩”故事来讲述啊，大家读过之后，总归要在脑海中留下一些印象吧。没有激烈的矛盾冲突，那还叫什么故事？如果讲一个女性从来没有谈过恋爱，然后就大龄未婚了，这样的故事有什么可读性？

不过我还是写了两个“平凡”的故事——《不如归去》和《天使淑贞》，目的就是从那些过于“平凡”的事例中提炼出可读之处，让读者了解这一类女性是如何走向大龄单身的。

《不如归去》讲的是成功概率里没能成为分子的那部分女性的故事。罗战红来自皖南山区，她想在大上海闯出一片天地来，可十年过去，现实很残酷，她在上海几乎一无所有，没有成家，没有存款，甚至连工作都不稳定，更不用提买房了，她果然成为家乡人口中的“老姑娘”了。她面临着两难选择，回老家还是留上海，任何一个决定走下去都不轻松。

护士“淑贞”这个形象，之前我已在另一本书中写过，她很有代表性，这次换了一个角度继续描写。“淑贞”代表了这样一类单身女性：各方面都不具有明显优势，工作太忙、性格内敛、不擅交际，所以还单着。无趣、保守、工作忙、家庭条件不好等等，并非有什么错，但的确可能成为单身的原因。

有没有比她们还要普通，各种“缺点”全中，却早早结婚了的呢？当然有，多数“普通人”都结婚了，这是事实。不过她们定有一项行为，导致所有的“缺点”都不再是问题。比如略施小计，俘获一个同样没什么恋爱经验的老实人。又比如随遇而安，差不多就算了。但最狠的一招，还是有人“咬了咬牙”找了一个各方面不如自己的男人，或者有明显缺陷的男人。

有些读者会问，那些“精彩”的故事中，一些情节是不是过于奇葩了啊？比如《砚竹幽幽》的主人公胡砚竹，真有这样的人吗？对于这种疑问，我只能套用一句经典的回复：现实只会比故事更荒诞。你所看到的“岁月静好”，只是别人愿意展现的一面，平静的湖水下一定会有暗流涌动。难道大家没有想过，那些历年积累下的，数以百万计的风月场女子，她们的生活最终也要归同于常人吗？难道她们会从地球上突然消失吗？她们多数也进入了婚姻和家庭，少数保持着单身。与大家想象的不同，她们当中大多数更渴望生活有保障，更容易看透婚姻的本质是一种经济现象，她们的路更窄，反而更容易定位两性关系。

同样地，《一颗麦丽素》的女主人公易萧萧也有一段不堪的经历。她从小便是留守儿童，家庭贫困，麦丽素是她儿时的零食，既便宜又有面子。在广州上大学时，萧萧希望过上和别的女孩一样体面而丰富多彩的生活。她没有钱，可是有美貌，女伴和外界频频地对她进行引诱，企图达成交易，但她一直努力地抗拒。不过，这种抗拒在偶遇某中学校长常可攀之后便沦陷了。风度翩翩的常可攀和她一样出身卑微，小时候爱吃麦丽素，所以他们很投缘，但他是个有妇之夫，要依靠妻子的家庭背景实现事业梦想，于是提出了“包养方案”。十年后，易萧萧脱胎换骨，即将在上海组建自己的家庭，婚礼前夕，未婚夫在他们的婚床上发现了一颗麦丽素……

《小上海》讲述了一个在上海郊区小镇开服装店的漂亮女孩的故事，这样的女孩子大家都见过。许文倩原本是个白领，从事过IT和金融工作，为了“自由”而离职，开服装店创业，遇到了很多意想不到的困难，但她始终是个坚强的女孩，能够基于现实将障碍一一化解。在情感方面，我们无法说她的选择对或错，不过故事提供了一个思考的角度，那就是女性选择了什么样的环境，就会面临什么样的“异性资源”。多数情况下女孩都是被人追求而进入爱情的，在不断被追逐的过程中，当事人未必能坚持“初心”——对自己最有利的择偶标准。相对来说，许文倩在创业方面要比情感方面更成功。

《柳下惠》几乎是按照真实故事顺着写下来的。当事人至今也不明白，她的前男友小鹿究竟真是“柳下惠”还是另有原因，导致他们同居多年也没结果。我们常说“好心人”总办坏事，本质上是“好心人”根本不具备成事的能力。对女性来说，选择一个正确的男人，标准无非三个：有无负责的意愿，有无负责的勇气，以及有无负责的能力。缺了其中任何一项，事情都可能变成“悲剧”。未秋的男友小鹿有负责的意愿，算是一个“好人”，却没有负责的勇气，至于有无能力负责，未秋并没有期待，她打算靠自己的努力买房，成家立业。

对于生活在上海的外地人来说，无论怎么努力，都还有一道门槛需要跨越，否则下一代就不能名正言顺地成为上海人，那就是户口。类似于早年有些人通过婚姻出国，有的女孩选择嫁给上海人跨越这道障碍。故事《户口、户口、户口》中的郁晓打算亲自搞定这件事，她在上海吃够了没户口的苦头，打算通过学历、工作攒积分“兑换”户口。十年后，她终于快要成功了，可以和上海人一样坦然地生活在“海纳百川”的上海了。我们可以从她的回忆中看到，十年来她经历了什么。

《百包女王》中的Fiona（菲奥娜）可能是一个“狂躁症”患者，她有一百个名牌包包，是十足的“购物狂”。她为何成为一个“购物狂”？除生理因素外，找到诱发因素也很重要。Fiona在工作中是完全正常的，刚开始一个人生活也完全没有问题，但遇到结婚生子的问题后，便立即崩溃了，因为这不是她一个人的事，也不是两个人能决定的，还涉及双方家庭。朋友们和我一起讨论到Fiona的故事时，大家一致认为，她应该找一个有生活阅历，不需要她生孩子，能够应付“狂躁症”的男人。当然这很困难，一切的前提在于，这个男人必须找到和她生活在一起的理由。实际上，上帝是公平的，许多有情感障碍的女生都非常优秀、漂亮而有表现力。她们在“发病”的同时，也挣脱了社会强加在一般人身上的各种“枷锁”，眼神空灵而单纯。

“大梦谁先觉，平生我自知”是诸葛亮的一句话。没有一定的人生阅历，是无法真正读懂这句话的。在传统社会中，女性要靠自己的聪明逃脱她所在的社会层级是非常艰难的，说像“凤凰涅槃”一样痛苦一点不为过。待到女性“明白”时，青春已经没了，即便如此，“总算活明白”也算是很好的结局了。《大梦谁先觉》的主角余华就是一位很优秀的女孩，她的出身并不差，一个内陆三线城市的中产之家，考上了985大学，有硕士学位、一份不错的工作。就在她以为通过自己的努力就可以得到更高层次的认可时，半梦半醒间她悟出了一个道理，就是在更高层次的人看来，自己仍然是一只苦苦挣扎的蚂蚁，被权贵人物玩弄于股掌之间。

生活中听说过有人“隐婚”，但还头一回听说有人“隐单”，《空城计》中的李亦男就是一位“隐单”的女性，明明是单身，却对外宣称自己有家庭，她这么做有自己的苦衷。她演绎的“空城计”是否成功呢？我也不知道，因为现实中，她的生活还在继续。碰巧了，《空城计》也与诸葛亮有关，篇名来自他的计谋。有的人唱空城计，出于不得已；而有的人隐瞒一些信息，是为了获得某些好处。不管出于什么目的，这都是一个“险招”，搞不好要将自己搭进去。

《单身如虹》的女主人公单申虹比《大梦谁先觉》的余华起点更高一些，算是“出生在罗马”的。她出生于上海虹口区，清华毕业，无后顾之忧，面对生活可以放心一搏而不用担心输得很惨，“死无葬身之地”。因此，“对她来说，婚姻不是刚需，既往的生活‘定式’也未必适合自己，反而存在诸多风险，现在工作很好，有父母相伴，还有‘度假式’海外男友，要收入有收入，要情怀有情怀，任何低于目前生活感受的选项，都是可以放弃的”。读者如果和女主角感同身受的话，就会有一种轻松愉悦感，觉得单身的选择也不错。

同样是跨国恋情，《彼岸花》中的庄瑜遇到的事情就没那么诗意了。她碰到了一个“隐婚”的“浪子”，这段恋情导致自己大龄未婚。多年前，跨国恋最大的问题是信息不透明，如今随着交通的改善以及签证的便利化，已经得到了很大改善，但是距离带来的隔阂，不同文化之间的隔阂依然存在。

这些故事中，多数女性都很优秀。《并蒂莲》中的姐姐诚静是大学教授，妹妹爱莲是外企白领，她们出身于小贩之家，成长于才子之乡，最后生活在大上海，有一定的社会地位和经济基础，可以算得上是“凤凰女”。“凤凰女”与“凤凰男”比起来，成长过程一定更艰辛更励志，但她们在全力拼成绩、拼事业的同时，可能会忽略情感的学习。适应都市生活，不仅仅要靠智商靠收入，还得有情商有情趣。人们之所以把他们称为“凤凰男”“凤凰女”，正是因为这个群体中多数人缺乏情商，不能很好地处理情感和家庭事务。另外，姐妹俩长期生活在一起，习惯相同，价值观相近，也就形成了一个“舒适”的小环境，作为“外人”的异性就很难进入到她们的圈子中去。这可以部分解释她们的单身生活为何长达二十年。

“凤凰女”最容易遇上的，还是“凤凰男”。《凤求凰》中的吴雨也是个很努力的女性，她是知青的孩子，家庭背景成为她不够自信的根源。她身材很好，但容貌一般，“谁都想从她身上捞一把”。世上总是不缺乏品质恶劣的男性，要多少有多少。吴雨做的是销售工作，接触的对象是容易受诱惑，容易犯错的那一批男人，而这些人若干年前，也是“凤凰男”。权力对于年轻肉体的欲望，从来就没有改变过。一个不自信的性感女孩，容易“招蜂引蝶”，表面上看起来“桃花朵朵”，实际上遇到的都是“烂桃花”。

本书描写的女性中，有多位从事过IT行业销售工作。《柳下惠》的蒲未秋中途放弃了销售岗位，在公司内寻找到了更适合自己内心的工作，而胡砚竹和吴雨看起来还将继续在销售岗位上打拼下去。我相信，经历了大风大浪的胡砚竹能够自信地应对各式“渣男”的骚扰，但孤立无援的吴雨就像是狂风巨浪中的一叶扁舟一样让人担心。演绎“空城计”的李亦男无疑是最成功的，已经当老板了，手下有近一百名员工，依旧会受到客户的骚扰。女性在职场上的处境由此可见一斑。

人们在讨论女性话题时，常常把家庭出身、教育背景、容貌身材等当作人生的“牌”。一手好牌，如何避免打得稀烂？假使满手烂牌，又要怎样才能过好人生？年轻女孩要躲过哪些“坑”，才能过得幸福？

女人是感性的，同时也是理性的。与男性事事“以史为鉴”不同，女性往往不爱读历史，而更愿意读小说，因为历史往往语焉不详，而故事委婉动人，从感性的泪光中也可以读出理性的光芒。如果女性朋友们能尝试着“以小说人物为鉴”“以八卦故事为鉴”的心态来阅读本书，我写这本书的目的便达到了，也不枉这一年来访谈与伏案的辛劳。

接下来，我还是谨言慎行，让故事里的人物“说话”。

一颗麦丽素

“婚前恐惧症”是个很好玩的毛病，发病原因千奇百怪，表现形式却大体相同，焦虑、逆反、惶恐不安，是一种幸福的烦恼。

萧萧的症状很明显，她已经有好几天没睡好觉了。婚礼定在国庆节，还有最后三天，她比自己正备战高考的学生们还要紧张。

为什么要紧张呢？“录取通知书”已经到手了啊，走个过场而已。她躺在粉色的床罩上，又翻看了一遍结婚证，上面明晃晃地写着：易萧萧、鹿江。她不知道自己为何焦虑，也许天生缺乏安全感，总是害怕失去，所以总想抓住一切。

小时候，她是留守儿童，跟着爷爷奶奶过。可是他们更愿意照顾堂弟，人家父母留下的抚养费更多，零食和玩具也多，她的童年充满了灰姑娘式的哀怨。

有一次父母说要接她和爷爷奶奶去打工地广州过年，她就很期待，她最远只去过哈尔滨，离家只有一个小时车程。可是过了两天，大人们又说票不大好买，她就很焦虑，跟现在一样。

爷爷奶奶说她“寝食难安”，这个成语就是那时学会的。然而她和爷爷奶奶还是去成了广州，而且是乘飞机去的，在20世纪90年代最初那几年，坐飞机可是了不得的大事。她又兴奋得好几天没睡好觉，爷爷奶奶便唠叨了好几天机票太贵。到了广州白云机场，她父母前来接机，老头老太竟然对儿子儿媳客气地连声说道：“破费了，破费了。”仿佛遇见了久违的远方亲戚。儿子连忙回复道：“不贵，不贵，特价，特价，只比火车卧铺贵一点儿。”原来这父子之间也可以“相敬如宾”。

在广州游玩过的地方，她长大之后就全忘了，只记得那里花红柳绿，和东北的冰天雪地完全相反。她还记得那里有很多好吃的食物，但印象最深刻的，是当地小朋友都在吃的一种叫作“麦丽素”的零食。这种零食外形很像巧克力豆，但里面却是膨化的麦乳糖，非常符合小孩子的心思。她父母为她买“麦丽素”的原因很简单，就是它比一般的巧克力便宜，而且符合当下孩童们的流行时尚。

这次旅行让他们松散的家庭关系得到了缓解，然而这种一团和气的景象并没有维持多久，春节过完，回到东北后没几个月，两位老人又恢复了厚此薄彼的秉性，大概想着小儿子那头经济状况更好，将来更能依靠，对萧萧依旧冷淡，况且女孩子长大总归要嫁人，不中留的。不过事与愿违，萧萧一留就留到了33岁。两位老人前几年先后离世，都赶上了寒假，萧萧正好在老家给他们养老送终。而她那个有出息的堂弟远隔万里，当他在爱尔兰某个小镇上发出回应时，老人家的葬礼已经结束了，萧萧的叔叔只好反过来安慰自己的儿子：“已顺天命尽人事，一切安排妥当，你在异国他乡自我保重，勿念！”他们觉得还不够，加了一句：“爷爷奶奶会在天上保佑你的。”两次短信的句子几乎一致，大概他们每次的感受也相同，所以才会说出同样的话来。

萧萧闭上眼睛回想了一会儿小时候的事，回过神来起身走到阳台，看了一会儿街上的车水马龙，心里又冒出一个古怪的念头：鹿江开车去接他父母了，路上不会有什么问题吧？她又继续和这个念头做斗争，哪有这么巧？鹿江一向很稳当的，自己坐在副驾驶座位上时从不担心，安全得很，不该想这个的。

她烧了壶水，闻到那壶里有一股子不锈钢和新塑料的味道，便浇在水槽里去烫洗那一堆新碗筷。另外又接了那龙头旁边的过滤水再烧一壶，拿崭新的玻璃杯倒了一杯水，等它凉下来。可还没等到水凉，一阵无名的焦虑又袭上心来，不想收拾房间了，偷懒休息一下吧。她便再次躺在床上，睡着了。

萧萧和鹿江同时请了三天婚假，鹿江一早开车回盐城了，今天去，明天回。萧萧父母也是明天到，从哈尔滨飞浦东，晚上的航班。今天上午，本是约了影楼的人送婚纱照过来的，可昨晚就提前送到并安装好了，于是现在有了空闲。萧萧是趴着睡的，被床头婚纱照上的自己俯视着。房间光线不错，欧式装修风格，这是萧萧坚持的，她不喜欢什么新中式、日式风格，只喜欢欧式。欧式耐看，但凡有木头的地方，全用白漆；但凡有布艺，都是繁复的图案；但凡金属，均采用黄铜组件。

过了许久，萧萧被手机振动声吵醒，拿起一看，没有名字，是一串号码，便按了音量调节键，关了振动，塞在枕头下。八成是工作上的事吧，要么就是骚扰电话。“人家正休婚假呢。”她不想接陌生电话。

一分钟后手机继续振动，电话又来了，她看了一眼，还是那个号码，想同样忽视它。不过，她忽然觉得这号码好熟悉啊，仔细看了看那尾数，又看了看前面几位数字，没错，是他。

他怎么会有自己的电话号码？她感到震惊，呆住了，直到呼叫停止。但几分钟后电话又来了。

萧萧终于接了："喂。"

"宝贝，真的是你。找了你好久，不，是好几年。"

萧萧听到这个熟悉的声音，一时不知道说什么好，便问："你怎么知道我的号码？"

对方没有回答，而是继续说道："我想你了。听说过几天你就要结婚了，想来看看你。"

"你在上海？"

"嗯，我在华东师大培训，已经来了两周了，今天才找到你的号码。"

"还是算了，你以后别再联系我了。"萧萧冷冷地说。

"晚上行不？一起吃晚饭。"

"不了，我还有很多事情。"

"过两天你就结婚了，最后见一面。"

"不行。"她态度很坚决。

"晚上六点，金沙江路地铁站1号口，后面就是环球港，大门边上有个酒店。"对方不管她怎么说，先提出了约会地点。

"我不去。"她第三次说"不"了。

"就喝个茶。"

"不去。就这样吧。"萧萧说完就把电话挂了。

挂断电话很容易，可要了断心中的紊乱并不容易。萧萧面临的，不再是"婚前恐惧症"了，而是一场切切实实的婚前危机。

这个男人是谁?

话题还得从十多年前说起。

自打小时候去过一次广州后，萧萧对这个南方大都市便恋恋不舍。高考填志愿时，她就不再考虑哈尔滨、长春、沈阳这样的东北城市了，一年有好几个月天寒地冻的，跟温暖繁华的南方根本没法比，也没想过北京、上海的大学，因为难度确实比较大，她直接报考了一所小时候去过的大学，就在那年春节住过的地方——天河石牌。

2004年，18岁的她如愿以偿，来到了广州。岭南的气候异于北方，到处是奇异的植物，酸酸甜甜的水果，生活在这里的人都很热情，不管他们来自哪里。老头们摇着蒲扇，穿着旧旧的白背心，三五成群地在骑楼下喝茶，说话声中气很足，一个个腰杆挺得笔直。姑娘们也不太讲究，穿着拖鞋就上街，皮肤晒得黑黑的，一脸灿烂的笑容让不怎么标致的五官也显得可爱起来。萧萧与当地的女孩比起来，天然地具备了两大优势：普通话和容貌。

大家都认为萧萧来自北方名城哈尔滨。据说早年央视和央广招聘播音员，除了北京之外只在两个地方招聘，一个是河北，一个是哈尔滨，就是因为这两地的普通话没什么口音。提到哈尔滨，大家都想到中央大街、圣索菲亚大教堂和冰雪大世界，仿佛全市的人都住在那里，其实萧萧的家乡离中央大街有五十多公里，而且属于另外一个地级市管理，算不得正宗的哈尔滨人，但她从小在家和学校都说普通话，口音与气质都和哈尔滨人没什么差别。进了大学，同一个省的都互称老乡，来自哈尔滨的女同学们也都认可她，小时候吃过马迭尔冰棍和秋林红肠的就是哈尔滨人，她又白，身材足够窈窕，配得上她们这个圈子。

不过，她的哈尔滨老乡们都特别洋气，特别是那些女生，在校园里是最时髦的一个群体。她们穿着打扮的水平，要远远高于广东本地人，也不逊于来自上海、大连、成都、重庆的女孩们。东北女孩子打扮自己有绝招，一个是敢穿，一个是贵。东北女孩有个顺口溜：“要想白，露大腿；要想俏，一身孝”，说的就是敢穿，这一点可以打败九成的竞争者。另外一个要素“贵”，不仅仅是多花钱，还得高贵有气质，这一点只有上海女孩能和她们竞争。同时具备两个特点的女孩不多，萧萧有几个女同乡就是这种类型的，所以特别扎眼。面如凝脂，身材窈窕，长且白的腿就足以“亮瞎”男生们的眼睛，连老师们都无法自信地靠近她们。南方的校园就是好，一年四季，满目望去，都是年轻而美好的肉体。

要想漂亮就得花钱。她一直不知道父母当年在广州做的是什么工作，反正赚的钱都花掉了，90年代末他们就回去了，家里只是添了些电器而已，并没有过上好日子。到学校后，萧萧就申请了助学金，否则之后几个月的生活费就没着落了。第一个学期，她只得闷头读书，先站稳脚跟吧，让自己变得更有气质一些。穿着打扮方面，她继承了妈妈的经验，花钱少还能出效果。她最漂亮的衣服是白T和牛仔裤，便宜，什么牌子都差不多，全靠自己的身材来撑。

读书太枯燥了，爬爬山逛逛街，和男同学们聊聊天多美好啊。每个周末，她面对着空空的宿舍都感到了寂寞。春节的时候她得了些压岁钱，终于不觉得那么压抑了，至少实现了“麦丽素”自由，那是她唯一的零食，在柜子里总保持着两大袋以上的储备。她的伙食和衣着也得到了改善，甚至给自己买了一双粉色的耐克鞋，正是有了这双名牌鞋子，让她有了自信能跟着同学们一起外出。不过，此时的女同学们已经不习惯三五成群一同游逛了，她们都有男生邀请，有些已经出双入对了。

这么快？萧萧不禁也春心萌动起来，她心里也装着个白马王子啊，可是要和现实当中的人对应起来多难啊。也有男生约自己的，可是那些来自农村的孩子，嘴上的是汗毛还是胡子都没理清楚，见了女孩子连话都说不利索，她不想搭理他们，不想用自己花一般的年纪陪伴他们成长。而校园里的帅哥根本就不用主动出击，自有一帮花枝招展的女孩们围着他转。

她的同乡们通过加入各种社团来交际，有的也参与一些社会活动，就是没有像她一样闲得只能看书的，总之，人家的生活过得多姿多彩，像花儿一样。其中有个叫亚妮的女孩，也来自哈尔滨，她见萧萧一个人孤寂，便想着也带她活络活络。她的男性朋友很多，既有高年级的男生，也有青年教师，甚至还有校外人士。萧萧第一次去越秀山、白云山这样的景区游玩就是跟着他们一起去的，她很快发现了，跟着亚妮，吃喝玩乐根本不用自己花钱，甚至连地铁票都有人抢着埋单，她只需要傻傻地往旁边一站就有人送上钱来。

“原来生活没那么艰难。”萧萧有一种迷宫里发现了捷径的惊喜。许多事情都不如你想象的难，就像当初学数学一样，自己看着那一大堆的公式发愁，我能解得了这样的方程式吗？后来不也在老师和同学的帮助下渡过了难关吗？虽然，隔了半年不去看它们就再也不记得了。

亚妮生得也不错，皮肤不如萧萧白嫩，但面容更有特点，她的鼻子很翘，走路的时候脚后跟也很翘，一步是一步的。她性格爽朗，且不以自己的容貌为傲，因此特别有亲和力，男人们容易把她当作知己。亚妮不把萧萧当作跟班，从不使唤她，而且对她相当照顾，她觉得萧萧有一种天生内敛的魅力，从而让人无法一眼看透，这点非常吸引男人。她自己就做不到，男人们有什么想法自己还没说出口，她倒替他们先讲了出来。萧萧跟她两个人在一起，叫作“相得益彰”，能把各种各样的男人都吸引过来，形成一种资源，供她们“享用”。

亚妮在社交上的特长是善于通过朋友认识朋友，而且速度相当快，这是一种“病毒传播式”社交，她很快就不记得当初是怎么认识人家的了。有次一个企业界的朋友请她吃海鲜，说人多好玩，他会带两个香港的朋友一起，让她也捎上自己的小伙伴。亚妮便邀萧萧同去，进了包厢，气氛蛮好，只是两个香港来的朋友年纪稍大。男人们喝着啤酒，女孩们喝着酸奶，大家自由无约束地交谈着。话题都围绕着两个女孩展开，譬如东北的风土人情，松花江的冰雪，还有她们上学时的滑冰课，这对于其他人来说都是很新鲜的。

过了两天，亚妮交给萧萧一千块钱，说是上次请吃饭的人给的红包。

萧萧懵了，问道：“这是什么意思？他想干吗？”

亚妮哈哈大笑道：“瞧你紧张的，人家只是表示谢意，没想干吗。”

萧萧道：“那我可不敢要。”

亚妮道：“听我讲，上次那两个香港人是和他谈生意的，我们两个无意中客串了他们公司的公关，吃完饭人家的合同就顺利签下来了，就这么简单。他想感谢我们，但人家忙，没空想什么礼物，我就跟他说我们自己买就好啰，他就递给我两千块红包。你就把它当作打零工的工资好了。”

“不是说朋友吗？”萧萧纳闷道。

“你当他是朋友也可以啊，我可没觉得。人家赚到钱了，想要分享不行吗？”亚妮已经没耐心解释了。

萧萧收下了，之后再也没再接触过那个“朋友”，大概别人也忙，没记得她这个“朋友”。这次的经历让她觉得，女孩子在赚钱上，比男人的路子要宽广得多，至少对于女学生来说，不只是做家庭教师和打零工这两条路子，这不，连别人请自己吃个饭都能赚钱。她那时并不觉得这是在陪客。

亚妮的朋友五花八门，除了男人外，也有少数几个女人。有次她们逛街累了去一家酒店喝茶，亚妮就介绍萧萧认识了一个女人。那女人是家酒店的大堂经理，只比她们大几岁而已，不知怎么和亚妮认识的。她请她们豪华下午茶，价值598元，大堂外的露台边，正对珠江。那个女人自己要忙工作，没时间陪她们，和萧萧相互加了QQ。

那女人很快就离开那家酒店了。后来她请萧萧客串过一个珠宝新品发布会的模特，也算是有过单独交往了。有一天她约萧萧逛街，说有另外一个临时工作要找她当面聊聊，在一家酒吧的天台花园里，只有她们两个。

“萧萧，想稳定地多赚点钱吗？”女人问道。

“怎么说？”萧萧以为是模特经纪公司的活，她幻想过很多次，又觉得自己能力达不到。

“是这样，我先说，你听听就好，不着急答复。”女人似乎在给萧萧“打预防针”。

“嗯。”萧萧一边应着，一边忐忑地想，是什么事呢？

“有个东莞的老板，台湾人，其实还蛮精神的，四五十岁，一个人在大陆这边。”女人讲着，萧萧已经猜出了七七八八，心里‘咯噔’一下，原来对方是这么看待自己的，似乎那看不见摸不着的灵魂被人带进了泥坑里。不过既然答应人家好好听，还是静下心来等她说完吧，大不了之后别搭理这女人了。

那女人看她脸上表情有些僵硬，但没有生气的意思，便继续往下说：“其实一周见一次就可以了，他周末一般住在增城凤凰城，这边过去很方便的。或者他来广州，大家住酒店就好，费用不用管。一个月5000块，半年起算吧。对方肯定是满意你的，回去再考虑两天，合适的话，我来安排。”

萧萧还是没有表情，只是说：“还有些作业没写好，我这就先告辞了。”说完便起身。

女人目送她到门口，突然又想起一件事：“嗨，萧萧，忘了跟你说了。”她又几步快赶，走近萧萧跟前低声说道，“对方说，如果你从来没有过，他愿意补偿2万块。”

萧萧返回学校的路上失魂落魄的，她总觉得自己是抗拒的，可事实上这些话都像树苗一样种在了她心里，只会越长越高，越长越壮，永远也不会忘记。“对方肯定是满意你的”，这句话说明别人已经对她有了相当的了解，至少那女人把照片给了人家。她觉得自己像是未经同意就上了架的商品一般，连抗议都来不及。钱真的不少了，2005年广州大部分人的薪资都没那么高，若干年后萧萧才明白，钱才是自己失魂落魄的真正原因，对于一个处境艰难的女孩子来说，谈什么高尚的灵魂和纯洁的肉体呢？

不过，也许还被传统道德观念约束着，也许出于害怕，萧萧周末并未做出回应，那女人一直通过QQ联系她，她也没有回复。她沉默了好长一段时间，既没有断然拒绝，也没有任何反应，就这么拖着，似乎进退皆宜。也许，从任何一个方面有人再推一把，她就可以做出决定了，然而始终没有。萧萧挣扎了许久，那女人终于不再联系她了，两周过去，一个月过去，两个月过去……事情不了了之。

她觉得好朋友亚妮应该不知晓这件事，反正没有任何迹象表明她知道。亚妮遇到的事情似乎都很粗浅，她没有萧萧这么多心事。

亚妮约她去佛山玩，周六一早出发，周日下午返回。萧萧发现这是唯一没有男生同行的一次出游，两人AA制，其实花不了多少钱，最大的消费不过一夜的酒店住宿费而已。

到了佛山，她才发现，亚妮竟然在佛山还有朋友做“地陪”，吃饭、门票、酒店住宿同样不需要自己付钱，她之所以没有提前讲，是因为还没有选中合适的“地陪”，她是在大巴过珠江时才最终确定“接驾”人员的。周六这一天，她们逛了祖庙、石湾，晚饭后又被送回到了祖庙，入住在旁边的一间酒店里。亚妮打算明天再找另外一个朋友陪她们去西樵山，便与今天的朋友告别了。

祖庙是佛山的市中心，休息还早呢，她们便出来逛了逛周边的街区。佛山的夜景和广州不同，没有那么灯火璀璨，但温馨安逸，让人放松无比。回房间之前，她们进了一家超市去买点水果、零食备用。亚妮在冰柜里挑东西时，萧萧在旁边的货柜上发现了麦丽素，一定要买，她对这零食上瘾。可是只有大包装500g装的，吃不了啊，明天带在路上就化了。拿在手上沉甸甸的，要是有小包就好了，她有些犹豫。

“你这么喜欢吃麦丽素啊？”萧萧才发现旁边过来一个男人，似乎对她拿着这么一大包麦丽素很是惊奇。

“嗯。没找到小包的。”萧萧会意地对他笑了笑，继续寻找。爱吃麦丽素的人，似乎都有一种默契，通过这种外形酷似仙丹的零食，相会在童年的记忆中，或者勾起对影视剧台词的回味。

“刚才那最后的两包‘解药’被我偷去了。”男人笑着说道，递给萧萧两袋50g装的麦丽素。

“那你呢？”萧萧问。

“就买大包的‘绝情丹’，我喜欢一把一把地吃。”男人接过萧萧手上那一斤装的麦丽素放进了自己的筐里。

“当饭吃啊？”萧萧乐了。

“是呀，只有这样才能忘记忧愁啊。”男人道。

“这么愁啊？”萧萧笑道。

“你们小姑娘家不懂的。”男人笑道。这男人看过去三十岁出头，模样身材都还挺端正的，戴着无框眼镜，严肃中透着风趣，像个正经上班人。

萧萧转头去看亚妮，看她好了没有。那男人又道：“可以加个QQ号吗？”

萧萧又回过头来，她没想到这个男人搭讪这么自然，一点儿也不讨厌。她笑着说：“当然可以。”便说了自己的号码，男人立即在手机上添加，萧萧也掏出手机点了同意，真快，前后不过几秒钟。亚妮过来找她时，她应了一声，向这男人点了下头道了声谢谢便过去了。

男人还在回味，为什么是她说谢谢，难道不是自己要求加QQ

的吗？然后才想起刚才递给她小包麦丽素的事。他觉得对方是个很自律、很为人着想的女孩。

萧萧回到酒店后，男人通过QQ又与她聊了一会儿麦丽素，都是小时候的事，萧萧也提了自己第一次吃麦丽素的故事。男人便介绍了自己，原来他叫常可攀，湖南人，家在广州，在旁边一所中学挂职副校长，平时周末自己都回家的，这个周末由于太太带着孩子陪同岳父岳母去马来西亚探亲了，所以才留在佛山了。他问她明天有什么安排，她说计划和同学去西樵山。他便自告奋勇说自己明天人与车都空闲，“愿效犬马之劳”。

萧萧并不想拒绝，她不想出来后全靠亚妮，也要体现自己的价值。她一直想主动拓展自己的交际圈子，将来才不至于被动，这个男人怎么看都不像坏人。便问亚妮明天的朋友约好了没有？亚妮说还没，她做事一向是事情临近了才做决定的，晚上休息时懒得想事，按她的路数，明天早餐时再联系不迟，她就是那么自信。萧萧说刚才联系上自己一个老朋友，人家正好在佛山没事，愿意明天开车带她们去玩。亚妮想都没想，便答应依萧萧的安排，她内心里早就想知道萧萧究竟是没朋友还是藏着掖着了。

既然说了是老朋友，萧萧也就不介意和常可攀多聊一会儿，多了解点信息。对方正好难得有个自由之夜，就拖着她一直聊到晚上一点多。亚妮早睡了，萧萧实在撑不住了，才跟对方说：“晚安，早点睡吧，明天你还要开车呢。”已经很不早了，常可攀困意也上来了，今晚取得重大进展，该知足了。他们互道晚安之后，似乎已经相互了解了许多，真有一种老朋友的感觉。虽然他大她十几岁，但女性的情感成熟速度是远快于男性的，这算不上什么差距，性别之间的融合度已经足够弥补年龄的差异了，更何况从一开始，麦丽素就帮了大忙。

第二天早上九点，常可攀准时来到酒店楼下接她们。两人打招呼的熟练程度，让亚妮怎么也不会想到他俩就是在昨晚的超市认识的。萧萧对亚妮说，常可攀是她中学老师的大学同学，就是她们对面那所大学毕业的，原本家在广州，这几个月恰好被组织安排在佛山做干部交流，她昨晚才知道的。之前自己刚到广州上学时，这位大哥对自己很是照顾，还去火车站接过自己的。亚妮看不出一点儿破绽来，常可攀也对萧萧编故事的本领佩服得不行。

常可攀一路上对她俩照顾得很好，亚妮丝毫没觉得她俩之间有主次之分。不过，他还是趁亚妮去洗手间的间隙，向萧萧表达了“敬意”，说她可以写小说了。“准备给我安排个什么领导岗位啊？区长还是局长？”萧萧有点不好意思起来：“省得你解释了嘛，我一句你一句容易出纰漏。”他们如此默契配合，关系便更进一步了。

实际上，常可攀是个很会“来事”的男人，他在小事上周全，大事上不糊涂，确实不同于一般的教师，所以才能很快地成为领导。萧萧刚刚与他接触，当然不会有什么大事，但从小事上也能感觉出来，这个男人能给他身边的女性一种天然的安全感。

佛山之行结束后，萧萧每天都会收到常可攀的QQ信息，他们聊天的内容无所不包，只是很少提到他太太，光知道他太太比他还要大三岁，萧萧提了句“女大三，抱金砖啊”，常可攀就不说话了。她感觉这个男人对她有点“相见恨晚”，但又觉得他这样很没有道理，为什么要对一个陌生的女孩那么掏心掏肺？难道就因为麦丽素吗？

时间过得很慢，到下一个周五时，萧萧感觉像是已经认识常可攀几个月了。可攀说自己即将返回广州原单位工作了，他约萧萧晚上在岗顶附近的一家酒吧见面。

“刚从佛山回来，我家就在龙口西路。”可攀把背包放在旁边的座椅上，递给萧萧一包刚拆开的麦丽素，口中应该还有几粒，看来他还没来得及回家。

这么近？萧萧之前听他说过住得不远，没想到如此之近，不禁有点疑惑，觉得这男人胆子真大，在家门口约女孩子见面，也不担心被人看见。

“这么说，你从上大学起，就没离开过石牌？”萧萧问道。

“是的，我从1993年来广州上大学起就一直住石牌。”

“你太太从马来西亚回来了吗？”萧萧真有些担心，她看到电视上常有女孩子被人误解，而被原配夫人尾随过来莫名其妙打一顿。

“回来了。”

“那你还不赶紧回家去？”

“嗨，她肯定没在家，整天在外面玩。”

“她不用带孩子吗？”

“她哪会带孩子啊？她妈负责带孩子，她只管生，最近肚子里又怀了一个。生女孩的话跟女方姓，男孩跟男方姓，不过这次可能还是女孩。”

萧萧听他这么讲，根本不像在描述自己的太太，倒像是描述一个不相干的女人。两句话就足以表达上门女婿的怨气。

“她做什么工作呢？”

“工作？她就在对面工作。”可攀抬了下头，意思是就在马路对面。对面是中山三院。

“她是医生？”看着对面三院的大楼，这么近，萧萧不禁吃了一惊，生怕他老婆会从对面楼上看过来。但是可攀摇了摇头。

“护士？”萧萧问，可攀还是摇头。

他直接说道：“她哪干得了这个？被中山三院挡住了，街面上看不到。就是那条巷子走进去，她家是石牌村的老居民，有好几栋楼呢，她就负责收收租。”

萧萧发觉自己提问太多，于是停下来喝酒，酒好苦啊，一定是刚吃过麦丽素的缘故。可攀也闷头喝了一大口，他俩体验到的苦味便是一样的。

可攀问了萧萧几句闲话，学校里的事情。学校里能有什么趣事？不过是话题的缓冲而已，过了一会儿，他继续讲述家事，自己想讲而已。

他出身于湖南的乡村教师之家，一家人勤劳又务实，好读书但不迂腐，父母除了教书外还开书店兼杂货铺，生活水平在当地属于中上。十多岁时父亲便告诉他婚姻和平台的重要性，给他讲家族中阔亲戚的发迹史，还说有许多湖南名人的出身境遇都不好，父亲自己是由于爱情而受困于乡野，但眼下时代不同机遇也多了，期待儿子能实现祖辈、父辈未完成之梦想。

所以他考取了广州的大学，在校期间参加过学生会，也入了党，毕业后留在母校附中教书，算是子承父业，在大都市站住了脚，成为一个金灿灿的“凤凰男”。紧接着他经人介绍认识了现在的太太，虽然长得又黑又胖，比自己年龄还大，不过笑起来还挺灿烂的，关键是家境殷实，因为有个舅舅在教育厅当领导，又平添了几分自信，让他觉得还有可爱之处。他们两个都没怎么正经恋爱过，女方稍微主动点，可攀便沦陷了。经历过一轮短时恋爱后，他惊觉这并非预想中的才子佳人故事，于是想法子抽身。不料他没学过“金蝉脱壳”的技能，女方倒演绎了一出“珠胎暗结”。父亲得知儿子闹出乱子来了，急忙亲自跑了趟广州，给他厘清了爱情与婚姻、事业与家庭、理想与职业的关系，几十年来呕心沥血的人生经验，总算是被这小子听进去了。三天后，双方家长隆重会面。两周后，分别在广州和老家举行了主客场婚礼。

婚后的太太更强势了，可攀牢记父亲的教诲，处处忍让，他宽慰自己，毕竟是吃自家人的亏，好处没给外人。不过，可攀在事业上确实得到了女方家庭的大力支持，在学校里混得风生水起，这次佛山挂职副校长几个月，老婆又怀孕了，她那舅舅便借机把他调回附中任教务主任。

两瓶黑啤下去，可攀已有些醉意。萧萧也觉着酒精发挥了作用，眼前的射灯更明亮了，映照得可攀的面庞更加生动起来，周边的一切都有了一点儿戏剧化效果。音乐响起时，人们踏进舞池翩翩起舞，剩下的也留在原地扭动腰肢，可攀也邀请她跳了一曲。他的手臂很自然地搭在自己腰上，力量刚刚好。三十出头的男人，一切都刚刚好。

中场休息时，可攀继续讲述故事。孩子的妈妈从来不问他要钱花，她自己那里有的是，她只逼着他理财。2000年结婚时，她不想住石牌村了，赶上学校房改，选了套80多平方米的，钱还是他父母给的，才几万块。2003年，她觉得孩子大了，需要自己独立的房间，又逼着他买了套三居室，他的工资积蓄一分不剩全做了首付，不过原来的小房子出租，租金就足够缴纳每个月的按揭款了。他所在的中学是省重点，职位越高，收入来源也越广。今年，2005年，他又出手在珠江新城买了套房子。新房子才好住，太太跟他约好，自己住的房子每隔几年就要换一套，否则各种小毛病出现后她会受不了的。他用这两年的奖金做首付绰绰有余了，何况还有其他进项。“家有丑妻是个宝”，他没想到是这个意思，简直是个财神爷啊！

太太自己也投资，她让父母住自己家帮看孩子，把石牌村的三栋老楼改造装修成标准房间，招聘了两个女孩子打扫卫生，短租为主，长租为辅，收入比别人家高出了一大截。攒下来的钱一部分投资商铺，一部分放贷。她从不投资股票，是因为懒得思考太复杂的事，不愿意承担太多风险，之所以不参与到可攀的房贷中来，主要是因为没有单位给她开具收入证明。

不过这些都是她的长处，她的软肋也很明显，就是会做一些荒唐的事，让他羞于启齿。她很好玩，整天和几个“闺密”混在一起，都是广州的“城中村二代”，她们不只是吃吃喝喝、打牌这么简单，还集体去“泡鸭”，她们才三十多岁啊！这样的事他没法对别人倾述，只好对萧萧这样的陌生女孩子讲讲。

幸好她现在怀孕了，正好消停一下。之前太太乱来就是因为两次生孩子时间间隔太长，空了七年。但不能不说，生孩子早就是好，他们第一个孩子现在已经上一年级了，看着女儿开开心心地长大，可攀觉得没有比这更幸福的事了。

现在，萧萧非常同情他，帮他喝了半瓶酒。但可攀却把剩下的半瓶一饮而尽，他还有话要讲。他说：“我也不是什么好东西，本来就是看人家有钱有权嘛，自己凑上来做上门女婿的。我就像这麦丽素一样，外表上看是巧克力豆，内心都是不踏实的。”他还说自己也乱来，常和朋友们偷偷去东莞玩，开始觉着新鲜，后来次数多了也就觉得没意思。

萧萧晕乎乎的，表示很好奇，她问那些女孩子是怎么做到的，用什么办法吸引男人乐此不疲的。可攀说：“以后找时间，好好讲给你听。”

最后，他彻底喝醉了，但还是能清晰地表达。

“萧萧，我今天约你过来，就是想问问，你愿不愿意跟我在一起？”可攀突然问道。他醉眼蒙眬地注视着萧萧，一只手还搭在她腰下方，好像之前一直放在那里。

萧萧被吓了一跳，手上的一颗麦丽素掉进了桌面上的木头缝隙里，她用手指去抠，却怎么也取不出来。她当作没听到，这样就不必回答。

“不是说今晚，你……你可以先考虑两天，我会补偿你的……我不想占你便宜。”不知是因为醉了，还是故意如此表达，反正说得支离破碎的，“可以先考虑两天。”跟那女人说的一样，但后面的数字萧萧没听进去。

她扶着他下楼，在扶梯上，可攀顺势抱紧了萧萧，两人像情侣一样，萧萧没法挣脱，她害怕动作大了会把他摔下去。到商场门口他们就分开了，萧萧真的害怕被人看见。

回去后，她当可攀说的是醉话，可是过了两天，可攀在聊天中说不是的，他认真考虑过的，一直就想找这么个人，现在终于找到了，虽然他不能和她结婚，但是会爱她的。他用的是“爱”这个字，但提的是包养方案。

萧萧明白，这是没有结果的，也不是奔着结果去的，绝对没有小三上位的机会，找小三不会一开始就谈钱。这只是包养，从一开始就声明了的包养关系，多少钱，就买多少“爱”。

她依旧采取了拖延战术，对于这个问题不答复、不讨论。不过，可攀和那个女人不同，那个女人嘴里只有生意，可攀嘴里还有很多话题和生活琐事可以跟她交流，所以他们的联系没有中断。可攀依旧若无其事地邀请她一起吃饭、唱歌、爬山，只是隔三岔五地轻轻提及这件事，萧萧觉得他是尊重她的，因为她不说话，对方也不因此而冷落自己。

几个月过去，一天晚上，可攀的太太突然破水了，要提前生产，住进了中山三院。医生说胎位不正，但还是建议尽量顺产，实在不行明天再剖腹产不迟，生孩子的时间可能会很长，但不用紧张，危险系数不大。家属别都在产房门口守着，这样做起不起什么作用，最快也要明天早上生产。可以留下一个人，其他人先回家休息一下，天亮时把产后用品带过来才是正事。他的岳父母决定守在医院，让上了一天班的女婿回去准备物品，休息一下明早再过来。

可攀十分钟就收拾好东西出门了。他的内心很复杂，虽然是第二个孩子了，但他比自己的太太还要紧张，又说不上来自己内心的感受，只是感到全身发抖。他给萧萧打了个电话，说他在他们第一次去的那个酒吧。

萧萧赶过来之后，看见可攀正在喝酒，头上冒着汗，便去帮他擦汗。他握住萧萧的手说：“有一种不好的预感，我担心她会死掉。”萧萧劝他说这是产前恐惧症转移到了丈夫身上，产妇就会轻松顺利一点。她瞎编的，其实她根本不知道什么叫产前恐惧症，只是觉得这么安慰他比较好。

她陪着可攀喝了几瓶，发现已经过了宿舍熄灯时间，便决定陪他到天明，熬过最艰难的下半夜。

可是老板说他们要下班了，他们只好走出酒吧。可攀想直接去医院等，但萧萧没处可去，他便在旁边的酒店里帮她开了一个房间。他刚出酒店大门，凉风一吹，便“哇啦、哇啦”吐了一地。正在等电梯的萧萧连忙赶了出来，和服务生一起把他拖进了酒店房间，扶他躺下休息。可攀躺下后依旧浑身发抖，冒汗，萧萧去卫生间用热水打湿了毛巾，帮他敷脸，擦胳膊。可攀紧紧握住她的手臂不放，只往怀里揽，他已经意识不清醒了，力气很大，将萧萧抱过来后翻转摁在床上，开始脱她的衣服，萧萧挣扎了一下，没有再反抗……

可攀很快就恢复了意识，他抱着萧萧，连声说谢谢。萧萧则望着床单上的那摊血迹发呆。可攀抱着她去浴缸洗了澡，又抱回床上搂着睡了一会儿。快天亮时，可攀又再次疯狂，把她从睡梦中折腾醒，结束时，可攀大叫了一身，萧萧也疼得喊出声来了。这时可攀的电话响了，他连忙穿上衣服往医院赶。他的第二个孩子正好出生了。

从此，萧萧便成了可攀的情人。可攀知道萧萧不愿意接受现金，那对她的心理是个挑战，也未免是种侮辱。他想了个极好的办法，找朋友给萧萧开了个虚假收入证明，以她的名字在五山买了套精装修的一室一厅小户型，还是现房，首付八万不到，打算把每个月的按揭定期转到她的还款账户里，只要萧萧和他在一起，就会一直帮她付下去。房子很快就交房了，他们不用住酒店了，这里就是他们的爱巢。

可攀这些年从风月场所学来的本领不敢在太太跟前尝试，现在一股脑儿全用在萧萧身上了。他在萧萧面前是完全放纵的，做过什么坏事都可以讲，想过什么也可以说，哪怕是他对单位女同事的性幻想、对官场竞争对手的报复，也可以毫无保留地讲出来。萧萧也完全乐意承受他这种毫不掩饰的“真”和“爱”，并以同等的方式对待可攀，她觉得今后再也不会有如此坦诚如此me too（我也是）的情感了，哪怕是和未来的先生在一起。

在可攀的“庇护”下，萧萧过完了剩下的三年大学生活，这时的可攀也成了附中的副校长。萧萧上大四时，她已经成熟多了，开始考虑起自己的未来，她父母什么都不知道，也无法为她提供任何资源，只能任由她自主择业。要留在广州和这个男人继续纠缠下去吗？即便能搞得定可攀，也摆不平他太太，摆得平他太太，也不能被他太太的舅舅相容，他在教育系统的地位太高了。

她决定离开广州，到上海去。萧萧在学校里偷偷用功，考上了上海一所大学的研究生，她知道，以自己的本科学历，在上海是很难立足的。可攀说他是爱她的，不愿意让她离开。她说：“我留在这里会成为你的定时炸弹，同时自己也会被炸得粉碎。我们还是分手吧。”可攀不同意分手，但也没法子，只能由着萧萧飞走。

2008年夏天，萧萧来到了上海。这里有完全不一样的空气，不再是一年四季都热烘烘的暧昧空气；这里四季分明，冬天的冷风让自己头脑更加清醒。往后，她得靠自己生活下去。

萧萧深知男人的秉性，所以选了个女导师。经济上断了来源，她想拼命地打工赚钱，但时间上太难平衡，导师交给她的工作量太多而补贴太少。上海消费比广州还高，她还有按揭要交呢，太难了。

趁着寒假，她回了一趟广州，想把房子卖了，可受到了金融危机的影响，谈了几个买家价格都没谈拢。可攀得到消息后匆匆赶了过来，要阻止她卖房。

“知道吗？你这是在败家！宁可不上研究生，也不能把自己的房子卖了。你读研究生为了什么？工作又为了什么？现在房价已经翻倍了，过几年还会涨，到那时候你还能买得回来吗？”

“我败什么家了？我有家吗？你是有家，有富婆当家，有两个孩子，有无数套房子，有存款。可我呢？我只有这么个小房子，还有我自己！我交不起按揭，吃个便当都不能超过15块！我有苦难言，家人也帮不了我，我不读研究生，将来就拿不到上海户口，找不到好工作，我怎么生存？”

“读了研究生又如何？现在五山这样地段的房子在上海要好几万一平方米，你在上海怎么买房？怎么过下去？想过吗？你为什么要离开广州？为什么要离开我！”可攀抓住她的双肩，拼命地摇。

“我可以结婚，找个人跟我一起买房，一起过下去！”萧萧声泪俱下。

可攀没想到萧萧几个月不见就这么有主见了，她已经长大了。

他默然了，抱着萧萧，轻轻地拍打着她的臂膀，看着她安然入睡。

夕阳西下，他领着她下楼，上车，准备去吃晚饭。

“带我去佛山好吗？”萧萧轻声说道，眼泪还是止不住地流。

“嗯。”可攀系上安全带，启动了车，一路上了高速。他知道，她要去找他们初次见面的那家超市。停好车，他们来到那座商厦，超市竟然还在，只不过跟四年前比起来，已经破落了不少。

萧萧寻了一圈无果，最后只好问一个年轻的店员道：“请问有麦丽素吗？”

“麦丽素？”店员似乎有些诧异，或者没听明白。

“就是像巧克力豆的那种，小零食。”

“哦，麦丽素，我想起来了，早几年就不卖了。”另外一位年长的店员回答道，“不过现在有很多进口的巧克力豆啊，比利时的，瑞士的都有。”

萧萧怅然若失。他们的麦丽素已经没有了，不仅是佛山，广州的超市也不销售了。孩子们的口味在变，生活水准也在提高，这种廉价的代可可脂食品缺乏销路了。

可攀今晚本是要回家的，因为太太这几天正闹情绪，她无事可做。一个孩子读五年级了，另一个也已经上幼儿园中班了，可是她仍想着出去玩，被可攀阻止了。是岳父母让他这么做的，他们不愿看到女儿堕落。可是，这一夜可攀没有回家，他在照顾同样情绪不稳定的萧萧。他们终于被人发现了，可攀的太太把丈夫举报到了舅舅那里。

老人家即将退休，他得把这件事摆平，于是召开了家庭会议，他旁听，可攀的岳父主持。

“可攀，都35岁的人了，叫你看住老婆，你看到哪里去了？！泡什么女学生？！你是重点中学的副校长，都副处级了，你有今天的成就容易吗？这个事情闹得太过分，如果没有舅舅帮你兜住，传出去怎么办？事情怎么收场？再过几年你就是校长，正处了，广州有这么年轻的校长吗？搞不清自己的前途在哪里吗？当年你爸怎么跟你讲的？你还记得吗？还要我给他打电话吗？你明知道他有高血压、糖尿病，一堆的病，还搞这些事情出来？

“还有你，男人的错误在家里讲，为什么要找外人去抓？你之前犯错，可攀不也忍了吗？传出去我们这一大家族怎么在广州立足？小孩子怎么办？离什么婚！谁让你们提离婚的？！我们家就不允许出现‘离婚’这两个字！”

最终，可攀当着三位老人的面，向太太诚挚道歉并且跪了一炷香工夫。

局长舅舅跟他说：“那个女研究生那边要打点好，该给的钱不能少，坚决封口，并且一刀两断，不能再来往了，办完了来我这里汇报。”

可攀哭丧着脸，内心却狂喜：他们竟然不知道以前的事，还以为是单次事件。原来她舅舅的眼力也无非如此，自己还是蒙混过关。唉，长江后浪推前浪，他们老一辈的官员，终归是要被像他一样精致有见识的年轻人替代啊。他又在心里嘲讽他老婆道：闹什么闹？闹了又怎样，表面上他们是站在你这边，实际上还不是护着我，谁也不会把我怎样。什么家丑不可外扬，说白了还是你们家需要我这根“撑门棍”啊。他这么想着，就不觉得跪着有什么屈辱了，反而觉着好笑，这一炷香给自己带来的“反思”作用真是太大了。

事后他以赔偿为由，从自己卡上给萧萧打了三万块，然后把所有的银行卡和账户交给太太管理。

萧萧吓得不轻，跑回上海后暗自庆幸，还好，没有遭遇被原配泼硫酸的事，没有被扒衣服，也没有被曝光，平平安安地回来了。但毕竟被别人抓住了把柄，还是小心为妙，要不一切都毁了。至于那三万块，拿不拿结果都是一样的，正好自己用得着，没有钱真是太难了。

退回去人家也不会对自己刮目相看，毕竟木已成舟，对方是拿钱封口，拿了钱别人反而心安，自己闭上嘴就好了。当然要闭嘴。

十年后，萧萧再次接到常可攀的电话，自然吃惊不小。她万万没想到自己“婚前恐惧症”的深层次原因是这个。不理他会怎样？他为什么又来找自己？他怎么找到自己的？自己已经够小心了，去年卖广州小房子的时候，都没敢去广州，还是委托给一个中介全权办理的。

她上网搜索了一下常可攀的名字，教育局局长？！他太太的舅舅当年的位子。看来是他掌权了，觉得自己自由了。难怪他能找到自己的号码，凭他现在的职位，找个运营商、公检法、房产局的熟人查询打听一下，易如反掌。

见一面又如何？聊聊天而已，把话说清楚，他常可攀总不能在公共场合乱来吧？反正今天没事，鹿江也不在上海。鹿江比自己小三岁，心思单纯得很，认识几年来，从来没问过自己的经历，他只想对自己好。

可是萧萧又觉得，哪怕是见常可攀一面，都是对鹿江的不忠。她之前就觉得对不住鹿江，他根本不知道她还有这样的黑历史，竟然还有把柄捏在人家手里，如果它爆发起来，威力绝不亚于“艳照”。

鹿江是多单纯的IT男啊，没怎么跟女人相处过，从亲密举动就能感觉出他的生涩。她觉得自己从常可攀身上学来的一身本领，不能用在鹿江身上真是太遗憾了，假装经验不足的难度，要比故作老成难得多。多年单身生活，让她一身“武艺”无处施展，正想着在鹿江身上好好地用起来呢，可是她不能。只能在未来生活中慢慢试，让鹿江感受到自己的爱意，让他觉得是一起摸索到的技巧。

思前想后，她还是勇敢地来到了金沙江路地铁站。在酒店大堂的茶座里，她见到了阔别十年之久的常可攀。他没怎么变，一眼便能认出来。他更加壮实了，却没什么啤酒肚，眼角的皱纹没有带来沧桑感，反而平添了几分稳重，像个年轻有为的局长，应该还有发展空间。

她像见到老朋友一样伸出手来，可攀却尴尬了一下，他们之间不应该是拥抱的吗？唉，十年了。在这大庭广众之下，确实不太适合。他伸出手，轻轻地捏住她的手心，摇了摇。她的手还是那么软，那么温暖。他的手还是那样有力，那样厚重。这俏皮的举动让他们又迅速拉近了距离。

“萧萧，十年了，还是那么漂亮，身材还是那么好。”可攀的嘴还是那么甜。

“我才33岁，难道不正当年吗？”萧萧回道。

“可是我已经老了。”可攀叹息道。

“常局，你才45好哦，跟女人30多岁没什么差别。”萧萧这么说，可攀觉得两人的距离又拉大了。他们俩没说上几句话，却已拉锯多次。她分明在讽刺自己：为了自己的前途，从来没有考虑过要离开家和她走下去。

“还记得这个吗？”可攀递给她一包麦丽素，想以此再把距离拉近。

萧萧心中一震，他还记得自己的小嗜好。可是她却故作镇定：“早不吃这个了，我以为早停产了，没想到现在还有。”

可攀都看在眼里，知道她并非无动于衷。他便问她工作状况，父母可好，婚礼是否准备妥当。萧萧也问候他两个孩子的状态，大的是否大学毕业，小的是否准备中考，等等。

常可攀一边聊一边观察着，萧萧真的是成熟了，而不再是长大了。她是一个切切实实的女人了，一个正在走向中年的女人。他偷偷地观察她，觉得她比以前更加性感。虽然穿得素雅，但那是教师职业装，她除了脸和腰，其他部位都较十年前更丰满了。这种风韵，和初见时的少女版萧萧不同，也和分别时的毕业生版萧萧不同。些许陌生带来的性感，在一点儿一点儿地激发他来自内心的欲望，就像岩浆在地壳里受到星系引力的影响，在积聚力量，准备适时喷薄而发。

时间真是太不够用了，还有很多话没有讲，两个多钟头就过去了。

萧萧说道："不早了，我还要回家和老公视频通话。"可攀注意到她这会儿已经改用"老公"这个词。

"哦。"可攀真的不想这么快结束，"你老公不在家？不是马上要举行婚礼了吗？"

萧萧顿觉说漏了嘴。她在可攀面前没耍过心眼，即便过去十年，还是没设防："嗯，他开车去盐城接他父母了，明天回来。"

"萧萧，留下吧，就今晚。"可攀觉得自己在哀求萧萧了，他已经很久没有这么低声下气地说过话了，平时只有别人会用这种请求的语气对他说话。

"不，谢谢！我真要走了。"萧萧转身离去。

半个小时后，萧萧疲惫地来到新房所在的小区，她不要回原来的住处，想一个人在新房里安静地待一晚上。这里一切都是新的，能让她忘记过去。

她到小区门口后，自作聪明地转了一圈，可攀不会跟踪自己吧？她在楼下逛了十几分钟，确定身后没人，才走进了那个单元。

电梯门开了，她正想着门锁的密码，一抬头，差点尖叫起来："常可攀！"

他居然在门口等着她。

“你在跟踪我？”她紧张极了。

“最好小声点，避免你的邻居们听见。你不想尽人皆知吧？我坐一刻钟就走。”

萧萧全身颤抖，说：“可攀，不能这样，你不能进去。”

可攀上前一步，搂着萧萧说道：“宝贝，开门，小声点。”

萧萧只好把门打开，以便尽快掩人耳目。

“我早就打听到你的住处了，这儿和原来的地方都知道。你离开环球港时，我就断定你要来这里。你以为在花园里兜一圈我就跟不上了？其实我早就在楼上等你了。新房装修得不错，窗帘布艺还是你喜欢的紫色。”

“我求求你了，不要干扰我的生活了，我们十年前已经结束了。你早点回去吧。”萧萧要哭出声来了。

“是结束了，但不是现在，应该从明天开始。”可攀回道，紧接着又上前一步说，“萧萧，我的宝贝，十年了，我终于找到你了。这只能怪你太性感，太漂亮，太有诱惑力了，我控制不了自己，就像十四年前第一次那样，我一定得再要你，一次……”说完就把萧萧抱了起来，进了她的婚房……

萧萧已经完全懵了，可攀的这些动作，瞬间唤醒了她身体里深藏的记忆，那是他们配合过无数次的默契。他的身体语言比鹿江强太多了，效率也很高，简直无法抗拒，正如十年前的那次分手之夜一样，萧萧再次沦陷。那欧式的木床架被证明还是不够结实，有“吱嘎、吱嘎”的响声，萧萧想，当时该选择另外一张床的。她仰望着，害怕自己新挂上去的婚纱照相框被震下来，要是砸中可攀的后脑勺，他就出不了这门……

第二天下午，一切都依计划进行着，没有偏差。

鹿江接到了父母，他们来看新房。他们一边看房，一边说："晚上也要一起去机场接亲家，挤就挤点吧。"他们的儿子就一直在解释："哎呀，爸爸，不行的呀，多一个人警察也要抓的，这里不比盐城啊，后座真坐不下四个人。要是分两辆车，那不跟两家人一样了嘛，您二老还是在家等着吧。"

"宝贝，你买了麦丽素啊？"鹿江似乎发现了新大陆。

萧萧连忙跑进了房间，原来，鹿江在床罩的皱褶里发现了一颗麦丽素，她心脏怦怦地跳着，脸唰地白了。

"萧萧，我小时候最爱吃麦丽素了。我妈妈每周给我买一包。"鹿江又转过头去跟妈妈说话，"还记得吧，妈妈？麦丽素，原来萧萧也爱吃呢。"

萧萧把手伸进口袋，掏出一包昨晚才得来的麦丽素，递给鹿江，急促地说道："是的，昨天在路边的一家便利店买的。"她倚在房门上，尽量控制着自己不晕倒，但她望着墙上那婚纱照相框，分明是在晃动，晃动……

鹿江没接好，一整袋都撒了，嘀嘀嗒，嗒嗒嘀，满地都是——"含笑半步颠"。

大梦谁先觉

余华十八岁了，她要去上海读大学。大姑来家里给她讲第一堂人生课："余华，你还小，不注意的话，去上海这样的地方是要吃亏的……"

大姑从未去过上海，但她这么说不无道理：三十年前她只有十六岁，就在家门口吃过上海人的亏，"一朝被蛇咬，十年怕井绳"，这是大姑常说的话。当年她上山下乡的地方离家并不远，只有几十公里。如果乘坐森林小火车回家的话，两小时便可抵达章江边的杨梅渡，过江就是赣州城。当然这是理想的情况，现实中从未发生过，火车不是想坐就能坐的，她一个月也回不了一次家。

大姑所说的"蛇"，其实是她的初恋情人，一位上海知青，比她大两岁，与共和国同龄。他们同一个林场，感情好得很，但是男方父母一直没同意他们的婚事，说年龄还小，拖了好几年。突然有一天，男友就回上海了。原来他父母只有一个孩子，按新政策他可以返城了。书信往来一年后，对方终于在父母的劝说下和她彻底分手，娶了一位上海本地姑娘。

那个年代，被"蛇咬"后的女孩很难嫁出去，大姑一直到三十三岁才结婚，比她的三弟也就是余华的父亲还晚几个月。不过她“肚子争气”，一年后生了个男孩和余华同龄，总算在夫家站住了脚。十多年来，她经历了初恋、期待、不安、惶恐、心碎和无数的流言蜚语，整个青春都被消耗了，历经挫折，饱受歧视，因此说她“吃过上海人的亏”也不为过。

大姑虽然恨透了上海人，但提到侄女去上海，简直比儿子去北京上大学还要自豪。她原本想生个女儿，结果阴差阳错歪打正着生了个婆家期待的男孩，按照计划生育政策，她不能再生了，于是大姑把余华当作自己的女儿来对待，在她身上寄托了无限的希望。她甚至期待余华将来叱咤上海滩，最好让那个负心汉看到他们余家人的出息。“他会在悔恨中度过风烛残年”，大姑常常这么想，但又觉得自己残忍。不过一切只是她的幻想，“复仇计划”的第一步，难道不是先确保自身安全吗？所以她必须确保侄女在校园里不会被“负二代”（负心汉第二代）骗走。在余华出发前，自己得好好地给她上一课。

余华的母亲对此偶有微词：女儿是自己身上掉下来的肉，可从小就像是她大姑的孩子，穿着打扮都要依着大姑来，第一条裙子，第一只发卡，第一个书包，甚至第一包卫生巾，都是她大姑买的。不过她细想，自家总归是赚的，也就坦然了。她更为不满的是：女儿从小跟爸爸亲，而且在青春期后发展成了偶像崇拜。

余华的父亲是改革开放后的第一代工科大学生，个子高大，相貌端正，在稀土冶炼厂担任总工，在电工、机械和家务劳动方面也样样拿手。余华妈妈要年轻五岁，一九八〇年上中师，十八岁成为小学教师，二十岁结婚，一年后生下余华。现在女儿考上大学了，她还不到四十岁，担任教师进修学校的办公室主任。她身材玲珑小巧，出身于普通机关干部之家，但有点大院子弟的傲气，从小不做家务，婚后也乐得让丈夫好好表现。相比之下，女儿更崇拜父亲。

余华欣赏那些有成就有担当的人物，她觉得自己将来选择的男人，即便做不成英雄，至少也得像父亲一样出色。可是，有才华、有追求、有气节，这些品质恰恰是当今男性普遍缺乏的，现实中都是“精致的利己主义者”，余华可不想爱他们。

余华只听得进大姑的话，“与异性交往要谨慎”，她认认真真地读完了法学本科和硕士，谨慎对待恋爱。

其间，她曾和一位师兄交往过，刚开始觉得对方忠厚老实还有些才华，但后来发生了一些争执，她觉得对方有大男子主义和小农思维，而对方则攻击她是“狭隘女权主义”，态度过于激烈，“将来注定无法和任何人共同生活下去”。最后一句伤到余华了，这更像是一种咒语，每次想起来就恨他。她觉得钱锺书说得很对：“忠厚老实人的恶毒，像饭里的沙砾或者出骨鱼片里未净的刺，会给人一种不期待的伤痛。”所以她再也不能接受“凤凰男”了。然而前男友研究生毕业后不到一年就结婚了，“和一个傻白甜”，这是余华对那女孩的评价。

余华硕士毕业后在一家房地产公司的法务合规部工作。在房地产公司做法务压力没那么大，收入还稳定。与律所的叱咤风云比起来，合规部的工作比较平和。公司虽然很大，但核心部门并不太多，合规部算是一个，许多事情都得直接向老板汇报。

老板是个优雅而有魄力的男人，气宇轩昂，他的办公室面对着黄浦江，墙上挂着左宗棠的“发上等愿，结中等缘，享下等福；择高处立，就平处坐，向宽处行”。这个和余华父亲年纪差不多的男人，却显得年轻许多，看来职业对人的塑造作用太大了。老板最初也是在体制内工作，1990年代“下海”从事房地产行业，从浙江一路打拼到上海，如今已经是业内鼎鼎大名的人物了。

余华和老板的接触，是从各种评审流程开始的，形式上需要签字的，主管都安排余华去，只有比较重要的事情，他才亲自出马。他认为这样有两个好处：一个是锻炼新人，让她熟悉公司；另一个是让老板轻松点，签字即可，而且余华还令人赏心悦目，免得他一看见自己的老脸，就觉得有什么麻烦事要做决策了。

一线员工找大老板，一般都很谨慎，先约秘书，老板有空了才进去。心细的人还会察言观色，如果不急的话，最好是等老板心情好的时候再送材料过去。老板不经意间发现新员工们都很可爱，她们不但长得好看，还从不给自己找麻烦，便常常抽空和她们交谈几句，什么学校毕业的？老家是哪里的？有什么业余爱好？其实这些信息老板在她们入职前都看过了，当然，贵人多忘事嘛，多问一遍，女孩子们也乐意回答，那都是一些值得自豪的答案，否则她们怎么能来到这家优秀的企业呢？

老板对余华说道：“你们赣州历史上有很多名人啊。”

余华不知道老板指的是哪方面人物，便回答说：“是吗？我孤陋寡闻，知道的可能不多。”

“王阳明，这个你肯定知道。”

“知道一点。”

“我去过落星亭。”

余华立即感到了惊奇，这是一个很少人知道的地方，老板一定对王阳明了解得不少。他们便聊了一会儿阳明心学、知行合一。余华出来之后有个感想，那就是优秀之人在哪个领域都很优秀，老板当年如果做学问，现在应该也干得不错。

之后不久，老板便让合规部总监给了余华一个去南昌出差评审合同的机会，结束后就是周末，这样她便可以借公务回家一趟。“老板还是想培养你这个名校研究生啊，公司正在谈赣州的项目，他说后续法务问题就让你这个本地小姑娘去谈。”领导如是说。

当地政府和公司谈得很愉快，余华到赣州后，法务上也进展顺利。这种大项目和单纯的商务谈判不一样，既是引资也算城市运营，互惠互利。余华是本乡本土的女孩子，父亲又是本地大国企的总工，甲方对乙方也就放心多了，能放宽松的地方就放宽松一点，只要项目尽快启动就好。

之后，余华还被总监派去内陆某省协助老板处理一个很复杂的案子。他们和当地合作伙伴联合拿地后，双方在项目上出现了分歧。这个案子公司肯定占理，可当地是个鱼龙混杂的地方，有些事不能完全按常规办法来处理。法院也希望双方调解，因为背景都很强大。房地产开发涉及的方方面面太多，一块地上不仅仅有商业区有住宅区，还代建各种公共设施，比如城市道路、桥梁、中小学、幼儿园等，因此还有土地管理上的各种诉求。拿地之后政策形势发生变化了，对方希望做出调整，争的无非是主导权和利益分配，拖下去对大家都不利。

余华被派来旁听学习，做些资料整理的后勤工作。不过她看着焦虑的老板和同事们，也暗自着急。晚上，她试着给自己的研究生导师吴老师打了个电话，讲了对这个案子的困惑所在，提出了自己的看法。她认为事情之所以纠缠不清，本质不在法务上，在于政策环境发生了变化。导师是一位较有名望的法学专家，他认为应该以更高的视角来处理问题。

第二天吴老师告诉她，当地一位大领导愿意调停此事。余华当即向老板做了汇报，老板欣然同意临时聘请她的导师作为顾问。吴老师便赶了过来，案子一周内协调完毕，双方各自撤诉并达成协议，结果是当地公司赢得面子，他们公司保证了原有的利益。余华资历尚浅，依旧是全程旁听，但学到了不少东西。她在这个案子上发挥了牵线搭桥的作用，借力解开了死结，老板给予了很高的评价。

经过这个项目后，余华成长很快，被提拔为部门的一个小主管。总监认为她大有前途，而自己迟早要升为副总裁，“老板身边需要沟通畅快的人”，就将她作为总监人选来培养。

余华在公司有两个年龄相仿的单身女性朋友。一个是总裁办的艾玲，身材不错，脸也好看，但大大的眼睛、白白的皮肤总让人觉得心眼不够。另一个是人力资源部的严冰，瘦高个，本来应该是好看的，只是鼻尖太细，嘴唇也薄了点，给人感觉太冷，导致美丽也打了折扣。她们两个本科毕业进来的，履历上比余华多三年，公司的八卦故事，余华都是通过和她们的“午餐会”了解到的。

严冰说老板娘名义上是财务总监，实际上没兴趣掌控公司，她只关心和老公相关的事，而且思路清奇，手法独特。

比如说她曾专门查过和艾玲相关的财务问题，为什么要查一个从未经手公司钱财的小姑娘呢？最初谁也想不明白，一脸无辜模样的小姑娘怎么可能贪污呢？后来大家才弄明白，老板娘是担心老公看上了艾玲，想通过报销单据寻找蛛丝马迹。她早就查过艾玲的用车记录了，有位老司机是她安置在公司的眼线。

老板娘的担心不无道理，男人对自己的态度起变化一定有原因，只是疑似对象太多，导致搜索面过大又没头绪。公司内的漂亮姑娘被一一排除，正当“山穷水尽疑无路”之时，她在人力资源系统里发现了一个名字，“程雪”，这个名字从未在公司通讯录中出现过。老板娘质问HR总监，对方百口难辩，十分狼狈，又不能在言语上顶撞，只说“程雪”未必是真名，其他一概不知。拷问一整天，她拿到了这个女人的电话号码、身份证号、公积金账号，但公司档案里“程雪”的毕业证、履历等信息一概没有。她做了一些秘密调查，发现“程雪”名下只有这个电话号码，前两年的活动轨迹和老公偶有重合之处，有少量通话和短信往来，但最近半年几乎处于停滞状态，一直定位在青浦赵巷。老公最近不是去过赵巷吗？

确认挖掘不出更多信息后，她决定摊牌，老公听她讲完，平静地说道：“先不要激动，听我讲完。”他说确有“程雪”其人，但人家是领导的女人，挂在公司名下养起来而已，所以没人知道。之前有交集，是因为要亲自帮“程雪”处理点事情。领导现在涉密，“程雪”自然也“涉密”，建议她不要再查下去，否则闹出什么事情来就不好了。同时，他向老婆道歉，表示这段时间确实冷落了她，但那是因为海外投资出了问题让自己很头疼，经常在外面谈事情，所以较少回家。老板娘知道领导的级别，对这事将信将疑，只好作罢。

老板娘并非无理取闹之人，因为老公“有前科”，二十多年来多次被她抓到过。事业做大之后，她原本想放一放，哪个男人不偷腥呢？但最近的几个离婚案例里全职太太输得一塌糊涂，这让她担心起来，所以她决定保留在公司的职位，时不时敲打他，目的不是确保老公不找女人，而是确保自己的地位。青春和美貌都没了，能拴住老公的武器只有两个：孩子和财产。作为老板娘，她可以任性地买各种奢侈品牌包包、衣服和鞋子，在全球自由地旅行，唯一要担心的是老公被人抢走。

余华听说这些故事后，没觉得老板娘有什么不好，倒觉得她是个真性情的女人。没多久后的年会上，她、艾玲、严冰刚好和老板娘同桌。雍容华贵的老板娘主动加了她的微信号，让她受宠若惊。不过她马上发现，公司几乎所有漂亮女孩都是老板娘的微信好友。

餐桌上，老板娘提出让严冰陪自己去悉尼过春节，说那边过年比国内还有气氛，那边是夏天，朋友也多。严冰不太想去，她想带男友回河北，就推荐了余华，于是老板娘“慈爱”地望着余华。余华单身，本来也没打算回家过年，便答应了。

出发前，老板娘告诉余华，自己有一只很大的行李箱了，两人合用即可，方便行动。

余华跟着司机去老板娘家整理行李时才发现，自己成了老板娘的私人助理，所有体力活都得她干。老板娘拎着一只小小的香奈儿包包，走到哪儿都特轻松。

过了安检和海关，老板娘进了VIP休息室，却不带余华进去，于是她便一个人在登机口旁的座椅上等候。每个机场环境都不错，余华并不一定要进VIP休息室去体验有钱人的生活，只是立刻感受到了尊卑差别，这让她猝不及防。

登机后，她发现老板娘早已安坐在头等舱，向她招了招手。飞机真大，余华继续往后走，一直走，不停地走，她的座位在机尾。长长的过道在提醒着她，她们之间的距离，就是机头到机尾的距离。“她是老板娘，她的年龄和我妈差不多”，余华只能这么安慰自己，就当作陪自己的母亲出行吧。

飞机在黑夜中跨越大海，穿过赤道，余华醒来时，正好碰见日出，云上光芒万丈，下方是暗褐色的大地。“已经到澳洲了？怎么感觉像新疆？”余华俯瞰澳洲大地的壮美景色，竟然忘了此行目的是过春节，感觉像在出差。

再次看见大海时，便到悉尼了。她取了行李箱，和老板娘汇合后，才发现彼此已经十几个小时没对话了。不过，之后她们的对话就多了起来，因为她又成了老板娘的专职翻译，接下来除非见到华人，老板娘所有的话都得通过余华传递。入住酒店时，她默默地等老板娘选了靠阳台的床之后，才在另一张床上躺下，好累啊！床好舒服啊！

醒来已是傍晚，老板娘不知听谁说的，“夕阳下的悉尼歌剧院最漂亮”，要先赶过去拍照，然后再吃饭。余华又成了老板娘的专职摄影师，她不明白，为什么“徐娘半老”的年纪都过了，老板娘还是热衷于照相。老板娘提议给余华也拍几张，她只好推脱说自己和别的女孩不太一样，不喜欢照相。她担心自己在镜头里的表现力太强，老板娘会不开心。她似乎想多了，老板娘情绪一直很高涨，还主动邀请余华合影，以歌剧院和海港大桥为背景。天黑下来时，她们饿得前胸贴后背，赶去鱼市场吃龙虾大餐，早中晚三餐并在一起吃。在吃的方面，老板娘最大方了，她点了很多种海鲜，可是每样只吃一小点儿。余华担心餐厅说中国人浪费，为了国家和民族的荣誉，只好豁出去了，终于体会了一次“扶着墙进去，扶着墙出来”。

到了晚上，她才发现严冰不愿意陪同老板娘来澳洲的原因：呼噜声实在是太大了。一会儿非常有力，一会儿慢条斯理，偶尔戛然而止，清一两声嗓子过后，又继续了。她用被子捂住头，薄薄的被子不一会儿就被老板娘的声波穿透了。就像东北此时的室外，无论穿多少件衣服，都会很快被冷空气冻透。她偷偷地跑进卫生间，找到两团棉球把自己耳朵堵起来。

她梦见森林里有只硕大的棕熊在拉锯子，噪声震天，把树木锯成两半后取其一段再锯成两半，然后再取其半……这样锯下去真要“万世不竭”了，她实在忍不住，对那棕熊大喝一声“你够了！”猛然惊醒，才反应过来自己是在老板娘房间里。到底有没有喊出声来呢？四下寂静，她开始担心起来。不过几秒钟后，老板娘翻了个身，“拉锯声”再度响起。她悬着的心终于放了下来，此时竟然对老板娘的呼噜声有几分好感。

第二天，老板娘约了亲戚，余华便去新南威尔士大学看朋友，等车时，她去便利店给自己买了一对橡皮耳塞。

第三天是大年夜，歌剧院的景观灯调成了红色，街上熙熙攘攘的，活动很多，到处张灯结彩，舞狮子、打龙灯，海岸边的焰火腾空而起。老板娘约了人一起吃年夜饭，让余华叫上她的朋友一起，人多热闹。老板娘打趣余华道：“你朋友挺帅的嘛，可以考虑一下。”余华解释说人家在国内有女朋友的，博士毕业后就回国结婚，男生也尴尬地笑了笑。可老板娘的朋友们依然把他们当作一对继续逗。没办法，到了这个年纪，即便移民海外，思维模式依然不会改变。

大年初一她们飞往黄金海岸，在那里住两天，主要目的是去看考拉。老板娘说，前几天晚上她梦见自己正抱着一只考拉，有个动物园女员工呵斥她：“你够了！”余华暗自叫苦，原来那天晚上自己真的喊出声来了。

与考拉告别之后，老板娘来到沙滩边晒太阳、泡海水，因为她不会游泳。余华看着她满身的赘肉，又想到她晚上的呼噜声，不禁为老板叫屈，“和这样一个女人，怎么生活下去呢？”虽然他们年龄差不多，但是感觉完全不搭，老板的身材和气质，和二十岁的女孩一起站在这沙滩上也不会觉得别扭。

晚上BBQ（烧烤），老板娘提到了老公：

我年轻时在机关单位工作，那时只休周日，没时间旅行，连去趟石浦也等了几个月，看到大海是黄黄的，很失望。

1990年代下海做房地产生意，欠了很多债，遇到金融危机，每天都过得像世界末日一样。别人来逼债，就跑到刚浇筑的混凝土支架下面去躲。两人蹲在地上吃盒饭，看着泥浆水滴进饭菜里，眼泪止不住地流。老公打趣说：“我们敢在这里吃饭，说明房子质量好”。

终于有一天，老公做通了一位领导的工作。拿到贷款后一通百通，三角债理顺了，人家也改口说他们有信誉。接着楼市回暖，我们发了一笔小财，于是商定把赚到的钱全部回馈恩主，一分也不留。

故事听起来“感天动地”，可是一个月不到，老公和那位领导都进去了，原来早有人设局。双方父母卖房子，砸锅卖铁攒了些钱，才把老公捞了出来。由于他在看守所时口风紧，什么也没招，领导那边本来就很谨慎，只是安排亲戚入股代收利益，所以没有直接证据，加上有上级保他，也出来了。经过这件事之后，我们下决心将来做生意要更加谨慎，做“合法”买卖。

过了一阵子，老公被更大的领导看上了，觉得他人品好，胆子大，做事稳妥，委以重任做旧城改造开发。后来一路顺风，随着领导的提升，企业也越做越大，领导调到了上海，我们的事业中心也迁移到了上海。

听完这个故事，余华一边感动得热泪盈眶，一边在寻思老板娘为什么给自己讲这个。她明白，老板娘说的是“糟糠之妻不下堂”。为什么讲给自己听呢？难道她知道自己和老板“心有戚戚焉”？不免心虚起来：

前段时间，老板参加一个论坛，让余华陪同。中午休息时他们便退出了会场，去VIP室拜会一位领导。这是一次私密的会晤，只有他们三个。老板介绍说她是吴老师的学生，法务做得相当不错。领导倚靠在沙发上，神情跟刚才发表主旨演讲时的严肃表情完全不同，他问余华道：“怎么？我们政府部门没有吸引力，吴老师的学生竟然都去企业了？”于是话题从这里展开。

第二天中午，老板把余华叫到办公室，对她说了昨天与领导见面的意义，希望她能做维护政府关系的具体工作，之后公司相关事务由她去向政府领导汇报。余华好奇地问：“我们的业务和昨天的领导有什么联系？”老板说：“不急，你慢慢会了解的。”停顿了一会儿，接着说，“一般的公司经营活动都有两个层面上的操作。一个是你平时看到的，拿地、拿项目、开发、销售、催款、打官司；另一个是你看不到的，大家喝茶聊天时决定的。从现在开始，你得学会第二个层面上的事。”说罢，似乎满脸疲惫。他望着窗外发呆，楼下黄浦江上船来船往，楼上却一点声音都听不到。

余华觉得老板累了，想告辞回工位，老板说：“急什么，你原来的工作，会安排其他人去做，出去喝杯茶。”说完便带余华下楼，亲自开车来到桂林公园，这里有家“桂林公馆”，是全预约制的，老板让服务生去忙别的事，亲自泡了一壶铁观音，把第一杯茶递给余华。接过茶杯，余华发现老板眼角的皱纹比之前更深了，她第一次觉得皱纹还这么有魅力。工作时间不谈工作的感觉很轻松，两个小时下来，余华觉得老板不再是老板，而像是一个老朋友，或者兄长，反正不像是长辈。他的年龄收缩自如，需要阅历的时候可以拉得很长，需要活力的时候可以缩得很短。余华发现，原来熟悉了一个人，你就会略去很多表面的东西，把他当作一个简单的人，和他的基本面打交道。老板似乎在以身示教，告诉余华怎么和社会地位较高的人交往。

从“桂林公馆”出来，老板竟然专程将余华送到住处的小区门外，足以算得上私交了。往后，老板待余华就与众不同了。

余华的思绪从桂林公园转回到黄金海岸，她觉得老板娘也挺不容易的，年轻时辅佐老公事业，年纪大了还要各种“防小三”。

黄金海岸的两天行程结束之后，她们搭城铁去布里斯班，老板娘去看朋友，余华去昆士兰大学拜访一位曾经在上海讲学的老师，几个小时后她们在机场汇合，去墨尔本玩了三天，然后从墨尔本飞上海，假期结束。

这趟行程余华只消出两张机票钱，从上海去悉尼和从墨尔本回上海，其余都由老板娘安排。整个行程余华总共花费不到六千元，同吃同住同行，老板娘还给她买了一些化妆品及衣服，算起来也有大几千块，所以基本上是免费旅行。之后，老板娘每年都会让余华陪同出境旅行最少一次，也乐得破费，她缺的不是钱，而是陪同。她和老公最近一次的共同旅行，也要追溯到十年前了吧。

之后，余华一边跟着老板拼事业，一边还要陪同老板娘旅行。当然：事业是老板的事业，自己跟着学习成长；生活也是老板娘的生活，自己跟着增长阅历。几年下来，余华的视野开阔了，眼光也高了不少。

老板娘及其“富婆团”介绍给余华的男朋友，则一个也没有成，交往从没超过三个月的。余华总结下来，就是老板娘给自己介绍“门当户对”的男人，更多地考虑了经济、家庭出身，而对于文化涵养、兴趣爱好了解得很少。余华平时交往的朋友还是严冰和艾玲这样的“闺密团”，不过艾玲很快就结婚了，只有严冰还和自己一样保持着单身，她们的“午餐会”传统还保持着，不过频次少了很多。

公司每年都在发展壮大，余华也每年都在进步，三十岁那年，她真的成为法务合规部总监，是最年轻的部门经理。这时的余华，身边能配得上她的男人便越来越少了。恍惚间，她觉得只有老板这样叱咤商场的男人，才有意思，然而这时她就一定会想到老板娘。可恶，这是为什么？！

回老家的时候，大姑比她妈妈还要着急，她总是拉着余华聊，想了解她是否也像当年的自己一样，被人耽误了。余华并没有告诉大姑更多的情况，不过夜深人静时，也会做些反思。她发现，自己和老板一家的交往，比公司任何人都要深入了，不过自己每每向老板走近一步，老板娘就会把自己往她那边拉一步。这是为什么呢？半梦半醒之间，她突然悟出了一个大胆的结论：

老板娘并不把艾玲这样的“傻白甜”女孩放在心上，这样的女孩即便是飞蛾扑火一样围上来，最后结果不过是花几个钱就打发了，她担心的是那些“心机婊”，会控制男人心思的女人。

最初，她发现和老公走得近的女员工之后，是想办法迫使她们离开公司，但后来发现这样做更危险，反而给了他们自由接触的机会，于是她决定要把这些女孩子留在公司，用自己的办法控制起来，让老公近之不能，弃之不可，她们还能继续为公司做贡献。

所以，她在公司最喜欢做的“工作”是做媒，给所有漂亮的、可爱的、聪明的女员工找对象，只要她们嫁出去了，安全系数就高了很多。对于还没有结婚的，她便经常要求她们陪自己去逛街、旅行，甚至像助理一样带回家，一边让她们体会到和自己的差距，打击她们的自信心，一边寻找她们的弱点……最终，让她们可望而不可即，活活地“渴死”，渐渐地变成老姑娘……

想到这里，余华惊出了一身冷汗。

单申如虹

单申虹从小生活在虹口，小学、中学都在家门口，清华毕业后，上班的建筑设计院离父母家也很近，过个苏州河就到。2013年，她同样选择在虹口给自己买了一套小房子，一室一厅一卫一厨一阳台，六十平方米，单价很不低。不过平时申虹并不住在自己的小天地里，而是住父母家，对她来说，那里才是家，一个“三十六年一贯制”的家。

和很多设计师一样，申虹把自己的房子也装修成了“性冷淡风”：所有的墙面和窗帘都是青灰色，开放式厨房正对着阳台，书柜完整地占据了客厅仅有的两扇墙，圆筒吊灯下摆放着一张长腿原木桌，两把高脚木椅，近阳台一角有一对单人沙发和一个茶几，一个落地灯，这是一个图书馆式的客厅，专为阅读或交谈准备的空间。卧室也朝阳，北侧和西侧都是到顶的衣柜，同样是深灰色，落落大方，素雅宁静。

对于婚姻，单申虹向来想得很通透。她青春期后就有了自己的独立观点：婚姻不是从来就有的，它只是为了稳固社会关系而被“发明”出来的，主要解决经济、两性关系和子女抚养三个问题。子女问题对她来说有点早；在吸引异性方面，她还是自信的；至于经济方面，作为一名优秀的青年设计师，完全不成问题。所以，她根本就不觉得婚姻对于自己来说是必需的。

有个胆大的朋友鼓起勇气对她说："也许是爱得太淡，才能分析得这么清楚，如果爱得深了，就一头扎进去，什么都看不清了。"申虹莞尔一笑，说："这算什么诤言？以后尽管直说好了，我就喜欢听反面的话，比这残酷一百倍我都能受得住。像我这种'理工女''机械女'，早就'不以物喜，不以己悲'了，虽然如此，我还是相信我的爱情。"

她晚上刚从南美出差回来，为了倒时差，安排了一整天来休息，不料半夜做了一个噩梦，梦见在里约被人打劫，到处乱跑进了死胡同，又发现自己没带"备用钱包"，把她惊醒了。之前在危地马拉时，她的"海外男友"亚历山大曾总结过在中南美洲旅行必须注意两点：一是不要乱跑，二是随身带"备用钱包"，人家要抢的话，给他就是了。

于是她又睡到了第二天中午，起来后去父母家吃饭。妈妈说单位有个阿姨想介绍个男人给申虹，人看起来还不错，但离过婚。这可真是破天荒，要知道换在十年前，谁敢说给自己女儿介绍个离婚的男人，妈妈肯定要和对方绝交。十年过去，女儿三十六岁了，均衡各种因素，还是觉得离婚男合适。从概率上来说，离婚男要比一个从未走进过婚姻的四十岁男人更正常些。另外，妈妈认为"姐弟恋"也是不太合理的，女人青春不再，男人年纪小容易出轨。

申虹劝妈妈："不要想那么多，哪有这么多概率啊？什么事情碰到自己身上，还不就是百分之一百嘛。不管是王老五、离婚男还是'小鲜肉'，当中都有好男人，也都有人渣。何况人性是复杂的，既然没有纯粹的好人，也就不必苛求什么好男人。你说那个男人不错，我就去见见呗，吃一顿饭，并不会掉一斤肉，反倒是有长肉的担心。"

他们约在申虹公司附近的一家日料餐厅见面。中午相亲是一种比较好的安排，关键是时间短，万一相互看不上，不约下一次就好。如果约晚上，吃好饭还得看场电影什么的，想推脱还得找理由。之前有人给申虹介绍过离婚男，可她第一眼就没看上，于是抛出几个棘手问题把那人吓跑了，今天她准备继续用这招，看看这人的抗压程度。

对方先到了，而申虹是掐着点去的。

“Hi！”申虹一般先礼后兵。

“中午好！”对方长得不错，声音也有磁性。说什么男人要有内涵，其实在女人眼里，都敌不过第一印象。反之亦然，女方相貌最重要。相亲，首先要“活”过第一集。

“为什么离婚？”这是单申虹的第一个问题。

“嗯，我的错，出轨了。”对方竟然如此直白。邻座有两个女孩像是被吓了一跳，连聊天都中断了，总是忍不住偷偷用眼角去瞟他们。

“哦？你跟出轨对象怎么没成呢？”这是第二个难题。

“发现更不合适。嗨，都成往事了，全是我的错。”对方说罢，问申虹道，“有什么爱吃的？还是我来点单？”

“你来安排吧。”申虹愉快地说道，心里想“你过了第一关”。其实这毫无道理，对方的回答完全没落到实处，但单申虹却可以接受。

…………

下午下班时，申虹收到对方的下一次邀约，她回复道：“周末我有空。”

晚饭时，她告诉妈妈对那人印象还不错。妈妈兴奋地刷了一晚的微信。

在与异性交往上，她有些秘密，是不能告诉妈妈的。做妈妈的，总是认为没出嫁的女儿就是小闺女，很难了解现代女孩的心思。实际上，申虹上高中时就开始恋爱了，但没有人知道，这是她的第一个小秘密。谁能想到一个考上清华的女孩，平时还有时间谈情说爱呢？不过，她理智得很，始终将对异性的依恋，保持在一种美好的状态，不会让它影响到自己的情绪。她始终想不通，为什么有的女孩为了爱情要死要活的，不管是热恋还是失恋，有必要搭上自己半条命吗？

申虹的妈妈认为清华男生多，女儿在恋爱的可能性很大，否则不浪费了那一池“荷塘月色”？她满以为女儿是个“乖乖女”，高中时好好读书，大学里可以放松一点，毕业时最好带个女婿回来，结果并没有。不过，妈妈不知道的是，女儿上大学时确实“恋爱”了，只不过她“爱”上的竟然是一个女孩。这是申虹的又一个小秘密：

申虹觉得多数男生都很邋遢，没有高中男友爱干净。她和同宿舍一位女生交流此事，对方也有同感。申虹觉得和这女孩在一起挺舒服的，每天同吃、同睡，上课、下课、自习、散步，那女孩性格温和一些，凡事不愿意拿主意，申虹恰恰相反。她们班女生本来就少，两个人黏在一起后，男生们觉得她们浪费资源，便说她俩是“拉拉”。申虹和那女孩之间本来没有什么特别的感觉，听人这么一说，反而觉得有点意思：“‘拉拉’什么感觉？我们要尝试一下。”她们开始手拉手公开示人。可普通女孩之间也有类似亲密关系，别人根本看不出来，怎么办？一不做，二不休，做点出格的事给大家瞧瞧，穿情侣装，在树林里接吻。这显然是作秀，她们本来就住同一间宿舍，完全没有必要跟异性恋情侣“抢地盘”。后来没人关注她们，申虹便觉得这游戏没意思了。她的奇怪行为产生了一个神奇的效果：男生们把她当作哥们，女生们觉得她更容易亲近。最终，申虹大学里没有交往过男朋友。

建筑、土木工程系的出国率不高，很多出去的学生也“洄游”了，因为中国才是最大的土建市场。所以本科毕业后申虹决定不出国不读研，回上海一家大型建筑设计院工作。

国企人际氛围和机关事业单位类似，总有人喜欢做媒，人事处李处长就是这样的一位热心女性，她不到五十岁，和申虹妈妈差不多。2007年，她给申虹介绍了一位小伙子叫振宝，可漫不经心的申虹和他交往了两个月也没见过几次面，显得一点儿也不积极。处长认为她工作太忙了，于是常向她暗示可以请假，审批大权在自己手里呢。申虹对于这种帮忙帮到底的服务十分满意，不过她请假之后，还是窝在家里不出去，把李处急得团团转。振宝以为女孩都这样，需要不断地被追，才会有感觉，于是费尽心思创造相处机会。功夫不负有心人，他们之间终于有了一些进展，“没心没肺”的申虹终于把他当作“意向男友”。申虹的妈妈只知道他们在恋爱，但她没搞明白他们为什么没成，这其实是申虹的第三个秘密：

春天到了，振宝规划了一次“春游”计划，决心通过这次出游彻底将申虹“追到手”。他选择的目的地是镇江，开车抵达西津渡时刚好赶上日落。山上的云台阁在夕阳和景观灯的共同照耀下熠熠生辉，显得比白天更醒目，比夜晚更巍峨。往金山寺方向望去，太阳正缓缓沉入江中，霞光映红了天空。天黑下来后，古街区的巷子里点亮了一串串红灯笼，温馨又暧昧。登记入住时，申虹坦然地取出了身份证，振宝松了一口气，因为出发前申虹要求订两间房，后来经过反复做“思想工作”，说是方便聊天，总算愿意同住一间双床房。

接下来他们逛了逛西津渡，在一家餐吧吃喝玩到十一点。振宝终于等到了申虹的一句话：“不早了，我们回酒店吧。”振宝觉得，从酒吧到酒店100米的路好长，以至于不知道该继续搂着她的腰走回去，还是该手拉手回去，究竟是怎么回去的，到酒店后自己也不记得了。他懊恼自己长这么大了，进考场依旧还会紧张。但这场考试与以往不同，可千万不能紧张……

两人先后洗漱完毕。

“振宝，”申虹的声音轻柔得不像她了，她用双手抓住他的胳膊，摇了摇，所以振宝能确定自己不是在做梦。申虹抬起头，双眼满是期望的凝视，说道，“能不能帮我一个忙？”

“当然可以了。”振宝毫不犹豫地答道，还有什么比为她做事更快乐的呢。“太好了。我就知道你是个好人。”申虹的脸上依旧是妩媚的笑容和期待的眼神，“你能不能去外面帮我买包……卫生巾？”

振宝的身心一并迅速降到了零度。“卫生巾？啊，这个，当然可以，不过，我不懂呢。”他连话都说不利索了。

“没关系，日用夜用都可以的。”申虹说完后脸红得像个大苹果。振宝觉得用“红苹果”形容女孩的脸是多么贴切啊，只是这苹果怎么也吃不到嘴里去。

“哦，没关系，我换个衣服就下去买。”振宝平静地说，心里却在翻江倒海。

“不好意思啊，出发时忘了带，现在我出不了门了。”申虹跳起来在他额头上亲了一下。

“亲这里还不如不亲呢。”振宝带上房门，灰溜溜地想。这种失望的感觉，就像老师突然宣布考试取消了，所有没有准备好的同学都在欢呼，只有做了充分准备的他在暗自神伤。

出了电梯，他才发现自己穿的是酒店的棉拖鞋，幸好对面就有一家便利店。店员是个女孩，他觉得付款时会尴尬，不过转念一想，如果收银员是个男的，岂不更尴尬了吗？反之，女孩心细，知道自己给女友买的，说不定还会有好感。这时他开始庆幸自己穿的是酒店拖鞋，别人一看就明白了。他拿了一包深色包装的“苏菲”和一包彩色的“七度空间”，前面有人正在结账，他便又转回去再拿了两盒酸奶、两盒果汁，一共六个东西。不想结账时女店员却没有抬头看他，只问了一句：“塑料袋要吗？”

回到房间，他们看了一会儿书，就关灯休息了。申虹还是不太习惯两个人睡在一个房间，几分钟内翻了好几次身，振宝便问：“睡不着吗？”

“嗯。”停了几秒，申虹继续说道，“我想给你说个事。”

“什么？”

“我刚才在枕头下发现了一个东西。”

振宝这才想起来，自己偷偷地把安全套放在枕头下，现在用不上了。不禁深吸一口气，等着申虹发话：“刚才你去帮我买东西的时候就发现了。”

…………

接下来他们的谈话平和而有趣，聊了很多心里话，振宝经历了今晚之后，竟然成了申虹的闺密。悲哀啊，这不就是精心准备的闭卷考试改成开卷考试，结果老师连答卷都懒得看了吗？唉！

一声叹息后，他们各自睡去。再一睁眼，天已大亮。

度假型酒店的早餐到十一点截止，不过临近结束还是有不少人，申虹竟破天荒地穿了一件BlingBling（闪亮）的薄外套，吸引了许多眼球。振宝颇有些自豪，仿佛从博物馆偷来一件宝贝，无意炫耀，旁人却羡慕不已，自己不能道破天机，一半窃喜，一半忧虑。

接下来他们去了金山寺、北固山、焦山，都在沿江一线。这一天的游玩非常充实，他为申虹拍出了不少很棒的照片。申虹也投桃报李，给足了他面子，以女友的身份自居，在街上撒娇要吃零食，任其在公众面前爱意泛滥，接受他的牵手、抱腰。他们甚至还在金山寺合了影，背景是一圆门，门楣上书“性空世界”，很好地诠释了他们这次“佛系”旅行。

晚上回到西津渡时，振宝又有些幻觉，觉得申虹只是暂时不方便，人迟早还是自己的。他想挤在一张床上搂住她休息一会儿，但被拒绝了，她说床太小。

第二天他们去扬州，入住东关大街的一家精品客栈，斜对面就是个园。申虹道：“搞错了吧，怎么是大床房？”振宝装傻，说你看独门独院还带个天井，环境多好。申虹直接拉着他去前台换了双床房，院子更大，天井里还有一丛竹子，一座假山。

在何园、个园，申虹在振宝给自己拍照的间隙，还给他上了一堂“风景园林学”的课程，这是她的专业。

细心的振宝发现，申虹今天并没有带包，只带了一个手机，这说明了什么呢？晚上从运河古渡回来，他再也抑制不住自己了，要把申虹摁倒。

“振宝，不能这样，你听我说，今天还没有好。”

“不可能。你今天都没换我前天晚上给你买的东西。”

“真的没好，振宝。”

“那我们明天再住一晚吧？”振宝哀求道。

“不行，明天要回上海，我后天上班。”申虹一边挣扎，一边说道。

“不对，你后天休息，我们可以在这里多住一晚的。”

“要上班的。”

“我妈明明说，你请了三天假，加上周末一共休息五天。”振宝气喘吁吁地说道。

“你妈？你妈是谁？”申虹警觉起来。

振宝发觉自己说漏嘴了，放开了申虹。

“振宝，你妈是谁？她怎么知道我请了三天假？”申虹追问道。

振宝见隐瞒不住，也不觉得是什么大事，便告诉她道：“我妈在你们人事处工作。”

人事处多数都是小姑娘，有谁能做振宝的妈妈呢？

“李处？！”申虹震惊了，眼睛睁得大大的。她这时看着振宝，就像谍战片里女主角突然发现枕边人是敌方的卧底：难怪李处给我批假，原来是母子俩策划好的，好险，尴尬。

振宝默认了，给她泡了一杯茶，继续低头坐着。

“李处是个强势的女人，难怪振宝是个妈宝男。”她又想到昨天的合影，难保不是他妈的主意。便向振宝求证，果然，他将照片偷偷发给了自己的妈妈，他妈立即回复了一个大大的赞。

申虹又羞又恼，她感觉自己被欺骗了。不行，得反击，否则会很被动。

“我要回上海，现在。”申虹说道。

“这么晚了，明天下午回去吧，按原计划好吗？”振宝劝道。

“不行，现在就出发，路上车少，两点前肯定可以到家。

“申虹，今天逛累了，我们先休息，明天一早回去好吗？”振宝哀求道。

“我开车，现在精神得很。”申虹很坚决。

振宝拗不过她，只好收拾行李。前台服务员目瞪口呆地看着他们退了房。两人摸黑来到停车场，申虹调整了座椅和后视镜，发动了汽车。

从扬州到虹口，不到300公里，他们十点三刻出发，凌晨一点三刻，申虹已经出现在自己的小房子里了。振宝没敢回家，便在附近找了个酒店先住下。

往后，他们便很少交流了。李处觉得儿子Hold（掌控）不住申虹，不得已放弃了自己选的“准儿媳”，虽然她很优秀。

30岁那年，申虹去了一家外资建筑设计机构。换工作也不算什么大事，她还做了一件让自己记得住的事情：买房。她不想让自己的钱贬值太快。房子虽小，但地段景观都不错，最重要的是完全归自己支配，再也不用顾及父母的古典审美，可以完全由着自己的喜好来做室内装潢。

新的工作需要经常出差，主要是跑一些新兴经济体国家，于是她很快成了航空公司的VIP。妈妈觉得她这样跑来跑去不好，更没时间找男朋友了。但申虹想得通透，丝毫没有恨嫁的感觉，她认为自己的青春是从15岁到45岁，生活精彩得很，两条腿的男人到处都是，全球跑来跑去，遇到优秀男人的机会反而更多。对于申虹来说，结婚最大的价值无非是一起养育孩子而已，她觉得自己在40岁之前还有充足的时间。

进机场过海关之后，又是一个妈妈不了解的，更为广阔而自由的世界：

有次飞圣彼得堡，在莫斯科转机，邻座是一位来自以色列的年轻人，名叫亚历山大。亚历山大喜欢从窗口俯拍一些照片，他的照片里充满了对于自然和人文的景仰，申虹积累的艺术和审美素养告诉自己，这个男人很特别。飞机跃上厚厚的云层之后，看不到大地上的森林和荒原了，亚历山大开始向单申虹介绍他相机里的照片，是最近一段时间在全球各地拍摄的。

原来，亚历山大是一位半职业旅行家，他把自己的见闻同历史文化、自然博物知识结合起来，在各种旅游、地理杂志上发表文章，有时也给电视台供稿，以此获取一些经费。申虹很欣赏他的作品、历史地理知识，还有艺术修养。不过她对亚历山大说，自己所从事的职业和他恰恰相反，目标是让大家定居下来。如果大家都去流浪，建筑师设计的住宅就卖不出去了。亚历山大觉得这个说法很有趣，会心地哈哈大笑。他的英文水平不错，由于不是母语，所以和申虹一样，吐字一板一眼的，两人的交流反而更加顺畅。申虹非常能够理解亚历山大的“异类”审美观，亚历山大也惊诧于她严密的逻辑思维能力。亚历山大觉得申虹身上有一种茉莉花似的体香，和西方女性常用的香水很不同，他喜欢这种东方气味。申虹则觉得亚历山大有一种大男孩的气质，眼中有未来，永远充满希望。两人心有灵犀，但初次接触过于腼腆，竟然没留联系方式。

人的一生中有过无数次邂逅，大多终于咫尺之遥，尔后相隔万里。国际航班更是如此，能有一次交集就很幸运了。

申虹在圣彼得堡的工作很顺利，省下了周五一整天时间，她可以好好逛逛这座历史文化名城了。她先去了兔子岛的要塞博物馆，然后是冬宫，晚上在涅瓦大街的一处街角咖啡厅坐着休息，隔着厚厚玻璃窗，看寒风乍起，将落叶吹得团团转。在东方人看来，欧洲的大街都很类似，而圣彼得堡更像巴黎，宏伟大气。上海的老租界以及哈尔滨的道里区也很像欧洲，不过夹杂的现代建筑太多了，尤其是那些汉字招牌和空调架，一眼就能看出来是在国内。她正发呆，忽然窗前走过一个酷似亚历山大的男人，胸前也挂着单反相机，还有那个耐克背包，是他！申虹追出门去，可街角已空无一人。“这么快？难道是幻觉？”她沮丧地安慰自己可能看错了，哪有这么巧啊？她有些后悔，下机时该主动要个联系方式的。

第二天，申虹在机场又看见一位像亚历山大的男子，于是冲上前去拍了他一下，不料对方转过身来，才发现不是他。这人比亚历山大老十岁，一脸胡子，眼神也不够清澈。不是他，申虹失望地登机了。于是她怀疑昨晚看见的可能也不是亚历山大。

返程航班申虹特意选了土耳其航空，还办理了过境签，这样便可在伊斯坦布尔逗留一天，游览这座横跨欧亚大陆的城市。她想了解拜占庭建筑是如何被改造成伊斯兰风格的，虽然之前在无数建筑杂志上看到过。

第二天早上，在圣索菲亚大教堂，有人从背后拍了她一下：“Sunny（桑妮）！”这是她的英文名。

她转身一看：“Alex（Alexander的昵称，亚历克斯）！”是他。再次邂逅，仿佛他乡遇故知，俩人大喜过望，来了一个拥抱，距离瞬间拉近。

“No beard on your face. Hehe.（你脸上没有胡子，嘿嘿。）”

“What?（什么？）”亚历山大一脸不解地问。他不知道单申虹在圣彼得堡机场把一个络腮胡子的男人当作他了。

听了申虹的讲述，亚历山大确认她在涅瓦大街看到的背影是自己，于是他们越发觉得彼此有缘了。事实上，这些都是游客常去的地方，重逢的概率还是挺高的。

亚历山大是周五飞来的，比申虹早一天，他此行的目的是写拜占庭和东正教宗教文化继承关系，所以将莫斯科、圣彼得堡、伊斯坦布尔一路游览下来，明天回特拉维夫。亚历山大还向申虹表露心声：他这几天一直生活在惶惶不安的自责中，怪自己为什么不向这位smart girl（聪明的女孩）要个联系方式？感谢上帝，今天他们得以再次相见，他无论如何要把想法讲出来，否则不会原谅自己。

申虹是今天晚上的航班，于是亚历山大抓紧时间陪同她去了好几处地方参观，申虹从建筑学上做专业解析，而亚历山大则讲述了一些历史典故。亚历山大和她年龄差不多，是个未婚青年，且接近于不婚主义者。双方家庭都是教师、工程师之家，对孩子足够宽容。亚历山大原本学历史，后改哲学，不过觉得自己还是更喜欢旅行。他好几次想开口让申虹改签机票，在伊斯坦布尔再停留一天，最终没能开口。申虹在他手机上安装了一个WeChat（微信），说是中国人都用这个，当然也可以用Skype（一个网络语音沟通工具）联系。

去机场的路上，申虹邀请亚历山大来上海玩，亚历山大便想立即跟她一起走，查了下出入境政策，发现需要签证，失望之下提议让申虹一起去耶路撒冷，结果申虹发现她去以色列也得签证。两人相视苦笑，只好作罢。

之后他们展开了网恋叠加异国恋，这种恋情的奇妙之处在于异域感很强，又无须为双方的现实生活担忧。作为新独立女性，单申虹的工作能力很强，经济条件也不错；作为“自由而无用的灵魂”，亚历山大游走全球，也不会成为他人的负担。还有比这更纯粹的爱情吗？

既然是纯粹的爱情，就和婚姻没什么关系。婚姻的三要素当中，他们目前似乎只占其一，没有共同的财产关系，也远未想过要一起生个孩子。对于他们来说，生活已经很美好了，再去思考双方并不关心的事，纯属自寻烦恼。

他们很快就有了下一次见面机会，单申虹要出差去孟买，亚历山大便赶过去了。孟买刚好处在特拉维夫和上海的中间点上。这是他们第三次见面，入住在泰姬玛哈酒店，这家酒店2008年遭受过恐怖袭击，不过由于后来加强了安保，它现在是孟买最安全的酒店了。

之后他们还在泰国、墨西哥、危地马拉等地汇合并一同旅行过，亚历山大来过一次上海，申虹也去过一次以色列。当然，他们都没有惊动双方父母大人。

他们自由而散漫的恋情持续了多年，至今也没有结束的迹象。双方没结婚的愿望，也不存在分手的说法。时间长了，他们之间的联络没当初频繁，情感也不如之前浓烈，那又有什么关系呢？生活，是怎样便是怎样，亚历山大和申虹在上海的生活，几乎没有什么交集，就像平行宇宙。申虹一直不理解，为什么有些女孩恋爱之后会陷入痛苦，然后是分手。她可从没为亚历山大的日常行踪烦恼过，也没问过他有无其他女友。每当回到上海，申虹便成了妈妈的乖乖女，继续接受相亲安排。

就说眼下妈妈单位同事介绍的这个男人吧，自己见了一面，觉得还不错，可以继续交往，但仅此而已。晚饭时妈妈提到的那些事情，申虹一句话也没听进去。妈妈用上个世纪的经验指导这个世纪的生活，不就是"刻舟求剑"吗？

妈妈担心的是离婚男还有个孩子，虽然孩子跟着他前妻生活，她感叹道："唉，申虹岂不成了后妈了？"

申虹的爸爸不太认可这种说法："什么后妈？现在哪有这个叫法？都是叫阿姨、姐姐。"

妈妈又叮嘱申虹，以后一定要管住钱，避免在两代人之间产生财产纠纷。

爸爸继续为女儿说话："申虹的房子是婚前买的，自己有工作有收入，将来和任何人在一起生活都可以经济独立，你觉得自己女儿有那么傻吗？"

申虹觉得他们的对话挺有意思，似乎明天就要把自己嫁出去了。但她还是不想参与讨论，而是继续听他们讲话。

"幸好他的孩子是个儿子，如果是个女儿，谁向我提，也不能介绍给申虹啊。"

"这是什么说法？没那么严重吧？"

"女儿跟爸爸亲，申虹嫁过去，还不是跟他女儿抢爸爸啊？人家是亲骨肉，遇到什么事，肯定把女儿放在第一位，上辈子的情人啊！"

说到这，申虹和爸爸看了妈妈一眼，没再接话。早前，妈妈就觉得家里父女关系好过母女关系，甚至对他们的夫妻关系也有所挑战，所以颇有些不愉快。申虹觉得妈妈是自寻烦恼，也懒得解释。现在也一样，她不想对八字还没一撇的事发表任何看法。

对她来说，婚姻不是刚需，既往的生活"定式"也未必适合自己，反而存在诸多风险。现在工作很好，有父母相伴，还有"度假式"海外男友，要收入有收入，要情怀有情怀，任何低于目前生活感受的选项，都是可以放弃的。和这个离婚男的交往会给她带来什么呢？看不出什么来，她也懒得去考虑。

吃过饭，她又向爸妈请了假，回自己小房子里去住。她还有一张设计图纸没完成，还有两本书要翻翻，需要安静的环境，这是她生活的常态，不能改变。

凤求凰

“母亲为什么要嫁给父亲呢？”吴雨常抱怨这个，脑子里还偶尔会闪现另一个无以言表、无比“邪恶”的疑问。这个疑问像幽灵一样来自内心深处，每当夜深人静时，便跑到她脑海的海面上来透口气，探探主人的忍受力。她极力地压制它，就像人们非要用石板压住棺材，或者把魔鬼装进瓶子再投入大海一样恐惧。“姑且放放吧。”她每次都这么对自己说，毕竟这是一个也难以证实，也不敢搞清楚的疑问，想一想都是罪过。

她有一半的不自信来源于此，另一半来自自己的容貌。每个不自信的人都有这样那样的问题，只要离得足够近，总是可以找出原因来。

对于“凤凰男”“凤凰女”来说，出生在农村就是一个“原罪”。家里穷，也八成能成为自尊心超强的原因。长得不够好看，说话有口音，或家里没背景，都能成为一大原因。

不过，她算是个慢性子的“凤凰女”，一般情况下拿得起放得下，但凡有一点事做，她就可以逃避那些不愉快记忆的侵扰，只有这个晚上除外……

“我们去喝酒吧。”晚上十一点，吴雨收到了刘强的信息。她决定不回复这条信息。十分钟后，她接到了刘强的电话。

“吴雨。”

“嗯，刘科。”她轻声答道。

“刚才给你发了条信息。”

“哦，我等下看看。”她心不在焉地说。

“吴雨。”他有点急。

“嗯？”

“你没事吧？我还在单位呢，刚才是叫你去喝酒。”刘强不想等。

“哦，刘科，今晚有点不舒服，我不想去了。”还是轻描淡写的，一听就知道不是真话。

刘强没想到吴雨这么干脆地拒绝了自己，他觉得心里有点堵，于是说道：“那我过来看看你。”

没想到他反而更进一步，要来自己的住处。吴雨开始后悔那天不该让他开车送她到小区楼下来：“别了，我想早点休息，明天一早我约了姚处。”

心中的那堵墙还没能铲除，听了这话更像是墙这边着了火，还不能让那头知道。他冷冷地回了一句：“好吧，早点休息。”

他没想到吴雨竟然拿出姚处这张挡箭牌来，窝了一肚子火，这小妮子真难搞。以后尽量用新供应商，胆敢去找领导的人直接不让入围。明天还是去趟姚处那边，搞清楚他的态度，数据库软件的采购还是不是自己说了算？他站起来在办公室里来回踱步，不想回家，自从和妻子分房睡以来，他就尽量晚回家，不是要闹离婚吗？那么就闹得彻底些！

“余总，”他拨通了一个集成商老板的电话，“还在春申一号吗？让司机来局里接我一下。”

今晚，他想好好放松一下。两个月来，吴雨把自己的情绪一步一步带到了巅峰，然后在今晚把他推下了悬崖，他要找点乐子把自己撑起来，酒是必不可少的，当然还得有人陪着喝，这次找个学历高的、气质好点的，总之各方面都要盖过吴雨，让她干吗就得干吗。吴雨这小妮子，长得又不好看，都年过三十了，嫁不出去还死撑着！以为你性感、身材好，我就得倒着求你啊？找上门来的女孩子多得是。

他在脑子里对吴雨，也对自己发了一通毫无逻辑的脾气。他对自己也相当不满意，为什么对一个相貌平庸的女人会如此有欲望？！丰乳肥臀的女人到处都是啊。自己好歹是公安大学的高才生，虽然来自农村，但论相貌、智商、社会地位，哪样不比吴雨强？她凭什么拒绝我？按影视剧里的情节，女人们不都应该是飞蛾扑火一样涌上来吗？

电话的另一边，吴雨放下了手机，有些惴惴不安。她终于鼓起勇气说出了拒绝，顾虑却更多了。幸好自己提前做了准备，知道姚处明天在单位，否则就露馅了。明早去不去姚处那边呢？项目暂时还在刘强手里啊，姚处刚来不久，他会管这事吗？单子丢不得，可继续和刘强纠缠下去，怕是要把自己搭进去。明天怎么说呢？要不干脆一不做二不休，约姚处出来吃个饭，告刘强一状？如果他想抓刘强小辫子的话，岂不正好？可是，姚处会怎么看自己呢？她想不明白，深呼吸长叹气：“咳，还是洗洗睡吧，明天的事，明天再说。”

浴室镜子里的自己是最美的。她庆幸自己顶住了父母的反对，在浴室里装了这面大镜子。她跟父亲说浴室里装镜子显得空间大，做父亲的只得信，母亲在旁边白了她一眼，知子莫如父，知女莫如母，她才不相信吴雨的鬼话。“装面镜子手能伸过去吗？”“当然不能，又不是恐怖片。”她觉得女儿还是趁早嫁人的好，整天这么自恋更难嫁了。

大部分镜面由于不断地有热水淋上去，“魔鬼的身材”一览无余，而凝结的水珠恰巧遮挡了“魔鬼的面庞”，朦朦胧胧地只现个轮廓，看上去也挺妖娆的。说“魔鬼的面庞”有些过分，其实顶多算不漂亮，这要怪她父亲，吴雨遗传了他的小眼睛、塌鼻子、厚嘴唇。她从母亲那边得到的则是白皮肤、好身材和外向的性格，但脸上的优点一处没捞着。

母亲为什么要嫁给父亲呢？吴雨一直有这种疑问，后来听外婆讲才知道：当年上海知青下乡，吴雨的妈妈是老大，下面有一个弟弟、一个妹妹，唯一的留城名额怎么说都轮不到自己，想办法拖了很久，还是被分配到了云南西双版纳。她下乡时已经过了二十岁，正是谈婚论嫁的年龄，但坚持不在当地谈恋爱，一心想回上海。等啊，等啊，一直熬到二十八岁，老姑娘了，看不到任何希望的她只好嫁给了农场领导的儿子，也就是吴雨的爸爸，一个长相和能力都极其平庸，毫无自信的男人。可是结婚没几天，便传来知青可以返城的消息，她便闹着要离婚，公公慌了神，承诺给安排在昆明的正式工作，她才暂且留下，但坚持不生孩子。直到1980年代中期，即将退休的公公终于兑现承诺，托老战友将他们的工作调动到昆明某国营工厂，与那些回城干临时工的上海知青比起来，她算过得还不错，才生下了吴雨。

吴雨出生前，昆明和上海都正逢冬旱，连续一个多月没降水。她出生那一天，上天仿佛开恩，两地都下了大雨，所以她妈妈想到这个名字。她爸爸立即表示赞同，爷爷奶奶见是个女孩也懒得在名字上费心思，只有外公认为自家获得了重大胜利，虽然姓氏还是婆家的，但名字是女儿起的，“吴雨”，便是吴地的雨露，还是上海人民滋润了云南大地嘛，如此一想豪气顿生，堪比唐蕃和亲、贞观之治……不过吴雨上小学时，老师同学们可不这么想，纷纷将其名字调侃成“无语”或“无雨”。她便向父母哭诉，要求改名。她爸爸不以为然，说这名字多好记多好写，你一年级就会了，还可以拆字拆成“一口就喝下一天的雨”，多有意义啊。她妈妈气得直骂她爸没文化：“我都要无语了，你们家的人都没文化，这么有诗意的名字都不会解读。”然后便把她外公的话拿出来讲了一遍。没办法，一家人的最高文化程度就是初中毕业了，吴雨只得含泪接受。后来，她妈妈每次和她爸爸吵架，都会习惯性地说“无语了”，这无疑影射到了女儿的名字。吴雨心里一阵说不出来的难过：“他们竟然还坚持说这个名字好。”

吴雨在昆明长到十几岁，身体发育得极其窈窕且丰满，吸取了她爸妈的全部优点，既有云南的窈窕也有上海的风韵；但有得必有失，脸上却长满了她爸妈的所有缺点，不好看且颇具幽怨气质。

领身份证时，她发现自己突然变成了上海人，后来很快被送往外公外婆家生活，并在上海参加高考。上大学期间，外公外婆相继驾鹤西去，遗嘱上直接留给吴雨一套老公房，以表示对女儿和外孙女的愧疚。不过妈妈又一次表示“无语了”。吴雨悲喜交加，一时反应不过来。不过，突然间有了自己的房子，总归是件好事。

吴雨吹干头发后躺在床上胡思乱想，辗转反侧怎么也睡不着，她决定给一个朋友打电话。对方是某硬件厂商负责公检法行业的销售，接触刘强的时间比自己长。因为产品不存在竞争关系，而且他对自己还颇有几分好感，所以相处得不错。

“海峰，睡了吗？”

“巧了，你怎么知道我还在写方案啊？”

“是吗？辛苦、辛苦，这么晚了。怎么不让东平写啊？”

“是他写的，下午刚发给我。不过你懂的，他们技术写的东西，用户都不一定能看懂，交到我们手上，不还得改改嘛。都整理完了，等下把配置报价一起发给刘科就好。”

“刘强刚才给我打电话了。”既然海峰提到了刘强，那就顺着讲吧。

“哦？他想干吗？呵呵。”

“还不是跟上次一样，想约我出去喝酒。”

“几点的事啊？”

“都十一点了，所以懒得去。”

“难怪，他是在你这边碰到钉子了。刚才余总打电话叫我去春申一号，说是刘强来了。我说正给局里写方案呢，明早要交，哪有空？结果刘强抓过电话就喊‘别写了！赶紧过来喝酒，写方案还是泡妞重要？！反正项目都是你的’。我听他俩都喝醉了，我过去就成‘埋单侠’了，就没管。再说，我不写，明天刘强拿什么跟姚处汇报啊。”

“千万别去，春申一号不刷上一万块根本出不来。”

“你一个女孩子也去过？”

“最早不是刚认识刘强嘛，他非要去，我只好跟着埋单。”

“后来才发现钱白花了，他真正的目标是你，对吧？”

“后来就约我去酒吧，说他正和老婆闹离婚。”

“套路。”

“是啊，说了些听起来掏心掏肺的话，看起来痛苦欲绝，楚楚可怜。”

“他离不了婚。他也是个‘凤凰男’，还得靠着老丈人给他升副处啊。”

“嗯。”吴雨停顿了一下，转了个话题，“海峰，你说数据库这块，姚处会管吗？”作为一个女生，寒暄的过程可以很短，不必绕来绕去，赶紧谈正事。

“可以管，也可以不管。姚处看起来年龄大了，说话模棱两可，其实一点都不糊涂。我是这么想的：你去找他，他就管；你不找他，他就随着刘强去办。我是厂家，硬件扩容项目反正是我的，哪家供应商都无所谓，所以尊重一下刘强，不找姚处，代理商爱找谁找谁好了。你们数据库这块，产品也没什么竞争对手，肯定是‘O记’的，但供应商还有得选，所以你可以尽早找下姚处。”海峰不知道的是，吴雨其实已经见过姚处好几次了，只不过她觉得姚处的年龄足以做自己的父亲，一脸正气，又是从河南刚来的，她一时还不知道该怎样做他的工作。

“唉，是啊，厂家找科长就够了，我们代理商反而要找处长，钱少活还多。”

“是啊，所以我一直劝你要进厂商啊。要不还是到我们这边来吧，我们王总一直看好你呢。”

“不去。我还是喜欢自由点，自己说了算。”

“干吗和薪水过不去？我们厂家待遇好多了，也挺自由的。你要是不想和刘强打交道，可以做别的行业嘛。”

“不！才不！出了虎穴，又入狼窝。”吴雨噘着嘴说道，虽然电话那头看不见，但声音里能听得出来，她在撒娇。女人撒娇是不分年龄的，只要对方比自己大即可。

“哎呀，小姐姐啊，我们哪个要打你主意了？是我还是王总啊？”海峰调戏道。

“你们，和刘强，都一样。”吴雨把一句话分成三段讲，加重了语气。她继续发嗲，一边说一边跺脚，接着像小姑娘一样扭了几下腰，似乎海峰透过声音也能看见自己。

“冤枉啊！上次多喝了几杯，不都道过歉了吗？还不依不饶啊。”海峰哈哈大笑道。

“不！你们都结过婚的人了，拿我开什么玩笑？”吴雨嗔怪道。

“酒桌上不都这样嘛。”这话的意思，和那句著名的“犯了天下男人都会犯的错误”是一样的。只不过一个作为性骚扰的挡箭牌，另一个是对于出轨行为的解释。

“不跟你聊了，早点休息吧。不怕你老婆听到啊？”吴雨找了个适当的理由准备结束谈话。

“她才不管，早睡了，我在书房呢。”海峰压低了声音。

“你还是去陪陪她吧。免得跟刘强一样出现危机。”吴雨“恐吓”道。

“那可不一样，刘强是上门女婿。我老婆全听我的，我能跟他一样？”其实海峰和刘强一样来自农村，不过他的妻子是个中专生，所以什么都听他的。

“嗯，好了好了，你厉害好吧，快睡觉吧。”吴雨又发嗲了。

“是你打扰我写方案的，要不我早睡了。”

“这不看你写累了，和你聊聊天，让你的眼睛休息休息嘛。”

“唉，好吧。这么说我还要谢你了？”

“不用客气。”吴雨诡秘地笑道，然后收敛了表情，用一副乖巧的语气说道，“海峰，谢谢你。晚安。”她不自觉中已经扮演了多个角色。

“好吧，晚安。”海峰悻悻地回道，似乎不太愿意从书房回到卧室，好像里面有一只母老虎在等待着自己。也许没有“母老虎”那么可怕，只是卧室那个，没有电话里这个有新鲜感罢了。

挂完电话，吴雨有主意了：不管怎样，明天去该去见姚处了。姚处说过，欢迎她常来坐坐，也许这不只是一句客套话。

虽然想好了该怎么做，吴雨还是没法睡觉，她躺在床上睁着眼睛发呆，想了很多很多……

自己驾驭客户的本领也不是天生的，而是不断摸爬滚打练出来的。自从爷爷奶奶退休后，家里再也没有什么人在体制内工作了，一切都要靠自己打拼，通过市场求生存。作为一名女销售，有时要受些委屈，偶尔会吃点亏，但永远不会说出口。刚做销售时的情景还历历在目：

她在被任命为上海办事处负责人之前，曾经被北京总部安排在济南独自工作过一年。济南是个典型的北方城市，并不精致，不过还遗留了些古城古韵，还蛮有感觉的。公司提供的开办经费只够租两居室的房子，并且商住一体，她在大明湖边找到了一套，房子很旧，不过这里距离各个省直机关都很近，走走就到了，每天早晚还可以去湖边散步。作为刚毕业不久的大学生，她对一切新的东西都充满了好奇；作为文艺女青年，她还对生活品质有些要求；作为知青的孩子，她不怕吃苦。

有个客户叫武沂虎，某国企的CIO（首席信息官），对初来乍到的吴雨很是照顾，第一个月就下了三十万的单子作为“见面礼”。项目虽小，但对急于“开单”，要在公司里站稳脚跟的吴雨来说意义重大。机关事业单位“出数”都很慢，往往是第一年做预算，第二年才出单，即便有可以转移的预算，也要等到年底才执行。所以吴雨非常感谢他，尊称他为虎哥，经常请他吃饭，一方面对他表示感谢，另一方面也把他当作大哥来对待。

来往多了之后，吴雨会向他倾诉自己的故事，虎哥也跟吴雨讲述家庭的烦恼。吴雨的故事从校园开始。她的第一个男友很帅，但从不和她一起走路，更别提牵手了，似乎不想让人知道他们的关系，连逛街、旅行都跟做贼似的。四下无人时，他却表现得特别亲热，双手老在自己身上游走，甚至有种偷情的刺激。时间长了，吴雨开始怀疑他是否还有别的女朋友，把自己当备胎，调查的结果发现并没有。不过对方始终不愿意公开恋情，一年后，连偷情的快感也没有了，吴雨难以接受，选择了分手。没多久，对方就开始追求一位漂亮的新生小姑娘，成功后高调地公开了关系，在校园里搂搂抱抱视若无人。原来，对方嫌自己长得丑。第二个男友倒是愿意和她牵手亮相，可做人太大大咧咧。有一年暑假他们都没回家，一天中午，她买了些冰糕送去男生宿舍，在楼道口听见他和同学正在打牌，一个问道："吴雨的胸更大，手感咋样？"她男友骄傲地回道："晃起来跟水一样……"说了些不堪入耳的话，于是宿舍里的男生一起猥琐地大笑。竟然拿自己的隐私跟别人交流，说明他既不尊重也不在乎自己，这个花花公子！她愤怒地将那些雪糕全扣在他头上，当即分手。之后遇到的人也都差不多，感觉谁都想从她身上捞一把，但是谁都不想对她负责，吴雨烦恼极了。

没想到，虎哥听她这么说，也起了念头想从她身上捞一把。其实他从一开始就想了，这么性感的身体，谁不想要呢？只是他还想做个正人君子，最好对方主动投怀送抱，又人不知鬼不晓，自己没有精神负担，否则为什么要帮她呢？虎哥结婚多年，和妻子早已没有激情，听过她的故事后，便没有了道德负担，心里想道："至少，比你前男友对你好一些。"可是他们往来交流多次，吴雨只是和他吃饭聊天，把他当大哥，似乎没有更进一步的表示。

有一天，虎哥带她去喝酒，就在黑虎泉附近。结束后已是半夜，高高的解放阁关闭了景观灯，越发显得月光皎洁，星光点点，和煦的春风吹拂着，护城河边的柳树刚刚长出了新芽，夜深人静，黑虎泉的水流声更加清晰纯粹。"夜色多美好，可惜大家都在睡梦中错过了。"吴雨说道。他们一起来到停车场，才想起酒后不能开车，虎哥提议在车上坐一会儿。"草在结它的种子／风在摇它的叶子／我们站着，不说话就十分美好"，吴雨想起了顾城的诗。他们把座椅放倒，半躺着，透过前窗玻璃看着天上的星星，聊几句，沉默一会儿，再聊几句，然后再沉默。酒力开始发挥作用，吴雨渐渐入睡……

梦里，她和男友躺在学校大草坪上，戴着耳机听英文节目，男友不断地借着夜色的掩护骚扰她的身体。

"别闹，前面这句我没听到。"她抗议道。草地很舒服，很舒服，让人没有力量和它分离。

"叫你别动。"吴雨继续抗议，却不想睁开眼睛，要努力听清后面的句子，节目里说的是什么呢？奥运会预选赛，是奥地利还是澳大利亚？油价再创新高，怎么又是新高？是前几天的新闻吗？她感觉到男友的大手钻进了上衣里开始肆无忌惮地摸索，用整个手掌贴着皮肤。

"别乱摸。"自己想去拿开它，却没能抬起手臂，"这家伙，每次说去草坪学英语，就知道他想干坏事了"，她想要制止他，但自己的手臂为什么一直没动呢，眼睛也睁不开，只能怪这草地真是太舒服了，难道是睡着了吗？但自己不是还在说话吗？忽然，下身一阵凉，干吗？！不行。“不行，我还是处女。”她喊叫了起来，终于醒了，一半是因为疼痛，一半是因为自己的喊叫声。

吴雨醒过来发现自己不在学校的草坪上，而是在车里，旁边的不是男友，而是虎哥，他被吴雨的喊叫声吓了一跳，刚抽回手，一脸愕然。两人都已彻底从酒里醒过来，好尴尬。吴雨顾不得恼怒，想给自己穿好衣服开门下车，却被虎哥一把抱住，说对不起。吴雨愣住了，她本来也没想好该怎么办，停了一会儿，虎哥问：“你刚才说的是真的吗？”

她想，自己应该是说梦话了，于是感到害臊。但这不是虎哥的错吗？

“我想对你负责。”虎哥说完从驾驶座上起身，想要压在她身上。

“放开我。”吴雨竭尽全力推开他，喘着气穿上衣裤，推开车门，往路边走去，虎哥一路追来。

“别跟着我，到此为止。”吴雨说道。

回到住处，虎哥又打来电话。

“放心吧，我说了，到此为止。”吴雨电话里只说了这一句话。她再也没有见过虎哥。

在济南锻炼了一年，吴雨成为一名真正的销售，酒量练出来了，也懂得了人情世故。公司安排吴雨负责上海市场，不管怎样，在家门口工作，总比在外地方便。外地人都说上海人不喝酒，一下班就回家，但吴雨知道，这都是标签化的胡说八道，上海什么客户都有，和外地客户比起来并没有什么差异，很多客户常常去喝酒，而且是喝“花酒”。

公司是做软件贸易的，比不得厂商有豪华展厅和研发中心供客户参观考察，接待客户的工作无非就是吃吃喝喝，甚至带着他们出入三陪场所。这些年来，总有人想打她的主意，“谁都想在我身上捞一把”，好生懊恼。她有时候怀疑是否是自己给出了错误暗示。或者别人认为，作为一名女销售，就天然地更放得开？

多年来，她在个人情感上也一直没进展。一般的男人才不想娶女销售呢，性格强势，接触的人又杂。但多数女孩子都嫁出去了啊，为什么就没有人爱自己呢？她搞不懂男人的想法，脸就那么重要吗？“我有那么难看吗？”

其实还是有人爱上她的，只不过这种人她看不上，这种爱她也理解不了，她曾经遇到过一件怪事：

> 有一天，她收到一条陌生短信：“关注您很久了，我花了两个月时间，让自己鼓起勇气，给您发了这条信息。每当您从我面前走过，望着您远去的背影，内心久久不能平静，空气里还有您的香水味，于是我在本子上画了一张又一张关于您的漫画，都是您的背影和侧脸。同事们问我那是谁，我告诉他们，那是我自己臆想的女神。对不起，打扰到您了，祝您快乐！”
>
> 她开始以为是垃圾短信，仔细分析又不像，垃圾短信都带有链接，有目的性，骗子才不做无谓的劳动呢。这条短信只有文字，而且开头表达得很明确，“关注您很久了”“花了两个月时间”，很有针对性。她上网查了一下，本市的号段，没有其他信息，就不再

关注它了。

过了几天，这个号码又发来一条信息："我知道自己配不上您，但我会很努力，把爱藏在心里，终有一天，您会看到一个优秀的我。每天晚上我都告诉自己，要加油哦，吴雨在等着你。"

对方明确知道自己的名字，当然，信息泄露事件到处都是，一个名字算不上什么。可是竟然明晃晃地写出了"爱"字，让她吃惊不小，这人到底是谁呢?

之后对方会不定期地发这种类似心灵鸡汤的文字过来，有时候一周一条，有时候一周两条，有时隔一两周，前后持续了三个月之久。吴雨觉得只要不关注它，这些没有包含实际内容的信息似乎对自己也没什么影响。

不过有一天，对方的一条信息引起了吴雨的注意："此刻，已经整整一个月/30天/720个小时/43200分钟没有见到你了。您可知道思念一个人的滋味，就像喝了一杯冰冷的水，然后用很长很长的时间，一颗一颗流成热泪……"

后面的一段很诗意，她上网搜了一下，是1990年代巫启贤的一首流行歌的歌词。对方是位大叔？难怪之前老是发心灵鸡汤，还"您、您、您"的，但又不像，大叔应该不会喜欢画漫画吧。关键信息不在这里，而在前面，"整整一个月"，精确到了分钟，她看了下收到短信的时间，"一个月前的早上9：55，我在哪里？"她立即去翻了自己日程表，10：00杨浦区公安局，那么再往前五分钟，我在哪里？应该在公安局大堂啊。要么在电梯里？她不能确定，或许时间不是百分之百准确，编辑短信、发送、接收都需要时间呢，那么自己还有可能在出租车上，或者大门外。这么分析下来，对方有可能是公安局工作人员、出租车司机、其他到访人员。她一个个想：警察？极有可能，他们能找到自己的信息，呵，哪个警官喜欢上了我？有意思。出租车司机？不太可能吧，街面上扬招的车，没有留下电话号码，再说，他怎么可能经常看到自己呢？其他到访人员？“友商”的销售、售前、实施工程师？这个实在想不起来了，十点左右是单位到访高峰，前后脚看到一眼也是有可能的。

吴雨把这事跟海峰说了，海峰说这事简单，我们做公安行业信息化的，查个人还不容易吗？请客户在系统里输入号码一查就知道了。他还打趣道：“这人暗恋你很久了，现在游戏刚刚开始，哈哈。”吴雨说别开玩笑，正烦恼这事呢，也想过这个办法，但有两个顾虑：一是和客户交情浅，查号这事说大不大，说小不小，公器私用总是违规的，自己不知找谁合适，也不知道说什么理由。第二，万一对方就是警察呢？他们还是同事，多尴尬，系统内岂不闹得沸沸扬扬？海峰觉得她说得在理，便淡淡地说了句“Let me try（让我试试）”。第二天下午，海峰告诉她，没查到什么有价值的信息，只是一个没实名登记的号码，要进一步分析地理位置、常用联系人，甚至监听什么的，需要走流程立案或立项，一般的警员可没那么大本事。结果符合预想，可见影视剧、谍战电影看多了没什么用处，现实中一个环节都过不去。

有个闺密建议吴雨回个信息，把对方诱出来。吴雨觉得回复信息会给对方以错误的信号，觉得他这么做是有成效的，反而会更加乐此不疲。销售工作对于一位女性的历练，便是见多识广，在一定限度内去踩各种各样的坑，几年下来，她的经验更足，闺密在这方面应该反过来听她的才对。

过了几天，吴雨决定以回访客户为由，亲自去杨浦区公安局探探虚实。她特意避开客户拜访高峰期，约了下午四点，并且早到了半个小时，目的是为了观察。她在楼下观察了许久，没有异常，也几乎没有看见什么人。客户都比较忙，没有多少时间接待她，与负责运维的技术人员交谈几句后，工作很快就结束了，一切都很正常。在回家的出租车上，吴雨想，自己这招和闺密的建议有什么区别？简直是升级版，亲自上门做诱饵。

果然，她刚到家就收到了短信，三条连发，时效新鲜的短信：

“哦，我的女神，终于见到你了！这是一个多月来，我们院子里最温暖高光的时刻。你在院子里来回走了好多圈，是特意来看我的吗？不，这怎么可能？！你怎么会看上现在的我呢？白天鹅当然不会看上癞蛤蟆，但是我会努力的。而且这种努力已经有成效了，我马上就要晋升了，虽然只有小小的一点进步。只可惜我现在还不能暴露自己，甚至连在一旁静静地守护你也做不到，只能在远处爱慕你。

“哦，我的女神，你下楼了，出来了，这么快就要走了？这几天单位在搞集体学习，领导们都没时间，办事还顺利吗？没关系的，别介意，他们有时在台面上飞扬跋扈，但私下里对人还是不错的。相信我，经过一段时间努力，我一定会登上新台阶，到时候我再向您表白，然后结婚，成立家庭……我在你的鼎力相助下，总有一天也会像他们一样成功。

“哦，我的女神，你比上次憔悴了，是没休息好吗？你要保重好自己，今天的口红很好看，耳钉也很漂亮，香水很好闻，好有女人味……你乘出租车远去了，院子里顿时失去了色彩和温度。我甚至羡慕那位司机，他能和你说话，和你聊天。哦，我的女神，不知何时才能再次见到你，也许明天，也许后天，也许……在今晚的梦里……"

显然，对方一激动暴露了太多信息。吴雨立即把这些信息转给海峰看，他们经过讨论分析，一致断定，发信息的是杨浦公安局的某位编外工作人员。

第二天一早，吴雨在电话里把相关情况反映给了杨浦公安局的一位熟悉的处长。很快，下午就接到电话回复，查清楚了，发骚扰短信的是一个保安，正要晋升保安队长，他是从门卫登记处得到吴雨的电话号码的。"正在严厉批评，放心吧，以后他不会再骚扰你了。"吴雨一听，又为对方担心起来，连忙解释说："那个保安没什么恶意，批评就好，千万不要处理他。"之后海峰告诉她多虑了，对方能在局里做保安，还能担任队长，就不会因为这点小事被处分。如此一来，吴雨便安心多了。

是的，并不是没有人喜欢她，而是喜欢她的人层次不够，她没办法接受。"上帝用六天创造了世界，第七天他一定在反思错误"，吴雨开始"怨天尤人"。一切都是上帝的错配，为什么自己有这么好的身材，偏偏没长漂亮的脸蛋？为什么高层次的男人只喜欢自己的身体，而低层次的男人才欣赏自己的灵魂？还有，为什么上海有这么多优秀女性，优秀的男人却那么少？

妈妈这么漂亮，为什么要嫁给爸爸呢？这也是上帝的错。

"要是不嫁给你爸，就没有你了。"妈妈每次都这么搪塞过去。从生物学上来说，每个人都是偶然的结果，任何一点点微小的差异，无论是环境还是时间，都会导致那个胎儿不是自己，而是另外一个生命体。

不过，吴雨坚持认为妈妈当年的选择是错误的，再等一等，不就回上海了吗？

“再等一等，妈妈就成老姑娘了。”妈妈总是这般解释。可是，将就产生的后果是如此严重，不但导致自己长得不好看，身份认同也产生问题。比如，自己到底是上海人还是云南人？两边都不认同。上海人认为她长着“一张云南人的脸”，而且籍贯随祖父啊；而云南人则认为她是上海人，“长这么白，跟她妈一样诱人”。最后这句，是她几年前去西双版纳看奶奶时偶然听到别人说的“闲话”，每当想起这段“闲话”，就像打开了潘多拉魔盒：

吴雨的爷爷已经去世了，奶奶也80多岁了，住在一家农垦干休所里。吴雨不习惯奶奶家的蹲式马桶，后面两天干脆住在干休所旁边的宾馆里，这样大家都方便，阿姨只要照顾老人即可。

她陪同奶奶参加了一个为老干部及家属举办的慰问宴会，席中除了几位古稀老人外，还有几位父母的同龄人，应该是当年的本地知青或职工，有两位阿姨对吴雨和奶奶特别热情，因为她爷爷毕竟做过农场的领导。老人们身体较弱，也吃不了什么东西，可这次有省里的领导下来，还得出席一下，领了大红包，和领导合过影后就可以先回去了。阿姨搀扶着奶奶，吴雨拎着会上发的食用油、奶粉、茶叶、保温杯等礼品一起回家。奶奶在路上唠叨道：“那保温杯上都没用油漆写字，太敷衍了。要在当年，上面一定题满了人名，那样才有纪念意义啊，可惜了这么好的杯子！”

奶奶九点就睡了，吴雨和阿姨告别，回到了宾馆。宾馆是吴雨出生那年盖的招待所，前两年本来要拆了重盖的，可农垦系统效益不好，只得装修一下凑合着用，隔音隔热都不好。可见，现代建筑比人还容易老，三十年的房子就可以拆掉了，但三十岁的吴雨还是尚未出嫁的姑娘。

吴雨洗漱过后，准备看一会儿电子书就睡了，发现Kindle（亚马逊电子书阅读器）已经没电了，就拿出充电器准备充电，桌前的插座是坏的，于是她用床头那个。可这插座好像也不灵，同样没电。她想把充电器拔出来，可是太紧，用力一拉，竟然把整个暗盒连带着拔了出来。“哎呀，我成女汉子了，这宾馆真是太破了，”吴雨心里埋怨道，“再凑合一晚，明天就去昆明了。”只好使用卫生间门口烧水用的插座。

她躺在床上百无聊赖，觉得那暗盒背后的红砖墙洞就像受伤的人体一样，张着血盆大口，触目惊心，实在有碍观瞻。便想把暗盒塞回到墙上去，这时，墙洞里却传来了隔壁房间谈话的声音。原来，这家宾馆的房间隔墙本来就是单层砖，装修时竟然把隔墙都打透了，两个暗盒背靠背，如果把另一个暗盒也推开，便可以“凿壁借光”了。隔壁应该是两位阿姨在聊天，声音很清晰，比今早木门外传来的服务员嬉闹声还要清楚。声音好熟悉，普通话里带有浓重的云南口音。不会是今晚宴会上同桌的两位阿姨吧？她们都是从外地赶来的，附近没有其他酒店，很可能就住在这家宾馆里。她屏住呼吸，仔细一听，还真是，似乎正在讨论农场里的事。于是她把插座和暗盒轻放在床头柜上，关上灯，把枕头挪到床边，靠近那墙洞，准备一边偷听她们说话，一边入睡。偷听的乐趣，可比看书要强烈得多。

她们谈论的都是当年知青下乡的事，特别是关于罢工返城的事件。“记性真好，三十多年过去，这么多人名还脱口而出，而我连几个月没见的同事都叫不上名字了。”吴雨正想着，突然听她们提到了爷爷的名字，但是口音太重，她要确认一下，连忙起身趴在枕头上，以使自己的耳朵尽可能紧贴那墙洞。没错，说的就是爷爷，“吴团长”“吴书记”“吴场长”都是他当年不同时期的职位，后来提前退休，据说是因为查到一个“文革”时代犯的错误而失去了实权和职位，但保留了待遇。

一个阿姨说：“吴团长当年可好色了，不知欺负了多少大城市来的女孩子。”

另一个道：“就是。大家都这么说，还有人说他扒灰。”

“可不是吗，他那儿子这么不灵光，胆子又小，这么漂亮的上海知青会看上他儿子？也从来没见他们谈恋爱，说结婚就结婚了，谁知道怎么回事……”

“今天他那个孙女，我觉得更像吴团长啊，呵呵。”

“这个不好讲啊，隔代遗传也有可能。你没听她说是1986年生的嘛，那时老吴都快60了吧？”

“那不清楚。还是有可能的，外人哪知道啊？我听到一个说法是吴团长欺负了一个上海知青，人家不愿意，闹着要回上海，老吴怕她回去以后会乱讲，自家儿子又讨不到老婆，就安排他们结婚，跟人家讲可以安排去昆明上班。这样不就好控制了嘛。”

“今晚那个女孩子长这么白，跟她妈一样诱人，比她妈屁股还大，还要丰满啊。又是一个小妖精啊。”

“那当然，现在营养多好，以前都吃不饱，就那条件，她妈还是农场的场花呢。”

…………

真是意外，意外到不能再意外了。吴雨头有点晕。“什么？！扒灰？我可能是爷爷的女儿？都什么乱七八糟的啊？！”她恨不能冲到隔壁去理论，但那只是想法而已，实际上她还是趴在床上一动没动。隔壁已经传来此起彼伏的鼾声，这两个阿姨只是八卦，自己跑去一闹，人家反而真以为有其事了，到时候传得沸沸扬扬，全家人都抬不起头来。都快四十年了，农场里一个原来的职工也没有了，现在全家除了奶奶还在西双版纳，其他人都在大城市，谣言不可能流传到上海来。大家都忙着赚钱呢，谁会关心当年云南知青的事，现在的年轻人，有几个了解这段历史呢？

这件事，她对谁也没提起过，即便是当事人——妈妈。自己从小到大，无数次问过“妈妈这么漂亮，为什么要嫁给爸爸呢？”妈妈总是回答道：“要是不嫁给你爸，就没有你了。”但自从“凿壁偷听”事件发生以来，她不禁要怀疑了，这句话完全可以理解为另外一层意思，前半句只能成为后半句的必要条件，而不能成为充分条件，要不然，为什么不直接说“要是没有你爸，就没有你了”？这事不能深究，否则将会成为一个“不定时的炸弹”。难道要拉着父亲一起去做亲子鉴定？还是对爷爷开棺验尸做基因检测？妈妈的声誉也将晚节不保。“传闻的可能性不大，自己出生在昆明，而爷爷奶奶都一直在西双版纳生活啊。”吴雨安抚自己道。

回想到这里，吴雨又长叹了一口气，黑夜中连自己都能听见“咳”的一声。她越想越清醒，于是开灯，上洗手间，靠在床头拿起手机，三点了。又刷了一会儿各种APP（手机软件），没什么有价值的信息，现在的新闻，要么不疼不痒，要么就是抓人眼球的，比如刚刚推荐的这条《保安恋上美艳女业主》，下一条《震惊！女儿身患白血病方知非亲生》，这都是些什么新闻啊！难道人工智能、大数据分析的能力已经能知道自己刚刚在想什么了？为什么推送关于“保安”和“非亲生”的信息？

说到底，今晚的失眠还是刘强的骚扰引起的。说实话，刘强其实各方面条件都不差，对自己也还不错，自己刚认识他时态度就跟对虎哥一样尊敬，但熟悉后就变味了，什么家庭苦闷、性压抑，你好歹离成婚了再过来撩拨我啊！“一切不以婚姻为目标的谈恋爱都是耍流氓”，况且这还不算谈恋爱呢。

总以为自己从事销售工作多年，在处理人际关系上已经能做到张弛有度，既让对方有好感，又不会给对方以错误的暗示。没想到现实中，有近十年工作经验之后，不还是被纠缠？自己对客户还是过于热情，天天想着私下请客户吃饭，拉近个人关系，以便拿下项目，然而一旦客户对自己着魔，反过来纠缠时，又极力想逃脱，结果就是什么事也没办成。

也许闺密说得对，女孩子年龄大了还是要结婚，结婚了在职场上受到的骚扰就少了，至少不会那么明目张胆。自己倒是盼着结婚呢？可是找谁结呢？好男人都有主了，就连海峰这种“半好不坏”的“男闺密”，也早就娶妻生子了。

快天亮时，她终于把自己熬得睡着了。似乎刚闭眼，手机闹钟就响了，八点了！她赶紧洗漱，穿上最正式的黑套装、拿上最新的公司资料，出门了。“不能打车，太堵了。”她告诉自己，一路小跑去了地铁站。路上好多男人回头看她，大概在想：“瞧，这个穿高跟鞋的女人跑起来上面下面都在晃，会不会因为频率相同而产生共振，最终把自己晃倒在地？”四站后换乘，再乘五站，然后再跑五百米，吴雨一路吸引着男人们的眼球，九点一刻，终于满头大汗地赶到了姚处楼下。在卫生间补过妆后，她来到信息科技处办公室，门开着，姚处不在，刘强却坐在沙发上。

“刘科早！”吴雨礼貌地打了个招呼。情况有点儿出乎预料。

“姚处开会去了，局里临时通知的，等一会儿就下来了，你坐着等等吧。”刘强一本正经地说道，吴雨有点儿不习惯，觉得两个人的距离远了不少，仿佛是自己的过错。

刘强叫她坐，其实她更想站着，因为这套衣服实在不适合坐下来。沙发太矮，屁股太大，裙子遮不住膝盖，并起腿来已经很困难了，不论朝门还是朝刘强这一侧都不合适，她还不能身子往前倾，比如递材料或拿杯子，否则前胸又要暴露了。椅子又太高，特别是面对沙发上的人，穿着套裙坐在椅子上真是太尴尬了。

还在犹豫中，刘强站了起来为她“解围”，他叹了一口气道：“吴雨，放松点，你的项目没问题了，姚处也是从基层干上来的，知道供应商的难处，他会帮你的。”说完在她手臂上轻拍了两下，弹弹的，转身出去了，脸上还带着微笑。

吴雨没弄明白，此刻，她完全不像是一个有十年工作经验的老销售，而是回归到一个刚毕业小姑娘的局促状态：“项目没问题了？怎么一回事呢？”

半小时后，姚处回来了。“吴雨来了啊？我还正要让刘强找你过来谈谈呢。”他示意吴雨坐在自己办公桌对面，“刘科介绍过你们公司的情况了，你们服务一直做得不错。我们会在招标文件上写‘有本单位三年以上维护经验加十分’。”吴雨明白，言下之意，这个项目她赢定了。

“谢谢姚处，真是太感谢了！”吴雨鞠躬致谢。

姚处摆了一下手，意思是不要说谢谢了，免得被别人听见。“我们是根据实际需要来选择供应商的，招标过程是公开、公平、公正的。”

吴雨不知道胜利从何而来，昨晚拒了刘强，姚处这边又没深交，他为什么要帮自己呢？

“吴雨，我找你是要说件事。”

她想起刚才姚处说过有事要找自己，于是收敛了欢快的笑容：“嗯，您说。”

“是这样的，我和你们上游厂商那边已经打了二十几年交道了，我在河南时，就认识他们了，他们在美国的总部我也去参观过。我调来局里之后，东区的李总也特意来找过我，就在前几天。因为我们对这个行业的需求量比较大，厂家想加强和局里的联络，要增加一个销售岗位。李总问我有没有合适人选。我就觉着，这招人的事还需要我同意吗？他说要找个熟门熟路的，好做服务。我就说，‘你们那个代理商的女孩子吴雨不就挺好的嘛。’”

“原厂？”吴雨内心一阵欣喜，这不正是自己多年来一直想要的岗位吗？之前竞争对手太多，只要有职位空出来，无数候选人便蜂拥而上，根本不可能轮到自己。海峰他们公司虽说也是原厂，却是家硬件公司，和自己十年来的工作经历不符。再说了，国内厂商哪比得上美国厂商待遇好啊，世界500强的顶级IT企业啊，待遇也是全球化的，每年还能借开年会的名义去美国度假半个多月。如果想移民美国，几年后拿到绿卡的可能性很大……

“吴雨，你有兴趣吗？”姚处的声音中气很足，打断了她的思索。

“当然有。”吴雨果断地回答。

“好。你直接跟李总联系吧。”姚处起身道，“其实，他已经跟你现在的老板说好了。等下还有一个会。”

吴雨连忙也站起来，道谢，道别。原来，一切都已经安排好了，她不去也没退路了。公司是原厂的代理商，业务单一，当然厂商说什么就是什么。

姚处走到她跟前，像长辈对待刚刚得到礼物的孩子一般，轻轻地拍了她的手臂两下，弹弹的，在相同的部位，声音很洪亮：“赶紧办入职手续。一个月后，你们在美国有个客户大会，我想再去学习学习。李总安排你陪同我一起去。尽快办签证，你们李总说了，美国公司的雇员没有拒签的说法。”然后就送吴雨出门了。姚处已经把她完全当成原厂的人了。

“一个月后去美国？我陪着去？什么意思？”“姚处会帮你的。”吴雨乘电梯下楼后，不断回想姚处和刘强的话，仿佛她的耳朵只是录音机，要不断回放才能听明白，“他为什么要帮我呢？刘强的微笑又代表了什么呢？姚处跟我非亲非故，又给项目又给职位，这是为什么呢？”

吴雨陷入了沉思。她突然明白了过来，权力对于年轻肉体的欲望，从来就没有改变过。姚处对自己，和刘强对自己，都是一模一样的。

她突然觉得刚才被拍的手臂有些沉重，不禁用另一只手捂在那里。仿佛中了铁砂掌，轻轻地被高手拍了两下，内伤就已深入骨髓，无药可救……

柳下惠

“你要了我吧，庆生，我不想等到结婚了……”女孩抱住男友，去解他的衣扣，眼睛里充满了期待。

男友却推开她：“未秋，我们这么快就放弃初心吗？早知如今，何必当初。”

“我现在向你求婚，好吗？”

上面这句话，不是庆生说的，而是眼泪汪汪的未秋。

这是一个周末的早晨，庆生和未秋还住在两年前的那间房子里，一切都没有改变。悄然间，四季轮回又一圈。未秋觉得和庆生在一起很舒适、自由，但是，她已经三十多岁了啊，庆生始终没有提到未来。

就在刚才那几句对话之前，她还和庆生一起靠在床头上重温电影《无间道》，梁朝伟正在演绎他的台词：“明明说好三年，可是三年又三年，三年又三年，就快十年了，老大！”未秋跟着梁朝伟又喃喃地念了一遍。

庆生知道她指的什么，但还是一本正经地说：“不对，你这里有三个三年，我们只有两个三年，一共六年啊。”语气平缓得像在讨论一个学术问题。

“可我还读了三年研究生，我都32了！”未秋流出了泪，显得很委屈。这是近年来她唯一的一次流泪，作为理工女，她的情绪极为稳定，和她所在企业的所有女性一样情绪稳定。他们公司有一句名言，用以打趣员工极能扛住压力，叫作“女人当男人使，男人当牲口使”。

“等了这么多年，还得我开口。”未秋泣不成声。

“未秋，你听我讲，等我……”

“不要说了，我现在已经是老处女了，等你有成就之后，我还不知道能不能生孩子了。”

“别这么打击我。”庆生道。

“没打击你的时候，你也没成功。”

“今天怎么了？！”

未秋似乎从泪眼蒙眬中再度苏醒：“六年以来，我每个月赚的钱都比你多，我们有能力在上海生活下去，可以结婚，买房，生孩子。我不影响你实现自己的理想。”

“未秋，再等等，我是想……”他停住了，已经解释过若干次了，他自己也觉得没有必要再讲一次。

未秋沉默了好一会儿，庆生也一动不动，房间里极安静，仿佛时间停住了，让他们思考清楚。不过，由于过于安静，他们反而听到了自己的呼吸声，还有小区里偶尔传来的装修的电锯声，似乎在提醒他们，时光仍在流逝。

未秋是个地道的成都女孩，硕士毕业后来到公司上海代表处工作，负责public（公共事业）的客户开拓与维护，也就是人们通常所说的sales（销售）。她的容貌只能算一般，可是腰特细，不过太瘦了，其他部位也就丰满不了……

蒲未秋在天津读本科时，还是正儿八经地谈过一次恋爱的，但毕业时产生了分歧：未秋认为两人毕业于普通院校，无法在一线城市找到像样的工作，想和男友一起考985大学的研究生，三年后拿到硕士学位再找工作更有竞争力；男友觉得太浪费时间，等硕士读完，别人买房结婚生孩子都完成了，还是直接回老家找工作安稳。

有人说他俩的愿望恰恰相反，按照传统观念，不应该是男方更有进取心，女方追求安稳吗？事实上，如今的情侣当中，女性比男性更具进取心的比比皆是，这也往往成为有些女性走不进婚姻，大龄单身的起因。未秋当时还非常年轻，犯不着为了一个男人放弃学业和前途，她决定独自考研。

结果各取所愿，未秋考上了本市一所985大学的研究生，男友离开天津回了老家，两人便告分手。读研期间，未秋忙着做实验、写论文，没时间认识新人，少数的几个师兄“长得跟田鸡似的”，也没什么情趣，因此未秋这三年的情感经历是一片空白。不懈的努力换来了一纸硕士学位证书，凭着这张纸，她跨进了这家世界500强企业的大门。

不过报到之后，未秋才发现，文凭只是张入门证，进门后当即宣告作废，不管什么学历什么专业，一律从头再来。她原来需要仰视的那些大公司职员和自己并无二致，周边的同事圈子，甚至就是大街上随便抽取的一个群体样本，该怎样的品格还是怎样，并没有任何改变。“田鸡男”有之，八卦女有之，“精致的利己主义者”有之。

每年秋季，他们公司都要在上海举办全球技术大会，上万名客户、供应商、生态合作伙伴一同参加的盛会，内容之丰富，形式之多样，更像一场嘉年华。公司讲究团队合作：白天，蒲未秋和女同事们引领来自全球各地的客人进入会场、参加论坛、观摩展览；夜晚，则由男同事们组织餐饮、娱乐活动招待客户；周末，公司安排大巴、商务车，分别将客户送至苏州、杭州、绍兴、乌镇、西塘等地观光，最后再把他们接回到机场、高铁站，或各大五星级酒店。送走客户后，照例是员工们庆祝的狂欢之夜。

未秋在部门人际关系不错，他们的企业文化是“以公司为家”，从而导致部门仅有的几位女性员工彼此“朝夕相处”，俨然“闺密”一般。送走客户后，未秋和她的“闺密”霏姐，还有两位女同事萱萱和文慧，一起来到外滩一家酒吧。相对于室内区域的喧闹，这家酒吧的天台算得上是个相对安静的去处，楼下是车水马龙的外滩，对岸是灯火璀璨的陆家嘴，正是秋高气爽的季节，抬头还可以看见白云在黑魆魆的天空中快速飘动。几杯下去，不胜酒力的她们已经半醉，于是摇起了骰子，玩起了“真心话大冒险”。

正是这次“真心话大冒险”，让霏姐发现了未秋的秘密：

“真心话大冒险”这个游戏，玩到最后都是爆隐私。霏姐和萱萱都是已婚女士，特别是霏姐，孩子都上幼儿园了，非常大胆地把话题引向了隐秘的方面。未秋、文慧还没结婚，因此略有羞涩，特别是未秋，大家一致认为她保守的秘密最多，于是将矛头对准了她，摇骰子的时候对她“特别关照”。但作为高智商的理工女，她总能化险为夷，最后输掉的往往是文慧。

未秋去了一趟洗手间，回来后发现她们已经悄悄调换了座位，霏姐坐在了上家。果然，轮到霏姐的时候，她从未秋的8个“六”，直接叫到了10个“一”。

接下来“一”不能替代其他点数了，根据前一圈的情况，应该是已经叫死了，不开牌就至少要叫10个“二”以上了，一共20个骰子，其中一半得同一个数字。

未秋打开了骰盅，接着其他三位也打开了，霏姐手上全是“一”，萱萱2个，文慧2个，自己盅碗里1个，正好10个。

终于输了。作为“叫死”未秋的上家，霏姐具有提问的权利。萱萱和文慧都兴奋起来，建议她提出更具挑战性的问题。特别是文慧，她经历过前一个问题的洗礼之后，便无所畏惧，也更具有“智慧”。她设计了几个非常直接并且包含了很多信息量的问题，譬如：“第一次堕胎是什么时候？”“有过几个男人？”

未秋像一只即将被屠宰的小羊，蜷曲在沙发里“瑟瑟发抖”等待发落。

霏姐笑道：“算了，算了，这几个问题留到后面，先来一个初级问题吧，和文慧同样的，第一次在哪？”

未秋笑道：“这个太简单了，我的答案会让你们很失望的。”

文慧一听，立即要求霏姐换上她设计的那些更有料的问题，“我就不信爆不出猛料来。”

未秋看着文慧急切又“恶狠狠”的样子，想到自己即将交出的答案，笑得肚子都疼了，蜷缩在沙发里，直不起身子来：“没有关系，没有关系，随便问，我都交代，我都交代。”

萱萱看得一头雾水，对答案更有兴趣了。

霏姐一锤定音："不，不换，还是这个问题。"

未秋笑得肚子痛，无法说话。文慧急死了，她威胁道，再不回答就算超时，要接受惩罚。

"我的答案很震撼的哦：没有第一次。"未秋说完，摆摆手依旧躲在沙发的角落里。

"什么？"大家以为她喝多了。

"没有第一次。我还没有过。"未秋回答道。

"什么？！你开什么玩笑？竟敢说自己是处女？"萱萱惊诧道。

"真的。"未秋渐渐地坐直了，也不笑得那么欢了。

霏姐看着她们几个，也觉得这个答案过于震撼，而且很不可信："你不是和庆生住在一起吗？"

萱萱也反问道："刚刚不是说在天津还有过男朋友吗？"

只有文慧在思考，她缓过劲来，对霏姐和萱萱说："打住，打住，我了解到一个情况，上月体检时，未秋和我一起进的妇科，她跟医生说不能用鸭嘴钳。"

霏姐惊奇地看着未秋："啊？！还真有这种事？28岁的处女？庆生是柳下惠？你的前男友们都是柳下惠？！"

"别喊，别喊，声音小点。"未秋羞着说道，左右看了看，似乎害怕引起外人的注意。接下来的讲述证明这的确是真的。庆生是未秋现在的男友，浙江台州人，他和未秋同居一年了。他们同住一个房间，同睡一张床，度过了完整的春夏秋冬，但未秋真的还是处女。

她们的"真心话大冒险"游戏结束了。大家最关心的问题变成了庆生是不是gay（同性恋者）？难道她之前交往的男人全是gay？这也太离奇了，如果不是，怎么坚持过来的？未秋怎么做到和一个正常男人同睡一张床而守身如玉的？这些问题比之前的游戏有意思多了。

庆生这个“柳下惠”是怎么炼成的？未秋说庆生是个很细腻很隐忍的男人，他说要坚持到结婚，坚持到功成名就之后的洞房花烛夜。

当然，未秋28岁了，成人男女之间的事并非不懂。之前对于大学男友，她的想法只是守贞。而对于庆生，她觉得对方主动配合她守贞，难道不是一个好男人吗？如果他像大学男友一样“流氓”，早就守不住了。未秋乐于过这种伊甸园一般的生活，他们一起做菜，一起过日子，抱在一起睡觉，没什么不好的啊。

霏姐惊呆了。“抱在一起睡觉？难道你比我6岁的女儿还要单纯吗？！你是不是女人？他是不是男人？”她气愤地问道。不过气愤归气愤，她作为旁人，也帮不上什么实质性的忙。她倒是更愿意八卦一下，她始终认为，女人要是不八卦，就白活了，八卦是天性，是无法抑制的，就像男人对于网络游戏的偏好，烟民对于烟草的偏好一样。

霏姐问未秋：“庆生没有过ex（前任）吗？你和你的ex又是怎么度过的？”未秋说，面对一个男人，问他之前经历过什么，又有什么意义？对于庆生来说，他天然地相信未秋是单纯的。但是霏姐很感兴趣，在她的拷问之下，未秋只好招供了大学时和男友相处的场景，那竟然是她仅有的“经历”：

老图书馆后面有一条小河，小河的对岸有一片幽静的白杨林，那是情侣们出没的场所。阵阵的风儿，还有潺潺水声，提供了声响的遮蔽。落叶覆盖了土地，偶尔还飘来烟火的气息，那是有人在偷偷地烤地瓜。北方的深秋，是最适合用鼻腔来体验的，空气干爽，又饱含着果实的芬芳。

男友touch（触摸）着她，从双手到双肩，又从双肩到双耳。他每周都会“复习”之前所有的步骤，然后再做更进一步的探索。男友常会出其不意地偷袭，未秋总是猜不到下一步，这种既害怕又期待的感觉，真是让她难以忘怀。

游戏持续了两个月，男友又取得了新进展。未秋害羞极了，她担心自己太瘦，“小荷才露尖尖角”，甚至于平日里不敢进澡堂。可是男友居然很享受，两人呼吸都变得急促。“Stop（停）！Stop！暂停！暂停！”单说英文不够力度，还要加中文才能制止他，未秋此时已然浑身发麻，不能动弹。

“‘复习’结束了，一定要拒绝他。”

可是男友速度很快，双手分别顺着肚脐和裤腰往下……

“啊！你不可以！”未秋惊叫了起来，来不及做任何抵抗，一双大手在肆意探索和触摸着它们从未抵达过的区域。未秋又羞又恼，下意识地举起手来打向男友，可是被搂得紧紧的，她的拳头只能无力地在他后背捶打……

未秋便惩罚男友，两个月没有搭理他，直到他深刻道歉，保证再也不那么做了。这便是未秋和异性之间最亲密的接触了。

经历了“真心话大冒险”，以及霏姐的“拷问”，她不禁有些怀疑了。霏姐是这么说的：“世上哪有什么柳下惠啊？你们这不是情侣关系，而是合租关系。要么就是他不正常，那你可要当心了，总不能结婚后才发现吧？也许他真就是同性恋，但为什么要和你在一起呢？又不需要拿你作掩护，又不花你钱，什么目的呢……”

有天晚上，未秋把霏姐的意思也对庆生讲了一遍，结果庆生笑了笑，说："你们想多了，我今天出差，过几天回来。"收拾了两件衣服，就拎起包包走了。生气了？可他明明笑着，未秋心里七上八下的。

之后也没有一点儿进展，未秋一头雾水，她不知道该信霏姐呢，还是信庆生，庆生的表现太奇怪了，要么是"柳下惠"第二，要么就是隐藏太深。未秋越想越想不通，对庆生的态度也非常分裂：开心的时候认为他是"柳下惠"无疑，生气的时候就认为他别有用心。庆生觉得她整天胡思乱想，好好日子不过，为什么在意这些东西？"我尊重你守贞的理想，到头来却成了我的错。"

未秋后来又告诉霏姐："其实庆生有很多优点，非常细心，非常专注，性格温和……"

霏姐只好安慰说："没关系的，你们在一起相互间觉得舒服就好，总比那些整天吵架的情侣强啊。"

有一次公司集体活动，带家属的那种，霏姐和同事们发现，从户外到餐厅再到KTV，庆生一直和未秋腻在一起，几乎不和他人交流，特别是在KTV里，大家都在唱歌和游戏，只有他俩坐在沙发上，仿佛多年不见的老朋友一样，怎么聊也聊不够，这些表现太让人疑惑了。

两年后，公司推动销售体系异地轮岗，未秋一直觉得自己不太适合做sales，趁机换到上海研究所做研发管理工作。在这个企业，人人都把公司当成家，没有太多私人时间，如果换一个办公地点上班，同事们见面的时间就少了很多。

未秋偶尔抽空与大家聚会，其间有人问起了庆生，她说要分手了，想调到成都研究所去工作，自己是独生子女，和父母在一起也有个照应。既然他们要分手了，大家和庆生没有什么交情，也就没有必要遮掩对这个男人的不满情绪，都说这决定好，“不要跟那个‘不阴不阳’的人在一起，白白耗费了三年青春”。未秋还是替庆生说话：“其实他人蛮好的，还是有很多优点的，很可惜没能相互陪伴下去……”大家也不拿她的话当回事，只当他俩和平分手，终于结束了，“可喜可贺”。

未秋回到成都，和父母同住的日子四平八稳，过得飞快，又是两年过去了。直到有一次，未秋在微信上说，自己又要调回上海研究所了，霏姐问起原因，才知道庆生一直和未秋藕断丝连，搞起了异地恋。

未秋回到上海后一年，便发生了本篇开始的那一段对话。未秋这次是真的和庆生彻底分手了。这一年，她32岁。

她再次向公司申请调往成都，想回家。这次领导加了一个条件：先去深圳总部工作一年，然后再回成都。

总部员工多数是研发人员，每天从宿舍到公司两点一线，工作和生活早已融为一体，接触外界的机会很少。未秋作为单身女同事，身材好，脾气好，看起来也比实际年龄小不少，因此很受欢迎。其实未秋本来人缘就很好，之前是因为心里有庆生，所以她一直不接受其他男人的靠近，和庆生彻底分手后，未秋在深圳很快就有了新的追求者。

其中有一位是她研究生阶段的师兄，就是当年被她称为“长得跟田鸡似的”那个男生。师兄总是戴个大眼镜，从来不梳头，始终保持着“怒发冲冠”发型，说话很直，公鸭嗓。未秋当年在女生宿舍学过他说话：“呱呱呱……”大家笑完之后，有人说：“不对，田鸡不就是青蛙吗？放在童话故事里就是青蛙王子啊，怎么会难看呢？”未秋道：“王子是青蛙变回人形之后的事，青蛙阶段还是很难看的。”

此话在理，男生大学毕业后，换上超薄的树脂眼镜，懂得定时刮胡子，定时理发，挺直腰背，“颜值”才能调理到一生当中的峰值，从青蛙变成王子。当然，还遗漏了一项极为重要的步骤，那就是迅速积累一些存款作首付，无论是自己赚，还是向父母要，买下房子。

而作为“四眼钢牙妹”的女研究生们，如果在校园里错过了爱情，走到职场上就会发现情况没那么乐观。虽然换了隐形眼镜，牙齿也整齐洁白不少，但年龄却增长了几岁。等用上名牌，懂得穿衣打扮，包里不再只有一支口红时，才发现原来看不上眼的“青蛙王子”，居然都被本科小师妹们预订去了。结果便成了，三十岁以上的未婚男子少之又少，三十岁以上的“白骨精”比比皆是。

不过，幸好总部的男员工多，她的师兄也是大龄单身。他情商很低，不会哄女孩子，从“青蛙”变成“王子”的过程过于漫长。由于同门师兄妹外加同事的交情，两人之间有着天然的亲近感，免去了搭讪的过程，他才渐渐地靠近了未秋。他长得比庆生更高大，脸型也更为方正，性格和生活习惯上更接近于标准的IT男。总之，从女性的角度来看，属于高智商低情商、会赚钱不会花钱的男人。不过，人怎会没缺点呢？未秋还是从几位追求者中选中了他，她觉得基本素质更重要，情商可以培养，最为关键的是人要稳当。未秋把自己给了他，他大吃一惊：“难道你是为了我才守了这么多年？！”

师兄变成男友后，又紧接着要出国了。他本是研发体系的一个MO（研发体系中，与市场对接的一个职位），工作很稳定，但公司的策略是不能让大家安逸，到一定职级后必须得有海外工作经验，他和未秋重逢前，申请过派驻海外。结果未秋和他刚开始恋爱，海外的岗位就下来了。还不错，是德国，不过，很可能要待上五年之久。未秋熟悉的异地恋又来了。不过说来也怪，她反而对男友更有感觉了，是牵挂的感觉吸引了自己，还是距离产生美？

异地恋主要联系方式是电话和视频，可男友不擅长讲话，他总是这么劝人："谁谁谁确实很过分，但是你也不用太计较，自己调整下心态啊。"让人听着就是"别人我管不着，你干吗不改善一下自己？需要适应这个世界啊"。未秋听了心里很不舒服，于是常在网上向霏姐抱怨。可是霏姐告诉她这没有关系，关键对方是"直男"，并且说："这回总算靠谱了。"未秋哭笑不得。不过她发现自己有个怪毛病：男友越惹她生气，她反而越牵挂他，她搞不懂自己这种受虐的心理从何而来。

紧接着，未秋又一次展现了她非凡的换岗能力：找到一个适合自己的欧洲地区的岗位，就在德国。她决心要去那里调教自己的低情商男友。

经过几个月的焦急等待，她终于乘上了飞往杜塞尔多夫的航班，飞越海洋、高山，飞越高原、沙漠，飞越伊斯坦布尔，飞越多瑙河，来到了莱茵河畔。她已经计划好了，下一次回国就领证，在德国的五年期间，她一定要生两个孩子……

百包女王

Fiona拥有近百个名牌包包，人称“百包女王”。

她说自己是2010年来上海的，“十年一百个包，平均一个月还不到一个呢，而且，很多还是在国外、港澳，或者佛罗伦萨小镇（上海的一家奥特莱斯）打折买的呢，总共也就一百多万吧，不算贵啊”。提起这些宝贝来，她的声音就像小溪水一样欢快，每一个字都哆得清脆悦耳。

“可你一个HERMES（爱马仕）就抵得上多数女孩的所有奢侈品消费。”

“而且还是在上海的女孩吧。呵呵，你觉得我算购物狂吗？”

“那么你每次搬家，怎么托运这些包包呢？”

“托运？不！它们就是我的命，我用三十几个纸箱打包，其中二十几个是包包。叫两辆大众货运——一辆装其他行李；另一辆装我的包，还有我。我和我的包包，一刻也不能分离。”

为了安置这些包，Fiona还买了几排漂亮的货柜，每次租房子，都是独租一整套两居室，月租一万二，北面的房间专门用来陈列包包。如果包包需要阳光的话，她也一定会把南面的主卧让出来的。她想达到商场的展示效果，所以琢磨着在天花板及货柜上装射灯，但每次都由于房东的阻拦而放弃了。房东说："小姑娘啊，装这么多灯，你的包要烤化掉的，电表也会跳闸的。"

"百包女王"的名声传开后，有的小姐妹上门来借包，可Fiona都拒绝了，她有一句名言："包包与男友概不外借。"实际上对于她来说，男友完全不能与包包相提并论，虽然有些包也是他们贡献的。单身这么些年，硕果仅存的，就是这些包包了。每一个包包，都装纳了一段往事，她怎么舍得？

Fiona原名奚晓涓，在宜山路一家非常大的港资贸易公司上班，这家公司为全球各地的服装品牌在中国内地及东南亚等地寻找合适的服装代工厂。

她对于服饰，对于包包的审美还是在行的。每年春节回重庆，家中的小姐妹们都会围拢过来听她讲时尚话题，讲述各种品牌故事。"百包女王"并非浪得虚名。

诱　因

奚晓涓是重庆女孩。第一个男友叫谢清平，大学时认识的，属于当地的大院子弟。他性格温和，仪表堂堂，光那一口整齐的白牙就能体现出家境的优越来。

毕业前，清平带她去见父母，两位老人觉得晓涓挺漂亮、单纯，因为她是空着手来的，说明她不太懂得人情世故，也没有什么心眼。话题谈到将来生孩子方面，晓涓脱口而出一句"我不想生孩子的"。清平的父母震惊了，但没多说话。

后来，清平转告晓涓，父母认为这是一个不容讨论的话题，他们必须得有自己的孙子或孙女。

“我告诉你真相，”晓涓流着泪说，“明天我们就要分手了。”

望着清平呆呆的表情，她继续说道：“我不是不想生孩子，也不是生不了，是因为，我是抱养的。”

“什么？”清平以为自己听到一个琼瑶式的故事。

“上大学后我才知道自己是抱养的，现在的爸爸妈妈实际上是我的叔叔婶婶，因为长得很像，我从来也没有猜到过自己不是亲生的。我见过一次亲生父母，在福利院，一个可能是唐氏，另一个也有智力方面的问题吧，具体我也闹不明白，都是很小就送过去的，他们不小心生下了我。”

“唐氏？”

“就是21－三体综合征，先天愚型。”

“晓涓，这些和你没有关系……”他想抱着晓涓说，被推开了。

“怎么没关系啊？遗传概率非常大，我这么正常已经算奇迹了，但我身上携带的相关基因极有可能遗传下去，所以我不能生孩子！”

“可以先问问医生……”

“有用吗？你父母还会接受我吗？别安慰我了，我想了很久，决定说出来的时候，就已经知道结果了。”晓涓终于控制不住，抱着清平号啕大哭起来，“我真傻，从一开始就应该知道是这样的，我不是刻意隐瞒，只是不愿意接受现实，不知道怎么开口。我为什么一直要骗自己……”

清平抱着她，轻轻拍打着她的后背，像安抚一个小婴儿。

购物狂

毕业后，晓涓离开了重庆来到上海。刚开始晓涓想去女装部，主管Helen（海伦）觉得她太年轻，于是安排她去了童装部，负责对接北美的客户，其实北美就两个国家，而且都是大户，工作轻松些。Helen是个大龄单身的香港女人，应该有四十多岁，大大咧咧的，她不太喜欢晓涓给自己起的英文名Brooklynn（布鲁克林），建议她采用Fiona这个名字。

童装部有两位新人，一个是她，另一个竟然是位男生，身高超过一米八，名叫吴桐。吴桐来自宁波，裁缝的故乡，还是一个会使用香水的男生，主管给他起的英文名叫做Armstrong（阿姆斯特朗）。他虽然长得高大，但面相很单纯，大大的眼睛，说话时总是微笑地注视着对方。吴桐在工作上对Fiona特别照顾，加之同事们喜欢起哄，他俩情愫渐生。

公司内部的周末特卖会历来用于锻炼新人，有一次活动的主办人是Fiona，吴桐竟然主动来帮忙。Fiona非常激动，看来他真的喜欢上自己了。中午活动结束时，吴桐约她晚上去淮海路看花车巡游。那天正好上海旅游节开幕。她觉得今天吴桐的表现还不错，但又觉得他太积极了，企图过于明显。她倒是觉得保持这种距离挺好的，恋爱初期的感觉最妙，再进一步，自己的烦恼就来了。

下午，Fiona回到住处后睡了个午觉，冲了个热水澡，浑身舒畅，换上全麻的裙子和白色HOGAN（意大利一奢侈品牌）厚底鞋，走在小区里，感觉自己就像小鹿一样，轻盈而高挑。吴桐来接她，站在路边就像一座铁塔一样稳健。熙熙攘攘的人群中，他俩很般配，Fiona感到一种优越感，也忘却了自己隐隐的烦恼。

不过，随着他们走进地铁，然后在黄陂南路站下车，人越来越多，优越感也在一点点消失。从太平洋百货地铁口出来时，已是人山人海，满街都是帅哥靓女，他们已“泯然众人矣”。在这里，所有的“校花”和“灌篮高手”都不值一提。

花车巡游的队伍来自世界各地，带动着旁观的人们也参与到狂欢当中来。人实在是太多了，HOGAN鞋的厚度还是不够，Fiona踮着脚也看不见花车，急得直跳。她好羡慕那些只有几岁的小朋友啊，可以骑在爸爸脖子上看表演。

“Fiona，我抱你起来看吧？”吴桐提议道。

“太重了吧？”她有些难为情。

“不会的，你那么瘦。”这句话让她觉得自己还是小姑娘。

“好吧，花车过去你就把我放下来休息，等下一辆来了你再抱我。”Fiona张开了双臂。

“这个姐姐比我们还要高了。”现场有个骑在爸爸脖子上的小朋友说道。

接下来每一辆花车经过，她都会像旁边的小朋友一样跺着脚，急切要求Armstrong赶紧把自己抱起来，仿佛年龄消减了十几岁。Armstrong也乐得做好这项服务工作，比早上的特卖会还要卖力。当毛利人瞪着眼睛吐着舌头踏着舞步走过来时，围观的人群已经跟随着游行队伍往前走了不少，留出了空当，Fiona便跑到前排跟着音乐扭起腰肢，吴桐在一旁看着她沉浸其中，也觉得很开心。

花车巡游结束后，俩人的关系亲密了许多，吃饭、走路、乘地铁，吴桐都很自然地用手臂抱着她的腰。回到小区楼下已经十点多了，“就到这里吧，”Fiona猛地踮起脚，在吴桐脸上轻轻地吻了一下，说道，“今天辛苦了，我好开心。”

Armstrong缓过神来后，搂着她的腰道：“我送你上去吧？”

“不行，你这个坏蛋。”Fiona娇羞地说道，“我们这是女、生、宿、舍，”她把这四个字加了重音，“租房子的时候就有约定，谁也不许带男生进来，呵呵。”说完就跑上去了，仿佛自己只有十三岁。

下午睡够了，加之晚上的兴奋，Fiona怎么也睡不着。她在床上滚来滚去，后来转了个九十度，横过来，还是睡不着。只好打开电视，关掉屏幕听声音，熬到天亮时，终于把自己累进了梦乡。第二天是周日，她一直睡到中午一点，有人敲门，原来是吴桐。

“我不进来了，继续休息吧，昨天你累了。”吴桐说道，从背后拿出了一个米黄色的布袋子递给Fiona，“送给你。”

这是她收到的第一个名牌包，绿色的BVLGARI（宝格丽，意大利珠宝品牌）的小手袋，按钮是经典的蛇头形状，正是她喜欢的类型。“我有男朋友了？”Fiona突然意识到她和吴桐的关系已基本达成，又惊喜又慌张。

接下来每个周末他们都结伴出游。不过每次Fiona回忆起和大学男友分手时的场景，就显得很忧郁。吴桐问她怎么了，Fiona总是回答说没什么。

几个月后，吴桐提议去宁波，“顺便去家里看看”，言下之意很明显，不想Fiona脸色很难看，郁郁寡欢一整天。吴桐想了想，觉得可能是自己没有正式求婚啊，准备第二天去买钻戒，不料当天晚上Fiona就开始发难了：

“你觉得很了解我吗？”

“没有，嗯，也不是，应该是有点了解吧……”

“我们去宁波干吗？”

“去宁波玩啊，顺便去我家。”

“为什么要去宁波？！”

“因为我家在宁波啊，Fiona，怎么了？”

“不要叫我Fiona，我有中文名字的，我叫奚晓涓。”

“哦，晓涓。”吴桐觉得很不习惯。

“不是这么个叫法。”

“那应该怎么叫？小涓涓？”

“不要叫我小涓涓！”Fiona开始发飙了，同时眼角沁出了泪珠。

“Fiona，你怎么了？今天发生什么事了？”

“什么事也没有。我说过，不要叫我Fiona。”

“可是大家都叫你Fiona啊，告诉我，你爸妈叫你什么，我随他们好不？”

“不要提他们！我没有爸妈！你当我捡来的好了。”Fiona喊叫了起来。

吴桐才发现，Fiona从来没有提到过自己的家庭。于是保持沉默。过了几分钟。“为什么不说话？你以为不说话我就会心情变好吗？！”Fiona又喊叫了起来。

“我……我不知道说什么。”

“那你为什么说要去宁波？！”

“刚才不是解释过了吗？那我们不去宁波了？”

“我们为什么要去宁波？”这是第四遍重复同一个问题了，吴桐被问懵了，觉得不能继续这么回答了。他想了想，自己犯了求婚的大忌，一定是没有买好钻戒单膝下跪求婚，就约Fiona去见父母了，于是说：“Fiona，我看好了一枚钻戒，本来是明天要去……”

“我不要钻戒，”Fiona打断了他的话，已经泪流满面了，“我说的不是这个。如果你去买钻戒，我就把它从窗口扔下去。”

吴桐吓了一跳，只好再次打住。Fiona又哭了一会儿才停下来，问道：“明天本来要去买钻戒的是吗？”

吴桐点了点头。

“不买钻戒了，买包。我看好了一个PRADA（普拉达，意大利一奢侈品牌）的新款。”她一边擦干眼泪一边说，“周末我们不去宁波，去南通。”很明显，Fiona就是要南辕北辙。

“好的，没问题，我们买PRADA，然后去南通。”吴桐终于松了一口气。

Fiona也发现自己性情大变，大概是回想起了与清平在一起时的场景，控制不了自己，一发而不可收拾。PRADA买好后，Fiona的情绪恢复了正常，甚至比平时还要好，给吴桐的感觉就像是雨过天晴，还起了彩虹。

没几天，Fiona因为看牙的问题又向吴桐发了一通脾气。她的一颗智齿坏了，吴桐为她预约了九院，但要等待几周，她便自己找了个小诊所看牙。吴桐觉得小诊所可能有猫腻，便提醒她，结果诊所真的乱收费，Fiona又悔又恼，最终脾气还是发到吴桐身上来，一夜没睡，要他买包。

几个月前，他们之间还客客气气的，在外面吃饭时，Fiona也抢着买单，当时吴桐觉得，这个女孩真懂事、真讲道理。可是，自从他们有了稳定的关系以来，Fiona就把吴桐对她的一切好都认作理所应当，再也不埋单了，一切花销都由吴桐承担。

在静安寺的LV（路易威登，法国一奢侈品牌）专柜，吴桐的信用卡一刷，整整两个月的薪资没了，Fiona立即破涕为笑：“现在开心了，我请你去外滩三号喝一杯吧。”

“不用了，你开心就好。”吴桐哪有心情。

“哎呀，就当陪人家再逛一会儿嘛。”Fiona娇羞地说道，和买包前完全不像同一个人。吴桐觉得她人格太分裂了，如此对立的两种性格，是怎么糅合在一个人身上的呢？他百思不得其解。

为了方便，Fiona换了个地方独住，一套小的两居室，房租涨了不少。吴桐因为偶尔会过来住，也帮她分担一些费用。虽然如此，Fiona并不允许吴桐常来，什么时候能进她的闺房，得看她的心情，心情好时可以住上几天，不开心时两三个月也不让进。

Fiona从此每周都要发作一次，但上班时绝对没有异常。而且只是在吴桐跟前才会生气，每当有外人时，立即又恢复了正常。吴桐对她这种演员式的情绪表现完全不得要领，幸亏他性格温和，总是以抚慰为主，等她好转时再讲讲道理。

碰上Fiona心情好，她有时也会道歉："你对我最好了。我错了，再也不乱买东西了。我觉得那些包包对我完全没有意义，它们不能对我有任何帮助。"吴桐每次都信以为真，但熬不过两天，最多一周，Fiona又开始生气了。撑不过一个月，必然要强迫他买包。

开始吴桐总觉得自己做错了什么，不是吗？之前去宁波和看牙的事情，都是处理得不够好嘛，所以才惹她生气了，时间长了之后，才发现根本不是这么回事。Fiona熬不过一周，必定要情绪躁动，不出三句对话，就一定能挑出毛病来，之后便越闹越凶，最终以买包收场。

冬天到了，Fiona让吴桐帮忙收拾房间，吴桐才发现她竟然还在睡凉席，被子也没换厚的，原因只是Fiona嫌麻烦，懒得换了。吴桐收拾好房间，又到小区外的卧具专卖店为她买了四千元一套的鹅绒被。

几个月下来，吴桐的信用卡已经刷爆了，再也没有还款能力，他向家里借了些钱，电话里支支吾吾的，终于被父母发现了蹊跷。吴桐家里是小有产业的，父母同意他留在上海工作，主要目的也就是锻炼锻炼，方便将来接班。

家里下了最后通牒，吴桐不得已回了宁波，虽然还没有和Fiona最终分手，但两人只是通过电话和网络联系。Fiona不愿意去宁波，吴桐也被父母看得紧紧的，坚决不让他来上海。吴桐的父母不明就里，但也不想深究，孩子留在身边就好，至于这个女孩，显然太不适合做儿媳了。对于吴桐本人来说，他仍然没想通，为什么Fiona会突然性情大变，变得如此分裂。

至于Fiona，她比对方要更清楚一点，反正自己是不能结婚生孩子的，这个结局是必然的。至于为什么来上海之后性情大变，她也感到了恐惧，她会不会像自己的亲生父母一样变成傻子？于是她抽空去看了心理医生。

医生说这是躁郁症，也称为双相情感障碍，和她亲生父母的智力障碍是两回事，智障是出生即可发现的缺陷，而躁郁症则复杂得多，可以是遗传的，也可能是环境因素，常常是青春期或成年后才发病，所以才叫“情感障碍”。她可以正常工作，但容易对关系亲密的人发脾气。医生希望她每周都来看特需门诊做“谈话治疗”。Fiona去了几次，觉得这个女医生无非是听她讲讲隐私故事，对自己并没有什么帮助，每次三百元的特需门诊费用太贵了，便不再去了。而且，吴桐回宁波后，虽然她也偶尔会烦闷抑郁，但没有发泄对象，逛逛街就好了。卡里没几个钱，也没人埋单，购物狂的症状也不明显了。

不过Fiona依旧缺乏足够的生活自理能力。她在处理稍微复杂点的个人事务方面，存在严重的拖沓现象，因为不像上班，有人催，有人盯着。她的厨房水槽里堆满了碗筷，一周后全都发霉长毛了，卫生间地漏被头发堵死了，积水甚至蔓延到卧室地板上。Fiona不得不去请保洁阿姨处理。

转 机

三年后，有个年轻的福建晋江供应商开始追求Fiona，小伙子名叫林强。

最初，Fiona以为林强只是讨好她，想通过自己多拿点订单，后来又怀疑他“癞蛤蟆想吃天鹅肉”。这是他们公司内部的说法，公司职员以年轻漂亮的女孩为主，她们穿着打扮时尚，外语也不错，所以总有供应商老板围着打她们的主意。她们并不把自己当作天鹅，可是偏偏有人要做癞蛤蟆。不过，总有一两个意志不坚定的女孩接受了他们的好处，中了他们的计，被公司开除不说，还败坏了大家的名声。

可是林强很舍得下本钱，出手就给Fiona买了个HERMES，这就不太像癞蛤蟆的作风，完全没考虑投入产出的性价比。

林强追Fiona的原因很有意思。他们全家都念书不多，但是自己开厂，经济状况不错，他们那儿的婚嫁习俗以新娘全身挂满各种金链子、金镯子而闻名天下。他觉得Fiona这个英文名很洋气。他自己除了闽南话还可以之外，连普通话都讲不好，更不用说外语了，所以他想娶个洋气的女大学生。

林强不但是个土老板，还离过婚。他的婚姻只维持了不到一个月，因此他还没有孩子。其实那时他还不到婚龄，是双方父母安排的。不过这也有个好处，那就是他父母再也不敢干涉他的情感生活了。但对于年轻女孩来说，男人离婚了本来就是个缺陷。

他知道HERMES是最贵的，自己的皮带就是这个牌子的，但连字母拼写也记不住，只好说中文名。他觉得“爱马仕”一定是个喜欢马的法国人创立的品牌。将来自己发达了，也要创立一个品牌，就叫“爱菲仕”——爱上Fiona的男人，英文品牌名称想不出来，就留给Fiona来处理吧，老板娘的英文水平高，能和外国人叽里呱啦直接对话呢，他这么想着，不由得笑出声来。

林强虽然俗气，但心思简单，他要通过经济上的硬实力来弥补文化上的短板，想娶一个经济条件不算太好，但漂亮又有才华的年轻女孩为妻，从未想过什么预料之外的情形。既然这世上一切事物都有出人意料之处，想那么多做什么？去做就是了。

在一般女孩看来，林强作为男朋友似乎拿不出手，容易被同事、姐妹们耻笑。但Fiona觉得他虽然有点傻，但也有自己的优势：林强不在乎自己的起点低，不在乎别人的观点，认准了就去做，相比那些“油腻男”来说，要单纯可爱多了。另外，她还有个说不清道不明的小心思，那就是她认为自己有缺陷，找一个同样有缺陷的男人，一个离过婚的男人，将来嫌弃自己的可能性最小。

Fiona觉得在这么大的城市“沽名钓誉”没什么意思，有几个人认得自己呢？和农民暴发户谈恋爱又如何？她决定一试，给对方一个机会，也给自己一个机会。

没想到林强极能忍受Fiona的“坏脾气”，他丝毫不认为这是什么毛病，甚至以为那就是传说中的“公主病”，至少说明她是个公主啊。没多久，林强“受虐狂”的名声不胫而走。

Fiona常常和他闹分手，这是必然的，倒不是因为林强粗鄙，那只是借口，真实的原因还是她的情绪。每次重归于好，都是林强带着新款的包包过来“谢罪”，在Fiona的调教下，林强对于奢侈品的品位有了很大提升，除了最初那个价值几十万的HERMES包包又大又丑之外，其他都是在Fiona的select（选择）清单里选择的。林强又幻想着将来他要开家店，专门出售Fiona精选的商品，就叫“菲菲精选”吧，他总是爱幻想，实际上根本得不到Fiona的认可。

“时光如水，岁月如歌”，对于没有变化的生活来说，时间过得最快。林强和Fiona的交往竟然跑赢了他的“前辈”们，断断续续，牵牵绊绊持续了几年之久。其间林强并非没有求过婚，可总是被Fiona摁住了，她不让他提结婚的事。她知道，对于福建人来说，娶媳妇不需要考虑生不生孩子的问题，要考虑的是生几个孩子。

最后，Fiona还是忍不住告诉了林强实情，她有基因缺陷，可能无法生孩子，另外她经常发脾气不是什么“公主病”，而是因为双相情感障碍。

林强并没有被吓跑，这两个病他都不懂，于是他上网查，还去医院打听，跑了一圈，他决定听医生的，带着Fiona去检查。

Fiona之前的那个心理医生说她的躁郁症已经比几年前好多了，所以很可能只是环境引起的，建议药物和心理治疗并举，像林强这样的密切接触者也要一起参与进来，以便找到心理排解的方法。几个月后，Fiona就基本恢复了正常。

遗传缺陷方面也找到了办法，只不过要多花些钱，但这对于林强来说并不是多大的问题。他们去国妇婴做了咨询，医院开展的PGD业务有可能解决这个问题。PGD就是第三代试管婴儿，胚胎植入前遗传学诊断，就是说，通过试管产生出多个胚胎，通过单细胞基因检测技术挑出正常的胚胎来受孕。医院为Fiona抽血做了基因检测，结论是她可以通过PGD生出正常的孩子来。Fiona觉得自己终于有希望像正常女人一样结婚生子了，十几年的精神负担放下了，喜极而泣。

不过医生也说了，PGD是结婚后备孕阶段做的，目前可以对Fiona和她的亲生父母等亲属先做个家系基因分析，Fiona的遗传背景了解得越清楚，遗传缺陷风险越低。所以他们费了不少心思，总算在重庆取得了她父母的血液样本，还有她叔叔和舅舅的血样，甚至她已去世的奶奶留在箱子里的一缕头发，等等，一切可能的样本都找了出来，一起送去医院做检测分析。个体化的家系分析报告需要一两个月或更长时间才能出结果。这个不着急，他们还没结婚呢，生孩子还早，等医院通知即可。

接下来，他们便可以讨论结婚的话题了。

复　发

两个多月后，Fiona接到了国妇婴的电话，通知她去取检测报告。林强正好在福建，Fiona便自己先去了，她想听听医生怎么说，自己父母的病到底是怎么一回事。在医院门口，她碰到了一个熟人，一个熟悉的陌生人。

“还记得我吗？”对方用非常平和低沉的语气跟她说话，熟悉得就像整天陪伴在一起的家人。

“清平？你怎么在上海？”Fiona诧异了，她不可能不认得他。

他们来到医院旁边的衡山坊，在咖啡厅坐着聊了一会儿。

清平是和妻子一起来上海国妇婴做试管婴儿的，妻子就在院内。他还是那么帅，比起大学时的单薄来，现在的他步履稳重，浓密的眉毛和鲜明的轮廓更加衬托了一个男人的成熟，由于年龄的增长，工作的历练，清平显得更加挺拔和刚毅。

“晓涓，你还是那么瘦？而且比以前更好看了，上海是个适合女孩子生活的城市。”

Fiona没有能说出话来，泪水夺眶而出，顺着脸庞流下，啪啪地滴在地上。清平掏出纸巾去给她擦拭，一切都像极了分手的那一天。十年来，Fiona幻想了一百种可能，就是没想到会在一家妇产医院和他碰面。Fiona没想到自己会哭，但从今天看到他的第一眼起，她就知道自己还是爱清平的，自己的初恋复活了。

“六七年了，一直找不到办法。后来听说现在的试管婴儿技术可以做筛选了，国妇婴的院长是我妈的同学，她做PGD是世界一流的。”清平道。

“你们为什么要做PGD？”Fiona问道。清平低下了头。

“你们谁有问题？”Fiona的目光如剑一般刺向对方。

“她，也有家族遗传病。”

“什么叫也有？”Fiona逼问道。

“晓涓，对不起，我知道……不，我不知道……”

“不要说了。你们家不是不能接受家族遗传病吗？”

“她隐瞒了这件事。当时我也不知道。结婚后才知道她外婆、她妈妈、她小姨都是病人，她妈妈是药物控制住的……”

“骗子。”Fiona冷冷地说，她想控制自己的情绪，又问道，“你们做了几个胚胎出来？”

“三个。”

“只留下一个吗？”她只觉得一阵恼怒涌上心来，前几个月的双相治疗八成是白费了。

清平点点头。

“另外两个呢？”Fiona感觉到自己要爆发了。

“医院会……处理。”清平不忍说下去了。

“啊！你们这些杀人犯！啊！”Fiona终于控制不住自己的情绪，尖叫了起来，双手扯着自己的头发，脸色通红，泪流满面。

清平连忙上去抱着她：“晓涓，安静，这是咖啡厅，公共场所。”

“我不管，啊……你们这些杀人犯！！！什么医院！什么干部家庭……”

空城计

在婚姻这件事情上，有许多谎言。隐瞒财产，出轨，甚至隐婚，都不是什么新鲜事，除了当事的另一方之外，大家都见怪不怪了。

婚姻可以隐藏，相对应的，单身状况也可以隐藏，不是常有女性应聘者为了得到工作谎称自己已婚已育吗？这纯属不得已而为之，但往往不能长久。本故事的女主人公李亦男，便是一位“隐单”者，她“隐单”的原因，要稍稍主动一些。

其实亦男结过婚，不过很短暂，只有几个月。那是十年前的事了。婚后不久，他们就得到一个好消息和一个坏消息。好消息是亦男怀孕了。坏消息坏得不能再坏了，老公得了滑膜肉瘤，晚期且已多发转移，之前还以为是打球打多了全身酸疼，结果不到三个月就走了。亦男悲伤过度，孩子也没能保住。那一年，亦男的工作完全停滞，她奔波于医院和银行之间，找医生，找药，筹钱。公司还算人道，亦男离职时除了正常补偿，还领到了额外的六个月薪资，同事们也捐赠了一些。结局差得不能再差了，老公和肚子里的孩子都没有了，还有流言说她克夫克子。

后来亦男自己创业，新认识的人，大多不了解亦男的个人情况。亦男心里还有牵挂，为了避免向别人解释时还得扒开自己的伤疤，她干脆说自己有老公孩子，至于孩子的年龄，就按那胎儿如果能正常出生来算，到今年，也该有十一岁了吧。性别？当年怀孕时爱吃酸的，“男酸女辣”，肯定是男孩了，而且亦男喜欢男孩，“男孩子和妈妈亲，一定很会疼人”，每每想到这，她悲伤的情绪就难以抑制。

虽然每个人童年时都被教育过不要撒谎，然而长大后却没有一个不撒谎的，其中的转变和无奈每个人都体验过，可见要保持“初心”有多难。多数人都选择原谅自己，也认为“善意”的谎言总是可以被原谅，“善意”的谎言就泛滥了起来，以至它的边界也就模糊了。在这模糊的世界中生活久了，人们便对历史的诤言也不敏感了，加之谎言总能带来好处，什么“假话国历险记”“皇帝的新装”“空城计”……统统都离自己那么遥远，童话归童话，现实还是现实。

亦男“隐单”还有个原因，就是害怕某些男人的骚扰。这些挑逗的人多数都是已婚男，知道亦男新寡。他们常在亦男的朋友圈点赞，留言，或者找话题给她发信息，一边表示哀悼，一边暗示可以“照顾”亦男。她懒得搭理，一般不回信息，如果还有死皮赖脸说情色话题的就拉黑。不过也有比较难处理的，那就是几个老客户，他们觉得揩油或交易的机会来了。这些客户对亦男有过帮助，她无法拉黑，也不能完全不回复，只好礼貌地应对。

李亦男坚持将自己的婚姻状态定格在“已婚”，一段时间后，那些“油腻男”的骚扰果然减少了。他们大概在想：各方传来的信息都是她有老公，说不定人家身边真有男人了呢，还是小心为妙。李亦男觉得这一招很像“空城计”，别人“隐婚”是纯粹的坏，她“隐单”是出于不得已。不过诸葛亮在“空城计”之后，再也没有用过这种赌上自己性命的招数。非但如此，往后历朝历代也极少有成功再现的案例，“人不能两次踏进同一条河流”，条件的变化，使得任何事件都无法直接套用既往的经验，需要做出相应的改变。对于人际关系来说，似乎没那么凶险，大家各做各事，各谋生路。多数人不费尽心机也能过得下去，偶尔耍点小聪明也是人之常情，见好便收；也许只有奸佞之人才习以为常并精于此道。多数人的谎言都不会受到生活的惩罚，但也有少数人稍微抖抖机灵，就把自己陷入“坑”中，而他们往往是极老实之人——没有撒谎的经验。

亦男的“空城计”该什么时候结束？她也不知道，不过时间长了，她竟有些享受这种“假作真时真亦假”的感觉。不过这么一来，压力都在自己身上，看上了谁，就得自己表白，否则人家也不知道她单身啊。不过她讲了真实情况，别人也不一定信。

有一次，她登门拜访老客户方处，方处的第二任太太芸姐和亦男颇为熟悉。十多年前，亦男还是个刚毕业的小姑娘，替他们去幼儿园接送过女儿，因此赢得了老方的项目。这段经历后来被改编成销售案例广为传播。

芸姐想送女儿出国留学，于是他们讨论去哪里好。方处说加拿大也不错啊，当年那个胡锐的老婆就去的多伦多，芸姐说加拿大不行的，胡锐老婆去多伦多也只是把那里当个跳板，后来还是跟着别的男人去美国了，还说哪有这么傻的男人，把老婆一个人送到地球另一边去读书，结果惨了吧。

亦男知道他们说的那个男人，他叫胡锐，比自己小，但没小太多，三十出头，也是一家IT厂商的销售代表。胡锐个子不高，人挺诚实的，生活中憨憨的，但工作中才思敏捷，干得不错。亦男之前就对这个可爱的男人印象深刻，他离婚的事还是头回听说。

说者无心，听者有意。回家后，亦男在手机上找到了胡锐的微信号，翻他的朋友圈，一页又一页，一直查看到最早的一条，甚至连别人的评论也不放过。累了一夜，结论是，这个男人目前还是单身。亦男的心狂跳不已，一点儿睡意也没有。她似乎已经了解了胡锐很多，同时也为他的遭遇感到不平，多好的男生啊……

她寝食难安，就像有的女人在商场里看到一件漂亮的衣服，惶惶不可终日，生怕别人买了去。后来她终于想到了一个办法，就是先找个集成项目，让属下联系胡锐，说需要用到他们的产品，后续自然要做老板的她来做决策，胡锐一定会主动联系自己的。

一周后，她果然接到了胡锐的电话："李总早！好久不见，明天下午有时间吗……"亦男在电话里顿时不知道回复什么才好，她"嗯，啊，好的"应了几句，压抑着自己内心的狂喜。她只想听对方说话，从来没觉得带南方口音的男声也可以这么动听，简直比台湾腔还要温柔。

亦男挑了自己最满意的一套夏裙，想要给对方一种惊艳的感觉。结果一上午都很别扭，站着不是，坐着也不是，甚至觉得衣服的褶子都太多了。但只要是衣服，只要有动作，就一定会产生很多褶子啊，又不是笔挺不动的橱柜模特。她觉得桌上的花也不够好看，本来想换一盆，又怕进来的员工发现异常，还是算了。办公室隔音吗？隔窗玻璃的磨砂部分似乎设置得矮了点。唉，想多了吧，只是聊聊项目而已嘛。她与这些小心思斗争了半天，终于熬到了下午。胡锐按预约时间来到公司拜访，在门厅等候，前台小姑娘通报亦男，随后将他带到了副总经理办公室。

对了，为什么是副总经理办公室呢？这也是一出“空城计”：公司里根本就没有所谓正的总经理，总经理办公室实际上就是个会议室，她的名片上也印的是“副总经理”。亦男这么安排，是为了使商务谈判有回旋余地，对于半生不熟的客户，可以推说和大老板商议一下，给自己争取点缓冲时间，万一出了问题也不至于下不来台。客户探不清虚实，也就不敢贸然提出过分要求。小公司嘛，难免要卖点关子。

胡锐穿着一件黑色T恤，下半身是牛仔裤，一看便知都是没有logo（标志）的“优衣库”。IT男在穿着上真不讲究，这个圈子里也没人介意，所以他们受欢迎啊，省下来的钱都给太太们买衣服、买包去了。

“李总，”胡锐说话了，“你的办公室真漂亮。”

“叫我亦男就好。”亦男一边纠正，一边想着怎么说话相互间才不会那么客气。心想幸好他没用“您”这个称呼。

“亦男，裙子真好看。”竟连“你”字也省了，这话正是她所期待的，胡锐的情商真高，这一句话就立即俘获了她的心。不过要客观分析起来，其中至少有九成的因素是她早已将自己的心“打包”得好好的，就等着胡锐带走了。胡锐恰好做对了那剩下的一成工作，两人完美配合。

周末，他们相约去莫干山度假。酒店由数十栋圆形或方形的夯土别墅组成，相互间隔很大，且有茂密的树林挡住了视线，看不见另外一所房子的门窗和阳台，私密性相当好。

室内外温差太大了，外面三十几度，骄阳似火，正好把人封堵在房间里，亦男先去洗澡，空调甚至有些冷。

淋浴到一半时胡锐就跑了进来，赤裸裸的，亦男推他出去，胡锐竟然乖乖地出去了。亦男泡在浴缸里时，胡锐再次跑了进来，亦男没法推开他，也没有特别拒绝，只是嗔怪他把神秘感破坏了。胡锐爬进了浴缸，两人面对面躺着，“不说话，就十分美好”。

室内安静极了，只有浴缸上方的溢流口在哗哗地流水。亦男想起了小时候在乡下外婆家，她一个人在木盆里泡着，也是这么安静，屋子的角落里有蟋蟀的奏鸣声，偶尔传来村口的狗叫声，还有夜归人赶牛的吆喝声。每次遇到宁静时刻，她都能回想起童年的梦幻场景。这时的亦男没有想起她的亡夫，沉浸在一种奇妙的感受中。亦男觉得泡着水的胡锐比穿着衣服的胡锐更白皙，胡锐觉得卸了妆的亦男比办公室里的亦男更清新。

过了许久，水温才渐渐降下去，亦男对胡锐眨了眨眼。胡锐会意，起身用浴巾裹了自己，又把另一条浴巾平铺在床上，然后从水里捞起了亦男。他还想抖一抖，把亦男身上的水甩去一些，这显然是画蛇添足，亦男个子比他矮不了多少，他没这么大力气，两人差点摔倒。亦男抱紧了他的脖子，想到自己对于胡锐来说还是太重了，脸上就火辣辣的。胡锐咬紧牙关，一步步挪，气喘吁吁地，总算把亦男弄到了床上，然后用浴巾给她“裹粽子”。

胡锐躺在一边喘，亦男挣开了那“粽叶”，反过来骑在他身上。不过，尽管亦男有这么好的身材，还加上动作挑逗，胡锐居然还没有刚才冲进浴室时那么“激动”。

“你怎么了？”亦男问道。

“对不起，可能是刚才抱你的时候运动量太大了，血液分散到四肢了。”胡锐尴尬地回复。

“也可能是开车累了，那你休息一下吧。”亦男一边用浴巾裹住自己，一边按那电视遥控器。

看了一会儿电视，两人居然都睡着了。

亦男醒来时已是黄昏，胡锐还在打鼾，她光着脚，轻轻地推开移门。既然没有人，也就没必要穿衣服。亦男头一回赤裸裸地在阳台上看落日，太阳只在对面的山坡上露出半个小脸，而树林里早已暗了下来，知了还在拼命地叫喊，它们为什么不需要休息呢？低等动物过得很欢，但生命短暂，跟草一样，一岁一枯荣。还是这些树好，等来过的人都死了，建筑又重归于尘土时，它们还在这里，只会变得更加粗壮。

想到死，她就会想到亡夫，常常幻想人鬼情未了这样的故事。她希望这世上有鬼，然而又无法说服自己相信，只能偶尔沉浸在影视剧里面体验一下。虽然事情已经过去了十年，回想起来还像是刚刚发生的一样。《寻梦环游记》上映时，她去看了好几遍，每次都一个人躲在角落里流泪。“死亡不是生命的终点，遗忘才是。我不忘记你，你的生命就和我一样长。”她想着，眼角不禁又流下泪来。

“亦男，”一个声音在后面呼唤她，原来是胡锐，“呵，都快天黑了。晚上没法睡了，我们可以去扮鬼吓人。”

亦男还没从忧伤的情绪里回过神来，她转过头，只是笑了笑，脸上还挂着泪。

“怎么了？”胡锐没想到亦男还是个多愁善感的人。

亦男摇了摇头，擦干了眼泪，指着对面的天空说：“你看。”西边的红云把两个赤裸的身体映得红红的。多有活力的生命，藏在万绿丛中。在上帝看来，仿佛两只散发着荧光的精灵。

“嘀嘀……”胡锐刚才叫了酒店的电瓶车，此时正在外面按喇叭。亦男赶紧套上一条吊带裙，穿上拖鞋，抓紧胡锐伸过来的手，沿着地灯的指引，在知了和蟋蟀的奏鸣曲中来到了路边。电瓶车一路飞奔，带起的风一阵热一阵凉，载着他们来到了餐厅。

晚餐后，他们在会所周边散步。室外泳池里漂满了各种造型可爱的游泳圈，池底散发出蓝色的幽光，孩子们嬉闹的声音响彻山谷。

“你说在飞机上能看见这个游泳池吗？”亦男问。

“当然能，这么好的天气，又没有云。哎呀！你看，满天的星星！”

亦男抬头望去，果然，连银河都清晰可见，亦男一边和胡锐说着话，一边想：不管人们多大年龄开始恋爱，话题都是这么傻傻的，旁人看来是那么无聊，而两个人之间却津津乐道。

泳池的西边是块坡地，坡地过去有个很大的菜园。借着几盏地灯的光，可以看到这里有大树，有石墙，还有泉水，干干净净，漂漂亮亮的。胡锐不禁背起了《圣经》中的一个句子：“因为耶和华你神领你进入美地，那地有河、有泉、有源，从山谷中流出水来。”

山风从酒店后面飘了下来，从泳池的水面掠过，又穿过亦男的裙摆，像一只小流氓遥控的小飞机，有点凉意了。

“哎呀！刚才出门我忘穿内裤了。”亦男失声叫了出来，同时又用手遮住自己的嘴。

“啊？我看看……”胡锐说着，一边从背后把亦男摁在石墙上，他显然被刺激到了。亦男失去了重心，双手撑在石墙上，胡锐左手搂住了她的腰，要用右手去证实她的话……

“不要。流氓！你刚才还像个圣人一样朗诵诗歌呢。”

“我现在不想做圣人了……我要……做流氓。”胡锐又开始喘气了。

“不行，不可以在这里。”

“为什么不可以？”胡锐没停手。

“因为……有人。”亦男是随便说的。胡锐却回头看了一下，果然有人来了，走在前面的是个小女孩。

“妈妈，这里可以偷菜。”稚嫩的声音传过来，亦男也听见了，她挣开胡锐的控制，赶紧把滑落的吊带从胳膊移回到肩上，深吸气，再呼出来，一、二，调整好了气息，跟没事人一样开始哼唱起来。

胡锐的演技没那么好，他还没喘够，只是整理了一下衣裤，尴尬地牵了亦男伸过来的手。

“爸爸，这是什么菜？”小女孩后面跟着她的爸爸妈妈，隔得很远，走得很慢，似乎是在等亦男他们出场。

“小朋友，这是小青菜。”亦男和小女孩搭上了话，闲聊了几句，挥手告别。胡锐惊诧于亦男应对如此自如，不禁在心里感叹道：女人都是天生的演员。

他们立即搭电瓶车回到了房间。

一进门，亦男就反过来把胡锐摁倒在床上：“现在轮到姐姐做流氓了。”

“亦男……”

“别说话。”亦男把他的嘴堵住，然后把两人的衣服都扔到了地板上。

房间里只开了地灯，屋顶的吊扇在缓慢地旋转，带着它的影子在幕布上或明或暗地变化着形状。场景多美好，可是不到一分钟，亦男就把所有的灯都打开了。

“你还是休息吧。”亦男深深地叹了一口气。

“亦男，亦男，再等一会儿，可能是今天……”胡锐本来想说“太累了”，可是他已经睡了一下午，这个理由显然不能成立。“不在状态？”也不行，这时候不在状态，该什么时候在状态呢？“太紧张了。”他终于选了一个说法。

“太紧张了？你紧张什么呢？”亦男诧异地问道。

“我……我说不上来。可能是太兴奋了吧。”

“太兴奋了？明明是不兴奋啊。”

“是之前太过兴奋了。你看今天在淋浴间里，还有在菜地里，不都挺正常吗？”

亦男想了想，也有道理。不过好好的床不用，为什么非要在菜地或卫生间里呢？她不忍损伤胡锐的自尊心，就安慰道：“没事，可能真是紧张了。还早，那么我先看会儿书。”

亦男起身来到桌前看书。办公桌椅都很舒服，灯光也很合适，在这里读书真奢侈啊。胡锐也开始做起方案和报价来。

读书累了，亦男来到阳台透透气，室外温度已经大大降低。不一会儿，胡锐就蹑手蹑脚地跑了出来，从背后“袭击”了她。亦男是有心理准备的，就随他去弄。可是不到一分钟，胡锐又对她说“对不起”，她早已经感觉出来了，只好再次安抚道：“没关系。”

两人回到房内后改变了策略，不再各做各事，躺在床上抱着一起看电视，看HBO（美国一有线电视频道），是个惊悚片。亦男在心里暗自总结，今天至少有两次打断了胡锐的节奏，感觉有些内疚。浴室那次完全没有必要拒绝，不过首次赤裸相对，有些抗拒不很正常吗？菜园这次，太尴尬了吧？旁边真有人啊。早知道现在的情况，她宁可选择尴尬。

亦男带着负疚的心理，挑了个时机，也就是电视画面上男女主角恩爱的时刻，翻身为胡锐“服务”起来。他很兴奋，效果不错，可胡锐却说还是反过来的好，亦男照办。可是刚刚调整好位置，胡锐就发出了一声“惨叫”，他结束了。

亦男好生懊恼，不过她依然安抚道：“没事，第一次都这样，慢慢就好了。”

第二天，他们睡到中午才起来，洗漱过后退房，开车去山上的城堡里用午餐，下山，回上海。

又过去一周，亦男决定再给胡锐一次机会，当然，同样也是多给自己一次机会。天目湖也有一家相当不错的度假型酒店，独占一片湖滨和山林，有游艇，有影院，有半山温泉，有山顶茶吧。当然这些都不重要，重要的还在于他们之间的相处。

亦男特意买了套非常性感的比基尼泳衣。温泉不同于海滩，江南也不同于热带，在酒店的温泉里多数女性都穿着连体泳衣，穿比基尼的还是很少的，亦男惹火的身材和雪白肌肤吸引了几乎所有男人的关注。

胡锐被挑逗得欲火焚身，他们火速回到了房间。可还是失败了，亦男再也无法按捺自己的情绪，问道：“是不是不喜欢我？”

“不是。”

“脸不好看，还是身材不好？”

“都不是。挺好看的，身材也很惹火。”

“为什么不想要我？”

“不是，我想啊。”

“怎么想的？都完成不了。”

“可能还是太紧张了。”

“好几次了，后来都配合你了，紧张什么呢？”

“我……我不知道。”

晚饭后，亦男带胡锐去酒店的影院看电影，回到房间后又试着亲自为胡锐做SPA（水疗），几个小时后，他们再次尝试，还是失败了。

亦男觉得应该和他好好谈谈了：“我陪你去看医生吧？医院或心理咨询都行。”

“不用了吧？”

“那怎么办？没有关系的，我愿意陪你去，也愿意等你治好。”

“不用吧，我觉得问题不大的。”

“以前有过这种情况吗？”

“没……没有。”

“胡锐，我是认真的。你要告诉我实情，我们总不能结婚后才来讨论这些问题。如果对我没感觉，就直接讲出来。说什么我都可以接受，只要是真的。”

“以前一直是正常的，只是闹离婚时才出现过这种情况。”

“因为吵架，没感觉了才这样吗？”

“我觉得她变得越来越强势了。”

“那我强势吗？”

“你没有。”

“别恭维我。”亦男怀疑道。

“真没有。”

“我觉得我说话的语气还好啊。”

“不是语气。其实她当年语气也还好。”

“哦？不是吵架？”

“嗯，和别人比起来，还真不算吵得厉害的。”

“懂了。你是觉得她出国读博之后比你厉害了？”

“说不上来。总之她看我不顺眼，不像之前那样单纯，说话冷冷的，慢慢地没感觉了。”

“我也不单纯，都奔四了。算了，没有人能够客观地描述前任。她是你前妻，我想你也说不上什么来。如果你能说明白，也就不会离婚了。”

胡锐立即松了一大口气，仿佛刚从看守所里出来，有惊无险。

“那么后来呢？”亦男又提出了新的问题。

“后来？”

“后来和其他女人呢？”

“这个……还是不要说了吧。” 胡锐觉得才出虎穴，又入狼窝，一脸狼狈。

“是这样的，胡锐，我并不关心是谁，以及你有过多少女人，我只想知道有没有出现过今天的情况。你只需要告诉我这一点就可以了。”

“没有。”

“为什么呢？”

“因为她们都是一些很normal（一般）的女人。”

“什么？很normal？她们？”

“算了，我们还是换个话题吧。”

“不。我错了，先不纠结有过多少。你得告诉我，她们究竟有多normal？”

“这个怎么说呢？反正没你优秀。”

“好吧，开放式问题不好回答。那我问你，你最近一个女人，记住，女人，不一定是女朋友，明白吗？是做什么的？多大了？什么时候？”

“这个……”胡锐头上冒汗了，他觉得绕不过去，亦男已经让步很多了。他只好鼓足了勇气回答道：“商场营业员，二十五六岁吧，前两周。”

“前两周？”

“就是上上个星期，认识你之前的那一周。”

“不会是把力气都用在她身上了吧？”

“当然不是，认识你之后就和她分手了。”胡锐急忙澄清。

“好吧，我不计较这个。和她在一起完全正常吗？”

“嗯。”

“交往了多久？”

“嗯……几个月吧。”

“干吗吞吞吐吐的？我又没介意，这么紧张干吗？你们现在还正常吗？”

“现在？刚才说了，已经分手了啊。我认识你之后，就跟她说清楚了，已经分手了。”

“这么说，如果今晚和你在一起的是她，就不会有问题啰？”理工女提出的问题总是快、准、狠。

“亦男，不能这么假设。”胡锐委屈地答道。

“为什么不能？我关心的就是这个，其他方面不是现在需要考虑的。”

“我没她性感是吗？不能持久地勾起你的欲望？”亦男逼问道。

太直接了，胡锐不知道接下来亦男会不会提出更加令人难堪的问题。于是他还是决定完全打开心扉，说出自己的全部感受来。

“亦男，是这样的，和她这样的女人完全没有心理负担，没有未来，没有责任，不需要考虑太多，也就没有压力，只要玩乐就可以了。”

“跟我在一起也不需要考虑什么啊？我也没有和你讨论过未来。话说回来，刚开始时，你来我办公室的时候不是也挺会撩的吗？要不我能跟你去莫干山吗？”

“现在不一样了。当时我以为你有老公孩子呢。去莫干山前一天才知道你之前的事，才知道你单身。”胡锐说漏嘴了。

“什么？！你当时以为我在婚内？那还来撩我？”

“这个……我承认，当时抱着玩玩的心态，觉得已婚就不用负责任。嗯，不，我的意思不是说现在不想对你负责任……”

“不用解释。怪不得，知道我单身后就有压力了？单身也不需要你负什么责任，又不要你养，养你也没问题。”亦男挤对了他一下。

“我不知道，可能是想到现实中的问题，对你的感觉就不同了，当作未婚妻来看待，就有压力了。”

“哦？原来是想对我负责，对我好，所以没感觉了？那就是说，我还没享受到女朋友的待遇，就要提前遭受做老婆的罪了？”

“这个……至少我是很在意你的。”

“真不知道你们男人在想什么！对了，这么说，那个商场里卖东西的女人，也在婚内？”

“嗯。不过她是隐婚的。”

“什么？！隐婚？！”

“现在隐婚的多了，你知道吗？芸姐和方处在一起之前也是隐婚的，她有老公，和方处在一起怀孕后才跟老公离婚的，方处是后来才知道的，但看在孩子的分上，就认了。”

“你们！真是太超乎我的想象了。原来我才是最单纯的那个。”

“开始，我以为你也隐婚，你的同事也说你已婚。后来才发现你是单身……”

“本来就单身好吧！”亦男有些怒了。

“可是，为什么要让周边的人以为你已婚呢？”

“你难道不明白？从事销售工作的女人，到这个年龄还没结婚，中间会遇到多大麻烦？你看我名片上还印着副总经理呢，不都是为了掩人耳目，减少麻烦吗？！”亦男语速很快。

“可是你的空城计，把我都给骗过去了。”胡锐仿佛成了受害者。

“空城计？”亦男怔住了。

她想了好一会儿，叹了一大口气，躺了下来，闭着眼睛对胡锐说道：“胡锐，十年来，我最中意的人就是你了，可是你太让我失望了。开始我以为你是认真的，没想到你只是想玩玩；现在需要你放松心态，你却认真起来了。我刚才想了半天，才发现，我的空城里没有伏兵，你的空城里处处伏兵，原来你唱的是‘十面埋伏’啊。”

亦男真累了，她要休息一下，明天再思考。

砚竹幽幽

胡砚竹是我在五角场某高校参加活动时认识的朋友，长期单身，供职于一家知名外企，她来自徽州，名字内涵也好，砚台和竹子，既有文化又有风骨。她是一个标准的美女，外貌、打扮和服饰都很大气，和她走在一起，的确需要点“实力”，否则就得有些勇气：身高一米六五，怎么吃都不胖，体重稳定在五十公斤左右还能前凸后翘。她外形上唯一弱点是脸庞“太标致”，有人说这是一张没有特点的模特脸，导致她既像明星，又不像任何明星，这是一个把缺点当作特点的年代，以至没有任何缺陷就成为缺陷。

早在前两周，她就问我是否有空聊聊，因为她烦闷至极。可我出差在外，回来后又要制作课程，耽误了些时间，直到今天才抽出空来。电话里她说下雨了，不如来家里坐坐吧，也许自己的故事能够作为我小说的素材，我不由得好奇起来。

她开车到中华艺术宫地铁站接我，座驾是一辆三门两厢奥迪A3，而且还是红色，同样极无特色。开车几分钟便抵达了她的“单身公寓”。出乎我的预料，时尚洋气的胡砚竹竟然住在东明路的一个旧式小区里，这是一处“烟火气”极浓的社区，小区对面就是上海实验学校。

房子建于20世纪90年代，位于四楼，60平方米左右，两房朝南，带一个小饭厅，卫生间和厨房都很小，但装修很新很明亮，典型的日式风格，全部采用竹木材料。上海旧式小区的阳台一般会在二次装修时被封闭起来当作室内空间，而使用外面的悬挂衣架来晾晒。砚竹把南阳台改造成了一对茶座，采用了浅色的竹木茶几和座椅，坐垫是芦草做的蒲团。几案上除了茶具之外，还有一座小盆景，两块玲珑的小黑石和一丛文竹，这不就是“砚”和“竹”吗？文竹真是天生的盆景植物，它完全不需要任何修剪，便亭亭玉立，天然地符合东亚人的审美取向。

“其实我不叫胡砚竹。”她递给我一杯祁门红茶。

果然有故事。我惊奇地问道：“你改过名字？”

“其实我有三个名字。我最初的名字在上海没人知道。”

“三个名字？”

“是的，我的第一个名字叫鲍红梅。这个名字很土吧？”

“你不姓胡？‘红梅’这两个字也和你不搭。”

砚竹给自己泡了杯“婺绿”，然后开始讲述：

我出生于1985年底，射手座，生活在黄山市下面的歙县，原来叫徽州，在九岁之前一直叫鲍红梅，我家和普通家庭并没有什么不同。母亲是徽剧团的演员，但平时也爱唱歌，算是女高音，她最拿手的歌曲是那个年代最红的《红梅赞》，便给我取名叫红梅。父亲是跑运输的，拥有一个车队，所以当年家境还不错。

据说转折发生在1990年代初，但从我记事起便是这样：母亲有时情绪非常不稳定，总是因为一点很小的事情发脾气，对家人各种挑刺，甚至通宵达旦地吵架，摔东西，整天要求搬家，购买贵重物品，等等。有时又极为兴奋，仿佛无所不能，戏也演得特别好，异常温柔体贴懂事。之后，每周都至少发生一个“轮回”，她的嗓子终于因为过度喊叫而沙哑了。处于矛盾核心的父亲也极为焦躁，有时也针锋相对，甚至动起粗来。全家老小都为此烦恼不已，我常常被折磨得大哭。

对于美丽的母亲为何性情大变这事，家人百思不得其解，后来才听一个医生朋友说，有可能是“躁郁症”或“双相情感障碍”，只在最亲密的人之间发作，而在陌生人跟前往往是正常的。母亲平时上班没有问题，同事们依旧觉得她无限美好，顶多偶尔有些喜怒起伏罢了，这不很正常吗？可是在关系亲密的人之间，这种喜怒无常立即放大了百倍，彻夜歇斯底里的叫喊让家人煎熬不已。我最佩服的是楼下的邻居，他们竟然能忍受我妈每周最少摔一次东西，从来没提过意见。

家人在是否送妈妈去精神病院就医方面也发生了争执，一会儿想送她去，一会儿又不想送她去，最终耗费数年只是去挂了个门诊。医院确认了症状，说这是“天才病”，很多名人都是，比如凡·高、丘吉尔、费雯丽等等，患病女性多数都很漂亮很有才华，表现力极强。发作时对身体和家庭损害都很大，医生建议药物治疗加心理治疗，不过病人在院外往往难以配合。医生还透露了一个让人更加不安的信息，那就是疾病会遗传。外婆听说后抱着我伤心流泪，她年轻时有一个妹妹就是这种表现，已然英年早逝，她最担心的就是我未来成年后的精神状态。现在我也担心自己会性情突变，睡觉时常梦见自己变成了“异形”，然后要吞噬家人。

1996年的一个冬夜，母亲因为某件关于我的事和父亲争执，他们吵了半夜后，母亲一句话引起了父亲的震怒，她说："红梅根本就不是你的孩子。"这句话让"父亲"二字加上了引号。不记得那天夜里怎么度过的，反正类似的不眠之夜早已经历了无数个。之后的两个月内进行了两次"亲子鉴定"，结果是我不能再叫鲍红梅了，改从母姓，叫胡红梅。我真正的父亲，那个负心汉，已在八年前消失得无影无踪，母亲说不记得他的名字，甚至连相貌也不记得了。也许，她不愿意再提起，又或许她在八九年前就发病了，导致无法控制自己的行为。

可这个家还得苦苦支撑着，除了疾病和"狗血变故"之外，还有经济压力。母亲此时已"身败名裂"，不能再去上班了，"父亲"从事的交通运输行业也发生了重大变化，竞争激烈，加上没有时间打理，迅速从盈利转为亏损，车辆折旧厉害，变卖了也没值几个钱。生活并没有如人们的祝福一般"越来越好"，而是越来越糟，疾病在延续，怨恨在累积，终于在1997年的秋天爆发了。

中秋月圆之夜，我只记得那天母亲再次发作，一直闹到深夜，"父亲"喝了很多酒，再也不能容忍她了，俩人一直不停地拌嘴并发生肢体冲突，然后推推搡搡地一起出门去了。我则感到少有的幸运，终于可以睡个好觉了。

天快亮时，我做了个噩梦。按往常经验，一定是自己的手臂压在胸口上了。但这次我被一个更大的躯体压住了，睁开眼一看，竟然是"父亲"，发生了什么？我昨晚做错了什么要被惩罚？他竟然浑身赤裸……

这时传来母亲急匆匆走进家门的声音。他起身了，而我连支起胳膊的力气都没有。我记得母亲眼中的愤怒，记得自己羞耻的身体，记得自己转过头去面壁。她冲上去拼命，然而却被精准地捏住了手臂，“父亲”用从未有过的清晰话语告诉她：就要这么干，就要让她看见。母亲晕过去了。

之后母亲带着我搬进了外婆家，再也没有提起这件事。渐渐地我也忘记了，事发前他们为什么要半夜离家？之后他们是否办理了离婚手续？以及为何是我们离家而不是那个男人？我所记得的，就是上面那么多，已经很多了。

我的中学六年，主要是靠外婆和小姨的资助生活，母亲的职业不稳定，任何工作都无法坚持两个月以上，后来干脆在楼下摆了个地摊，出售自制的女红作品。

我很争气地考上了大学，读的是音乐专业。第一学期学费是亲戚们资助的，之后我一直在为生活费发愁。

有一天，初中同学兼闺密碧云来找我玩，食堂饭菜品质不高，她请我去中山路吃晚饭。碧云已工作三年，很有些积蓄，偶尔也借给我一点儿钱，所以只要碰面，必定请我吃大餐。

碧云可能是个孤儿，一直跟着爷爷奶奶生活，长得玲珑可爱，大眼睛，一副“上当脸”，她连高中也没上就去了马鞍山的“皖凝眉”做了服务生。“皖凝眉”是一个会员制的高档茶艺会所，位于当地“高尚生活区”后山半坡。“皖凝眉”像座度假山庄，出入者非富即贵，从不对社会开放，所有人员一律通过车辆接送。由于异常隐蔽，吸引了苏、皖两省的“贵人”们。碧云在这里学习茶艺和古筝，工作悠闲，收入也不错。有人问她，“皖凝眉”里除了喝茶还能干吗？碧云便说提供个环境为客人“排忧解难”，她只负责茶艺和古筝，偶尔和客人聊聊天，更多的时候，是客人们自己在包厢里谈话。最为奇特的是，她从不知道真正的老板是谁，只和负责日常事务的经理接触。

她佩服我在这种家境下还能考上大学，我则羡慕她年纪轻轻就能自立赚钱，还有很多的化妆品、好看的衣服和包包。餐后，我们去镜湖散步，碧云放低了声音问道：“想不想打工赚钱？”

“当然想，我已经在做家教了，不过连伙食费都赚不够。其余的我什么都不会，上课时间也安排得很满，哪有机会打工啊？”

“红梅，我们初中就玩得比较好，家庭条件类似，我一直觉得什么话都可以跟你讲的。前几年你上高中我上班，一起玩的时间少了很多。你觉得我现在过得不错，不过你大概也能猜出来，我并不是做服务生。我没有父母，你有父母，但和没有也差不多，都只能靠自己。”说着，碧云的眼眶有些湿，却没有哭的“诚意”，她那张“上当脸”看过去也比三年前成熟了不少。

她低头说道：“其实，有些事，自己不说永远也没人知道。”

我知道她指的是什么，没接话。

于是听她继续讲述：“你看现在女孩子多数什么都不懂。我们俩以前也都被人欺负过……”

听她这么说，我便感觉自己和她是一样的了。就像新买的手机，最初总是珍惜无比，怕磕着碰着，不小心摔过几次之后，就随便多了。

对于碧云说的这些，我也早有耳闻，但听她亲自讲，更有代入感，觉得各有各的难处，大家都没错。接下来碧云才切入了正题：

“最近，我在‘皖凝眉’认识一个女人，看起来像个生意人，很年轻，水蛇腰，屁股特大。她常来我们那儿喝茶，大家慢慢熟络起来，有次她来得早，我进包厢沏茶，她就要了我的号码。后来接到她的电话，问我愿不愿意去她那边上班，我以为是去什么公司上班，就回答说自己没学历。后来才听明白，她其实是‘芜•媚’夜总会的‘妈咪’，便拒绝了。她又解释说，不是让我去‘芜•媚’，而是服务于高端客户，对方大多是官员和有钱人，不方便去‘芜•媚’这种地方，所以需要她来安排。她看我会茶艺、古筝，形象也清纯，觉得可以做兼职。这段时间她在帮人物色在校女生，客人给的价码更高，但我不是真正的大学生，讲的话题也对不上的，他们要看学生证。”

她转过脸来，脸色绯红，不敢抬眼看我：“而你是真正的大学生。如果愿意，这四年的学费、生活费就不用担心了。”

我望着湖心亭，久久说不出话来。碧云便起身转了话题道：“陪我去买点‘傻子瓜子’吧？”于是我们又向步行街折返回去。

一周后，我给碧云发了一条信息：“把我的号码给李姐吧。”

认识李姐后，我开始“自食其力”。

李姐来自东北，她的魔鬼身材是谜一样的存在，让人疑心她有西方血统，不但每个男人都为之倾倒，就连女生们也都为之所吸引。李姐自己在异性交往上非常谨慎，几乎不对任何人透露信息，这又让人疑心她是“拉拉”，然而也没有任何证据指向这一点，来去孤身一人的她因而有了更多神秘感。

她从“皖凝眉”得到很多客户资源，然后预约女孩们单线联系，我从未见过其他女孩，也从未听说她出过什么纰漏。李姐很少安排我在工作日接待客人，因为学校禁止夜不归宿，而周末比较好说，可以用回家和旅行的理由应对。市区的酒店也不太方便，一般是安排郊外的度假型酒店，或者干脆节假日陪同旅游。一个月接一两单就够生活费了，偶尔也会更多，但不太稳定，有时整个暑假里都在“工作”，有时一个学期都没接到“订单”。

从此我再也没有为学费和生活费发愁过。当时的我认可碧云的观点，竟然觉得作为底层家庭出来的女孩，养活自己都很难，我们没有更多的路可选。一个人成功后，人们并不知道他走过什么路，踩到多少狗屎和牛粪，只知道他最后成功了，周边都是鲜花和掌声。

四年中只遇到过两件惊悚的事：一件是被一个叫程斐的人纠缠了很久，但学校里没人知道；还有一件是校庆时，来校视察的领导当中，有一位竟然是不久前刚接待的“客人”——赵局长。当时念大三，我正好被系里安排在学术交流中心做会务工作，最后有一个校领导向来宾赠送纪念品的环节，我是礼仪小姐，正当我满面笑容地举着托盘把纪念品送到主席台上去时，他认出了我，当然我们相互都没有任何多余的表情。我忐忑地走下台来，他的司机老邢朝我客气地点了点头，简直把我吓坏了，当时一定满脸通红。不过后来一想，这种公共场合大家都相互点头致意，并不会有人注意到自己，应该是多虑了。

赵局在年龄上大我二十几岁，在陪他的那些日子里，除了夜里那半个钟头，他一直非常客气。我觉得他像一头狮子，狮子只在捕食时凶猛，其余时间都是一副森林之王的绅士派头。后来，他让那司机给我带来一只LV包包，外面用好几层包装包裹着，看起来像一袋土特产。不同于一般的LV将大大的logo印在棕色的皮革上，这是一款粉底白花的小包，特别可爱。赵局说："你特别像我前妻，五官几乎一模一样，玲珑精致，小萝莉型的。我和她算是青梅竹马，我们是小学和初中同学，小学时我就喜欢她，初中就在一起了，警校毕业后我们结婚成家，可女儿一出生她就去世了。那时小县城的医疗条件不好，我还只是一个科员。"

大学毕业后，我决心要和过去的生活做切割，不敢留在安徽工作，于是来到上海，想成为一名音乐老师。可是公立中小学要求有上海户口，国际学校我又够不着，只好去了城乡接合部的一所民工子弟学校教书。

每个城市总会有"溃疡"一般的区域，吸引大量外来低收入人口租住，这所学校就地处浦东、闵行、南汇三区交界的一个大村镇，教师和学生几乎都来自黄淮地区。我并不喜欢这样的环境，入职后的每一天都想着离开，却一直没找到其他合适的工作。这里人员混杂，交通秩序又极其混乱。可我还不得不在学校隔壁的一座民房里租了一个房间，这是三层的小楼，我住顶楼，出门是露台，设施简陋但带独立卫生间，每月租金六百五十元。

第二年春天，世博会开幕前的一个周末，我正在露台上晒太阳，看纳博科夫的《洛丽塔》。读到书籍最后四分之一，洛丽塔和她的继父在旅行途中被人跟踪时，我已和女主人公融为一体，不禁为她的命运着急，突然有个熟悉的声音叫"红梅"，把我的思考从洛丽塔的灵魂里拖了出来。是她！李姐，她的出现勾起了我刻意要忘却的记忆，我不知道该高兴还是恼怒。不管怎样，他乡遇故知，我起身把她请进了房间。

她把一个香奈儿的小礼袋放在我的书桌上，说：“红梅，你洋气了！大上海愣是不一样呢。”李姐是东北人。

“李姐说笑了，你看看这周边环境，比芜湖还差。以前好歹还是市中心，在这里感觉就像在乡下支教，灰头土脸的，咋会洋气呢？”我学着她的东北腔。

“还是不一样，毕竟是上海啊，怎样都比外地强。”

“李姐，你怎么找到我的？”我忐忑又好奇地问。

“哎呀，红梅，你是怕见我吗？我也在上海上班了，来之前打电话到你家，就说是你大学同学，你外婆接的电话，就告诉我你的工作单位了。”看来外婆一点儿“反侦察”能力都没有。

“李姐现在住在哪个区？”

“普陀区，靠着静安，苏州河边上。上班的地方在长寿路，叫作‘春申一号’，上海最大的KTV，听说过吗？”

我有些不安地回答道：“没有呢，李姐。长寿路那边应该很繁华吧？”

“是啊，长寿路是上海娱乐业最发达的地方，你有空可以去看看，这边真是离市中心太远了，我那边还有一个空房间呢，随时来都可以住住。”

“哦，最近上班都很忙……”

“红梅，我不是来挖你去上班的。做老师挺好，虽然条件艰苦些。”她还是怕我担心，便握住了我的手，“只是来看看你。程斐还找过你吗？”

“没……没有。”一听到这个名字，不祥的预感再次占据了心头的高地，将一切快乐与平和赶下了山巅。

李姐见我“花容失色”，连忙安抚道：“别担心，他不会找到你的。”

寒暄了一会儿，到了午饭时间，在路边的一家小店“寿春人家”简单炒了几个菜。餐后李姐麻溜地埋了单，又递过来一张烫金的名片，我接后赶紧放进了口袋里，并左右顾望，唯恐有人看见。李姐说了句“是不是累了？你气色不好，午休一下吧”，就打车走了。

回到房间，却一点困意没有。我打开那个香奈儿手袋，是女士们最常用的一款香水，COCO5号。我又从口袋里掏出了那张名片，有字的地方都是烫金并凸起的，上面简单地写着“春申一号娱乐会所，李玲经理”以及手机号码，地址是在长寿路。我厌恶地把它扔进了垃圾桶里，不过发呆了一阵后又把它捡了回来，用手机记下了她的号码，然后再次扔进垃圾桶里。

见过李姐后大约一个月，我便接到了外婆的紧急电话，说妈妈的病情突然严重起来，失去自理能力，像是失忆，以前唱戏的事情都不记得了，嗓子也彻底坏了，只能低声地说话。在家依旧闹个不停，还把一个花盆扔到外婆头上，不得已，俩人都被邻居送进了医院，只不过母亲进的是精神科，而外婆则是急诊科，她老人家头上缝了好几针。

刚好放暑假，我匆匆赶回歙县，去医院陪护她们。白日当空，车外的田野被暴晒着，我的头就像那些打蔫的稻谷一样沉重，要“低到尘埃里去”了。母亲一直闹着要出院，就在住院那几天，她的头发全白了，比外婆还要白，既不是“奶奶灰”也不是花白，而是如银丝如冬雪一般的全白。妈妈叫我“老妹”，显然是把我当作年轻时的小姨了，她的时间坐标一会儿落在三十年前，一会儿落在十年前，变化得飞快。偶尔恢复正常，便抱着我大哭道：“我控制不了自己……该怎么办？我完了……把你这辈子也给害了。”

医生说，妈妈病情稳定下来了，接下来的治疗也就是重复打镇静剂和吃药，长期住院反而不利于康复。如果家人能陪同去旅行最好，目前病人大多数时候还是正常的，不会对陌生人造成危害。现在是外婆在陪护，但老人家坚持不了多久，如果继续住单间找护工陪护的话，比住酒店还要贵。言下之意，医院并不相信我们有支付能力，觉得她是个负担。我知道，妈妈从此失去了社会和家庭行为能力，生活的象征意义大于实际体验，人生之路赶上了外婆，也快到终点了。

我卡上还有点存款，于是将她接出了医院，再带上七十岁的外婆一起去旅行。外婆身体还可以，耳朵和眼睛都还“聪明”，与其说我照顾两个老人，倒不如说外婆帮我在旅途中照顾妈妈。我们三代人三位女性在暑期里去了很多地方：桂林漓江、佛山祖庙、厦门鼓浪屿、泉州开元寺、福州涌泉寺、苏州园林、济南大明湖、青岛八大关。快开学时，积蓄全部耗尽，信用卡额度也逼近极限。我有一种祖孙三代人一同走向末日的感觉：前方是一轮巨大的夕阳，红彤彤地要吞噬整个天空，我和外婆搀扶着妈妈，迎着夕阳走去，消失在一团红光里，从此这个世界便没有了负担。

在八大关的一个小旅馆里，晚上九点半，母亲和外婆已酣然入睡，我还睁着眼睛，房内漆黑，看不到任何希望之光。我睡不着，加上床是一张行军床，太小太矮，翻身容易发出声音，于是我悄悄地起身带上门，出去散步。走到花石楼下，海水一起一伏拍打着礁石，发出巨大的浪声，更显得岛城的夜很静。我来过这个地方，两年前和“客人”一起旅行时，住在附近的一个豪华度假别墅里。顺着坡往上走，我坐在高处的台阶上，借着路灯可以看见整个度假区，抬头望天，这是朔月的阴天，空中没有星星和月亮，只是黑魆魆地罩着这个世界。

我已思考多日，于是拨通了李姐的电话，问是否能像前几年一样“工作”。李姐说当然可以，不过最好先在KTV上两个月班，帮她带带人气。我迟疑了一下，说到时候看看。第二天一早，我收到了李姐转过来的借款。

青岛飞黄山的航班上，我睡着了，醒来时眼眶边一阵冰凉，原来母亲在用湿巾帮我擦拭，难道我流泪了？我接过湿巾，觉得很窘，母亲把一个餐盒放在我的小桌板上，转过脸去，不敢再看我。原来空姐已经送过餐了。

我请了一个保姆住家，帮外婆照顾母亲。安顿好她们，我便乘火车回到了上海。

离开学还有几天，我去看望李姐。她独自租住一套两居室，让我住在朝北的小房间里，房间虽小，却很“卡哇伊”。粉色的墙上满是卡通图案，这原是一个小女孩的房间，窗户正对着苏州河，景观极佳。晚上，李姐带我去她上班的地方“看一看”。一进大门，我看见那架势就赶紧退了出来：“春申一号”的大堂、两侧的扶梯，以及过道上全是盛装出席的女孩们，一眼望去“满山满谷”的美好肉体，在金碧辉煌的吊灯和各种射灯照耀下，客人们鱼贯而入，就像参加欧洲宫廷舞会一般。我把李姐拉到一边，急得要哭：

“不行的，李姐，我以后还要在上海混的，被人认出来就惨了。”李姐停顿了一下，并没有什么表情，把房门钥匙递给我：“回去休息吧，晚上跟你说。”我于是匆忙逃回了李姐的家中。

8月底的上海，过了立秋、处暑，下一个节气是白露，几场雨下来，天气已不那么炎热。从窗台上看下去，苏州河边有许多健身的人或走或跑，河对岸是一大片高层住宅，灯光星星点点，温馨极了。南向的阳台上则可以看见长寿路一线的霓虹灯，再往前便是南京西路商圈，有许多高耸的玻璃写字楼，再远些，是东方明珠、环球金融中心和金茂大厦，让人觉得世间繁华莫过于此。不得不说，市中心就是好。

李姐不到凌晨三点是不会下班的，于是我先洗漱睡下了。不过，我在这种高层住宅里总是睡不踏实，感觉自己悬在空中，苏州河在脚下流淌，还有车流和霓虹灯、声色犬马的娱乐会所，各种扰动因素川流不息。于是我做起梦来，梦见被李姐带到一个洗浴中心，比大学里的澡堂还要大，但豪华百倍，就像是今晚看到的“春申一号”会馆大堂。我们淋浴过后，来到一个大浴池里，这里集聚了很多女孩，烟雾缭绕。李姐和我下了水，往水池中央走去，水越来越深，雾气越来越大，一会儿就看不到李姐了。我想往回走，可四处都成了深水区，几乎淹到脖子，只好开始游泳。身旁的女孩很多，大家都说好闷热，受不了。此时，头顶有无数灯光照射下来，雾气散去，原来我们处在一个大大玻璃泳池中，就像一个巨大的金鱼缸。四周层层叠叠的都是看台，像个篮球场，坐满了衣冠楚楚的男人们。姑娘们一阵骚动，然而四壁高耸，无法离开这个巨大的玻璃鱼缸，只好拍打着双腿和双手，让自己不至于沉下去。看台上的男人选中了哪个女孩，便有一张大网兜落下来罩在这女孩身上，把她像金鱼一样捞走，她也因此得救，否则就要继续泡在这热水中挣扎。我希望能尽快离开水池，又不希望被人捞去，挣扎到最后，水缸里已没其他人，灯光突然全灭了，一阵漆黑。于是我大喊救命，这时似乎听到李姐在叫我："红梅，红梅，红梅……"我醒了，原来是个噩梦。手机一直在一旁振动，我接了电话，李姐打过来的："红梅，你睡着了吗？打电话给你一直都没接。"

"哦，我睡着了。"

"到小区门口来吧，我在这里等你，一起去吃火锅。"

"好吧，等我几分钟。"

我和李姐来到附近的"申渝山城火锅"，墙上的时钟已经指向午夜三点。不想这里比白天时更热闹，几乎全是从娱乐场所出来的女孩和客人，大家喝着啤酒涮着火锅，四角的冷气柜机在全力运转着，房顶的仿古黄铜吊扇也在快速转动，这里更像广州三元里大排档，而非优雅内敛的上海。

李姐和老板娘打过招呼，带我到二楼的一个包厢坐下，点了红油锅底，还有午餐肉、猪脑花、腰花、鸭血、羊肉、牛肉、黄喉、毛肚、牛百叶和海带结各一份，我不禁问道："就我们两个人，点这么多能吃完吗？"李姐说："等下还有一个人。这家店是我一个姐妹开的，就当照顾生意了。"我问她还有谁，她说一会儿就知道，先聊天。

此刻睡意顿无，甚至比白天还要精神数倍。李姐突然问我："还记得赵局吗？"我答记得，她继续说道："赵局问了我好几次你去哪里了，我只说你在上海当老师，不做这个了。"

“哦。”

“其实他一直蛮喜欢你的。他说做老师挺好的，你各方面都很优秀，只是家境不好，否则也不至于……”

我低下了头，说道：“那又如何？落难的凤凰不如鸡。”

“有什么关系？这家火锅店里现在的大多数女客人都一样水深火热。”李姐说，“不过，你是我见到的‘落难凤凰’中最抢不开的。已经这样了，不赚点钱不太亏了吗？你妈怎么办？再说你养父……”

“别提他。”我连忙打断。

“你见过赵局女儿的照片吗？”李姐换了个话题。

“没呢。”

“特别像你。”李姐放低了声音悄悄道，“哎，你说，这个赵局是不是有点儿变态啊？”

“李姐，你想岔了吧？我听赵局说，我特别像他前妻年轻的时候而已，自然也就像他女儿了。”看来，同样一件事在不同人的眼光里，看法就是不一样。明明是怀念亡妻，偏偏被人解读成乱伦倾向，可见，无端猜测有多么可怕啊。

“赵局马上要升成赵厅了，现在我轻易不能联系他，只能见到邢哥。不过他听说你今晚在我这里，立马派邢哥开车来上海接你。”

“你告诉他的？”我惊讶了。

“要不然怎样？你又不愿意去‘春申一号’上班，我有什么办法能帮到你？你拿什么给你妈治病？拿什么还债？赵局马上要升了，你要是愿意跟他，说不定有机会…”

“有机会干吗？”我问道。

“有机会‘游泳上岸’。”

听着这四个字，我想起了刚刚梦境里那种什么都抓不住，亟待救援的无助感。是啊，多年来，我无数次梦见“白马王子”腾云驾雾前来救我，醒来后什么也没有发生，也从没遇到什么商界政界大佬愿意提携，救自己于水火。大家都很忙，对于一个可怜的女子，除了怜悯，万把块的“陪游费”算顶天了，没有人愿意管得更多。以目前的状态，我在那所民工子弟学校教书十年，也未必能还上给母亲治病的欠账。家境和职业条件如此，无论如何也不会有像样的男人愿意娶我，更谈不上在上海安家落户、结婚生子了。也许赵局真的是唯一机会。

“如果不愿意，大不了不跟老邢去就是了。当我多嘴，害他半夜跑一趟。”

“不是……”

我正要解释，此时李姐的手机响了，她立即下去接人。

“红梅，好久不见。”老邢一进门就和我打招呼。

“邢哥辛苦了！”我站了起来。

“还是做老师好啊，又漂亮又有气质。”老邢不太会夸人，这已经是他捧人的最高水准了。

“谢谢！”

“红梅，邢哥可是开了三个小时的车来接你呢，赵局在无锡开会，还要开两天，你不是下周一才开学嘛，应该不耽误的。”李姐帮衬地说道。

“我们都改叫赵厅了，任命今天已经下来了。”老邢一边说，一边涮毛肚。

…………

涮完火锅，东方发白。我坐上了老邢的车，一路向西。到无锡已日高三尺。

不到九点，我们抵达了太湖边的一家别墅式度假酒店。老邢说赵局正在开会，把我送到二楼套房的门口，让我好好休息，早餐和午餐服务员都会悄悄送到客厅，想吃就吃，没醒就不用管它。

醒来正好下午一点，房间遮光效果很好，跟黑夜没什么两样。我拉开窗帘，阳光强烈得使我几乎眩晕过去，好一会儿才睁开眼睛，睡裙被阳光照耀得几乎透明。阳台外是波光粼粼的太湖，如大海般一眼望不到边，湖面上几艘仿古船正张鼓着风帆，远远看去宁静安详。这栋别墅处于太湖岸边的一个“半山半岛”上，地理位置极佳。

午餐过后，我又来到阳台上，坐在藤椅上看风景，有艘快艇飞速地开过去，在宽阔的湖面上划出了一道白色的弧线。这时我听到楼下的车声，站起来一看，原来老邢的车到了，赵局应该在里面。我似乎闻到了淡淡的“烤烟”气息，实际上相隔这么远，根本不可能，这或许是大脑和鼻腔的共同记忆。他是一个很奇怪的男人，并不抽烟，但身上总是带着一小盒烟卷，他说自己只闻烤烟本来的气息，而不喜欢它被燃烧后的味道，更不愿意把烟雾吸入肺中。

两天后，我回到上海，立即辞去民办学校的教职。过了一周，我去了张江高科园区，参加了ICT公司（国际网络通信公司）的面试，这时我的名字开始叫胡砚竹。

身份证是老赵安排人在我老家办理的，其实我早就想改名字了，但没有充分的理由，户籍科是不接受成年人的更名请求的，不想通过他，一周内就办理妥当了。自己给自己起名字的感觉真是太棒了，我要和过去做一个彻底的分别，包括李姐。我对她并没有任何不满，甚至还有些感激，但并不代表我愿意再与她接触。只有母亲和外婆可以叫我红梅，除此之外，任何人都得叫我胡砚竹。

又过了一周，我开始在ICT公司上班，桌面上摆放着我的新电脑、办公用品，还有一份迎新礼物——一个粉红色的漂亮水杯，上面印着一只黑色小狗，小狗说："Don't worry！Be happy！（不要担心！要快乐！）"名片也已经印好了，中文的一面写着"国际网络通信（中国）公司政府与公共事业部客户经理胡砚竹"，医保、社保是通过"外服"签订的协议，还交了补充公积金，另外还有大病保险等其他附加的商业保险。发薪日又有惊喜，上班只有两周，其间各种学习，却发了整个月工资，外加房贴，税后到手竟然超过3万。我的导师尹东林还说，刚开始比较艰苦，后续会逐渐加薪，一年后就有股权了，财年结束有年终奖，还有去本部开年会的福利，届时可以在加州住上一阵子了。这份工作各方面的待遇都远远超出了我的预期。

学习的过程就是参加公司各种培训，以及和东林一起去见客户。由于平台资源好，自己学习能力强，英文底子也不错，我进入工作角色很快，不到两个月，在处理一般的销售事务方面，已经和老员工没什么区别了。我负责的行业是公检法司，由于老赵的人脉，长三角市场拓展得特别快，三月份财年结束，我获得了"最佳新人奖"。奖金到手之后，我才发现，原来女孩子不从事风俗行业也能赚这么多钱，IT行业真不愧是当下最热门、最有创造力的行业。

老赵与我转变为情人关系，我们通过旅行的方式会面，主要在长三角一些私密的会员制酒店，有时也去远些的小众旅行目的地，但都在国内，因为他们这样的干部是无法因私出国的。会面的间隔时间很难说，甚至后来一年才见两三次，一直到2015年。

砚竹一口气讲到这里，累了，她喝了口茶，不由自主地站起来，在房间里踱着步。她从自己的BVLGARI包包里掏出一个烟卷盒，递给我说："看，这是我送给他的一个礼物，我自己去香港玩的时候给他用纯金定制的，所以质地比较软，还有很多划痕。"

我接过来一看，确实挺漂亮，手感也不错，沉甸甸的贵金属给人以厚重感，六个面都极为光亮，应该是手掌和衣袋反复摩擦的结果。

"不是已经送给他了吗？为什么又到你手上了？"我好奇道。

"他死了。"砚竹冷静地说道。

"死了？！"我震惊了。

"是的，自杀。2015年被双规，趁人不注意时从医院楼上跳下去了。"

"啊？！"

"他们体制内的高级官员，风险还是蛮大的。其实我什么情况都不知道，都是听老邢说的，这个烟盒是他双规前两天托老邢带给我的。"

"后来有调查到你吗？"

"没有，我又没怎么花他的钱，这房子可完完全全是我自己买的，如果他出手，我也不至于买这么破的房子和车子啊。我们一般都通过老邢联系，所以不会调查到我。这个小烟盒，应该是他早就有预感了，就让老邢带给我了。"

"嗯，你们可真够隐秘的。我记得你那时不是有男朋友了？"

“就是许韶华，尹东林的同学，你见过的。”

“对，我们一起去张江实验小学体育馆打过羽毛球。尹东林带着他，你带着我一起去的。”

“韶华不知道这些事。我们一直各过各的，自由度很高。老赵和我见面的时间很少，而且都是在外地。”

“怎么跟电视剧情节不一样呢？你看看，电影电视里都是被男朋友发现后大吵一架分手了，或者像‘蜗居’里宋思明落马后海藻也跟着遭罪。你真的顺利‘游泳上岸’了。”我说道。

“嘿，这位姑娘，真不嫌事大啊，按理说你不是应该站在我这边的吗？难道我小时候遭的罪还不够吗？”砚竹不满地埋怨道。

“当然，我是毫无保留地站在你这边的。你本来就没有什么错。那些电视剧都是老套路了，追求‘狗血’情节而已，和事实根本不符。”我解释道。

“那些年其实也遇到些麻烦事，只是时间长了慢慢忘了，就不重要了。李姐提到的那个程斐，就是个很可怕的男人，他是李姐在‘芜•媚’认识的，一个开矿的小老板。李姐转做“皖凝眉”外协后，程斐就一直想进那个圈子，李姐觉得他层次不够没搭理他。有一次李姐约我见面，在一家茶馆门口正好碰见他，他便盯上我了，一直找李姐要求介绍。李姐骗他说是家里的表妹，他就更来劲了，说是诚心要追我。后来也不知道怎么就找到我了，找各种机会献殷勤，表现还蛮诚恳的，但我不喜欢他，也不想交往男朋友，于是拒绝了他。不过我发现，调动一个男人潜力的最好方式不是鼓励，而是拒绝，他开始跟踪我。有一天晚上他开车到学校来，我怕他闹，就想上车和他说清楚。到后山脚下一个停车场，他递给我一个厚厚的信封，说什么都知道了，没别的意思，就想交个朋友。我又恼又害怕，下车就走，走几步又担心他说出去，只好回到车里依了他。从此后他常来纠缠，有年寒假我提出分手，他便抱了一个大煤气罐到我老家门口来，说要同归于尽，我妈和外婆不知道发生了什么，吓得要命，我们是从邻居家阳台上逃走的。后来他还是找到上海来了，我一直很担心韶华知道这件事，直到2014年，老赵出面才彻底摆平这件事。”

“看来事情还是会产生它的后果。”

“是的，这只是一个方面。我最近经常反思，小时候的事情，对我影响还是很大的。我总觉得自己没有真正爱过任何一个男人。至于原因何在，可能有心理上的因素，但我也说不上来。”砚竹道。

“是不是你对于一些事情看得太透了？曾经沧海难为水啊，年轻男人在这方面的感受和你是有差距的。有经历的人才能hold住你，但你总不能嫁给一个老头子吧？”我分析道。

“可不是嘛，老赵不就算老头子了吗？”砚竹说道。

“可是他已经不在了。都说男人经历了性之后才会表露本性，你看到的人性太多。许韶华虽然大你五岁，这方面可没有你阅历多。他还要把你当成一个小妹妹来对待，‘傻白甜’可装不了一辈子。所以我发现刚才说的不对，你只能嫁给老！头！子！呵呵。”我得意地说。

“唉，看你得意的。不过这么一讨论，我还真觉得有这么点意思。现在的男生，人品好点的都没什么经历，要么是妈宝男，稍微打拼过的，还是凤凰男。看来，只有饱经沧桑的老男人才适合我了。”砚竹道。

“我记得有个电视相亲节目，一个女嘉宾说她一定要找个离过婚的男人，说离婚的男人是个宝，被大家当作奇葩，大概也是这个意思。离婚的男人至少经历过点挫折吧？不过要配得上你，需要有更多的阅历，在和平年代，上哪里去找苦大仇深还心理不变态、价值观又不偏不倚的男人啊？像你这种气量的女生，非得达到一定高度的男人才能娶的。”我继续分析道。

“姑娘还挺会聊天的啊，你这个闺密我没找错，呵呵。所以，我今天本来想和你聊的就是，最近许韶华在向我求婚，很烦。”砚竹道。

“好事呢。绕这么大半天，才讲出今天的主题啊？！”我说道。

“我不告诉你这些往事，你怎么能理解我的顾虑在哪呢？他是个一帆风顺的男人，没有经历过什么风浪。相貌、人品、家庭条件都挺好的，我们一起外出旅行或者参加什么活动，大家都觉得挺般配的。说实话，如果没有之前的这些经历，我就没有什么顾虑了。假如我一开始就告诉你韶华向我求婚，你就会觉得奇怪，这有什么好犹豫的呢？”

“你是担心总有一天他会了解到什么？还是怕自己保守不住秘密？”

“这是结婚，总归涉及双方家庭，我不知道会发生什么。”

“你该不会想起《德伯家的苔丝》了吧？”

“我肯定不会像苔丝那么惨，大不了一个人过。但不想把婚姻搞得跟我妈一样‘狗血’啊。我还挺想要个自己的孩子，事情处理不好，将来孩子会没自信。”

“你不是挺自信的嘛。”

“自信？我经历得太多，已经说不上是自信还是求生本能了。就像一个人掉在海里，只想着能抓住什么就抓住什么，要呼吸而已，还要躲开鲨鱼、风暴，不可能去想仰泳、蛙泳还是什么其他姿势才优雅。我想我的姿势一定是狗刨式，回到沙滩上才发现自己原来还是裸泳。人就活一次，饿死了就没了，淹死了也没了。小时候我已经活得够悲惨了，早年我拿自己的身体换过生活费，在常人眼里是堕落，在我是救命稻草。

幸运的是我遇到了老赵，还能换名字‘游泳上岸’，在外企做销售不看履历不政审，才回归了正常人的生活。人只年轻一次，如果现在我放松下来，就会以新的方式堕落，过些年我不好看了，身材也走形了，走在小区里也就是个大妈。现在是我人生的第三阶段，结婚和恋爱不一样，要过几十年，不知道什么时候就会追溯既往。所以就焦虑了，我最近经常焦虑、烦闷，甚至怀疑自己有些狂躁。”

“想起你妈妈的事了？”我看她越说越激动。

“我不得不焦虑，这病是有遗传的。我倒是去做过基因检测，说是正常，但我怀疑不准确。报告上说这个世界上平均每10万人就有3700人患有双相情感障碍，我的患病风险是平均人群的0.30倍；每10万人就有5000例患有抑郁症，我的患病风险是平均人群的0.25倍。不过，有个专家朋友说人类对基因的认识不到5%，还有很多基因和位点没有解读到呢。事实上就是这种病的遗传概率很大，不知道什么时候爆发。”

她把手机递给我，这是一份电子版的个人健康风险基因检测报告。上面写着：

“双相情感障碍（Bipolar Disorder）：是心境障碍的一种类型，属于精神疾病，双相是指抑郁相和狂躁相，二者交替反复出现。抑郁症（Depression）：又称抑郁障碍，以显著而持久的心境低落为主要临床特征，是心境障碍的主要类型。”另外还有一页关于“避错倾向”（Learning From Errors）机制的词条：避错倾向就是避免再次做出曾导致负面结果的选择。过去一些研究表明，神经传导物质多巴胺与这种试错学习机制有关，这意味着多巴胺信号转导相关的基因变化可能也会影响人的学习能力。研究发现，位于ANKK1基因上的rs1800497位点的突变体，与多巴胺D2受体浓度的减少密切相关。多巴胺D2受体减少会降低大脑对负面结果的敏感性，这可能解释了突变基因携带者更不善于避免错误、更易发生成瘾行为的原因。然后是“检测局限”：受限于现有科技手段和科学认知水平，该检测未能覆盖所有与避错倾向遗传特征相关的基因或位点。另外还有两条注意：1. 个体的遗传特征是基因与环境、时间等相互作用的结果。2. 该检测结果仅从基因层面上对您的避错倾向特征进行预测，因不涉及其他因素的考虑，不代表您的真实情况。

“我觉得你都年过三十了，应该没有什么发病风险了。这写的什么，好复杂！什么叫位点啊？”我看不懂。

“位点就是基因的片段。”砚竹道。

“多巴胺是什么？好的还是坏的啊？就是要增加多巴胺？”我又问道。

“别管那么多，反正多巴胺让人开心，据说毒品和可乐都可以让人增加多巴胺。”砚竹又去冰箱取了两听可乐，递给我一听，“据说碳酸饮料可以增加多巴胺让人开心。所以抑郁的人要常喝碳酸饮料。”

“哎呀，打不开呢！这易拉罐的设计不好，得用指甲抠。”我抱怨道。

“我的大小姐啊，怪不得你一直有男朋友啊。”砚竹接过我那听可乐，啪地打开了，“不过，现在像我这种变形金刚一样的单身女生越来越多了，我还会换变压器呢，上面这顶灯，都是自己换的。”

“你可以拍个单身美女自强自立系列视频了，一定会火的。经常喝碳酸饮料不是说容易胖吗？糖水对牙也不好啊。”

“如果抑郁自杀了，牙好有什么用？还有吃什么会胖这种事，根本就是胡扯，如果你只喝可乐不吃饭，一个月下来，我保证你会瘦。一个人会不会胖，在什么时候长胖，最重要的是基因，饮食还是第二位的。”

“好像很有道理的样子。说说看，你是怎么从一个学艺术的，变成了理工女？”

“我做销售以来，周边都是理工男，我自然就成理工女啰。”

我把话题拉了回来：“总之，你的烦恼来自两个方面。一个是以前的黑历史，另一个是担心这个病会遗传。我觉得你把过去忘记就好，就像是一个失忆的人。这有什么好思考的？难道你要把这些经历都告诉他？有几个男人能接受这样的离奇故事，后果会怎样？苔丝不就是新婚之夜坦白的吗？她老公先讲述自己的荒唐经历，苔丝觉得时机到了，坦白自己被一个坏蛋欺负过，结果老公不接受，跑了，想了一年才想通，归来后发现苔丝又成那坏蛋的情妇了，结果酿成了悲剧。”

“如果保持单身，就没有这些风险了。韶华可以不承受这一切的。”

我本想安慰她：“砚竹……”但停住了，又想说“这不是你的错”，但终究没说出口，也许不合适吧，这当然不是砚竹的错，但什么样的语言也无法安抚对方。于是我说道：“人如果不出生，那就什么风险都没有。别想那么多了，你只是需要时间来理顺自己的心态而已。”又提议道，“我们先去吃午饭吧，去世博那边透透气。”

“可是外面还下着小雨。我刚才还在忆苦呢，在家吃吧。”砚竹说道。秋雨打湿了窗外的一切，这时留在室内确实挺舒适的。“我冰箱里有昨晚做的饭团，有时候一个人不想做饭，也不想出去，就吃饭团，方便，只要有空，我就会在冰箱里备上一些日式饭团。”

砚竹从冰箱里取出一盒制作精美的饭团，竟然有紫菜、三文鱼、肉松、蛋黄四个品种之多，冰箱里另外还有日式酱油、芥末、味噌粉。把它们用小瓷盘装好，又用开水泡了两碗大酱汤，一一摆在茶几上，就跟日料店里的食物一样精致。

“竟然这么丰盛！”我惊喜地说道。

“多亏你来了，我才有心思把它们摆放这么好。要是我自己一个人，就把酱油和芥末直接倒在保鲜盒里，用手抓着吃，可能没等坐下，就吃完了。”砚竹叹了一大口气，脸上气色不错，终于恢复了迷人的笑容。

“所以日子要两个人过啊。”我总结道。

窗外的雨停了，天空中重现白云朵朵，透出一片瓦蓝。阳光也进来了，照在那“砚竹”盆景上，挺拔又多姿，一副美好的模样。

小上海

少女时代的文倩有一个大大的梦想，就是要闯荡上海滩。她出生的时候，正值香港电影《上海滩》在内地上映，父亲顺着男主角兼本家的名字，给女儿起名许文倩，之后便离家出走了。文倩成了单亲家庭的孩子，她从小便觉得身世与众不同，天生有一种沧桑感。

文倩生活在长江边的一个小型工业城市——安徽铜陵，相对于大上海，那就是一个小镇。儿时的小伙伴们也觉得她应该去上海，留在铜陵，就可惜了她这张范冰冰式的脸。至于她们自己，没有高颜值，没有高学历，没有好的家庭背景，就在小城的步行街上开间小店，卖卖衣服也不错。文倩还在上大学，便有几个小姐妹在经营服装店了。

长大后，文倩的梦想不再是成为英雄式的人物，而是过上丰富多彩的生活。对于文倩来说，如果上海有一万种可能，那么铜陵就只有一百种，她不愿意失去那九千九百个选择。如果像她的小姐妹一样早早地选定了一条路，之后就只能“脑补”其他九千九百九十九条路上的风景，听别人讲述人生旅途上的精彩故事了。

一线城市才是她该生活的地方，有女孩们喜欢的时尚发布会、演唱会、话剧、展览……才能满足一点点虚荣心、一点点优越感。作为“群居动物”，即便不是社会活动的主导者，能够参与甚至旁观，也能感受到生活的精彩。不过文倩想去上海，是为了实现梦想，而不是旁观。

大学毕业后，文倩来到了上海。

大 上 海

到了上海，文倩就成了Jenny（珍妮）。

作为外企的中国雇员必须要给自己起英文名，只是为了让老外记住，所以文倩的英文名起得相当马虎。她之所以叫Jenny，只是因为上海办公室里没有人叫过这个名字，而且拼写简单。不过，中国公司的外国雇员倒不一定要起中文名字，因为他们的名字可以英文的形式直接出现在文件里，而且总能被记住，记不住也得记。外国人给自己起中文名只有一个用途，那就是希望中国的公众记住他，让不懂英文的普通百姓也记住他。

在比自己年纪大的人眼里，自己永远是年轻的；在比自己年纪小的人眼里，自己永远是老的。文倩对此深有感触，几个月前的校园里，她还是新生们口中“那些大四的老女人们”中的一员，然而此时的她，成为职场上的“超级小萌妹”。反正不管别人怎么看，自己的每一天都是余生中最年轻的一天。

Jenny上班的地方在北京东路科技京城，她常在楼下便利店、文印店、餐馆碰到一位叫Tony（托尼）的香港帅哥，是一家贸易公司派驻上海的职员，他的办公室在对面的东楼。Tony被Jenny的女伴们称为“东楼Tony”，而Jenny则被Tony的同事称为“西楼女神”。Tony觉得她是典型的内地美女，皮肤很白，浑身上下都白，脸型很美，明星一般的美，他追求Jenny的方式是请她和她的女伴们去泡吧。Jenny对他也很有好感，大概是因为帅和异域感，距离产生的美。

他们很快成为情侣，开始同居起来。以婚姻为目标的同居往往是非常谨慎的，所以本地男女如果打算结婚，一般婚前是不同居的。而不以结婚为目标的同居就很随意，Tony和Jenny恰好都来自单亲家庭，他们从一开始就没有考虑过这个问题。

Jenny带着Tony去过一次铜陵，不过没敢回家，而是住在酒店里。他们去她小姐妹的服装店里聊天，结果她的小伙伴们全都聚集在那里。她们是来看Tony的。多新奇啊，文倩刚去上海就找了一个香港男朋友回来。后来，她们还特意组团来上海，让Tony带她们一起去夜店玩。

Tony也带Jenny回过一次香港。与Jenny不同的是，Tony愿意带她去见自己的妈妈，而且两个女人相谈甚欢。Tony妈妈虽然普通话不标准，但还是流利的。Jenny也颇有语言天赋，她会粤语，都是从歌曲里学来的。此后，每当Tony妈妈找不到儿子时，就会打电话给Jenny。

不过，两人在习俗和文化上的差异还是导致了很多分歧。Tony终归是香港人，香港青年与内地青年的生活方式、话题完全不同，之前是Jenny的容貌吸引了他，但时间一长感觉就迟钝了，Tony还是会常常想起前女友Yoyo（悠悠）——一个长得像莫文蔚的岭南女孩，黝黑“Q弹”的皮肤，略带前突的眉嘴，放肆的笑容……这种对于异性的嗜好，类似肠胃对于食物的挑剔，是自幼形成的。

生活过于平淡和“幸福”也并不是什么好事。没有遭遇过危机，就会像一个从来没有注射过疫苗的肌体一样缺乏抵抗力。两个人之间也是，没有经历过考验，就无法真正粘合在一起。后来，Jenny觉得他在亲密关系上也越来越敷衍，间隔时间很长，而且不太照顾自己的感受。有个周末他们去爬佘山，下山时Jenny便借机抱怨道：“跑那么快干吗？我还没到山顶呢，你就开始下山了？”Tony知道她话里有话，尴尬地笑了笑。

2008年金融危机爆发，电子行业再次洗牌，Tony所在的那家公司，打算将上海的分部撤销，人员全部调回香港。Tony闷声不响地回到住处，正想着怎么开口告诉Jenny这件事。

“我不喜欢你了，我们分手吧。”Jenny躺在床上，半开玩笑地对Tony说。

Tony停顿了好几分钟，才说了一句：“好吧。”

第二天下班到家，Jenny发现Tony竟然真的搬走了。

半个月后Jenny还接到过Tony妈妈的电话：“Jenny，请问Tony有没有在上海？最近我一直没有联系到他。”

“哦，他不是回香港了吗？”

“什么？这么快？”

“是的，他两周前就搬走了。”

“喔，是这样，他会去哪呢？”Tony妈妈自言自语道。

“嗯，阿姨，您认识一个叫Yoyo的女孩吗？”

“Yoyo？难道又去Yoyo那里了？”Tony妈妈依旧是自言自语。

双 城 记

Jenny觉得在外企做小职员打杂没什么前途，便换了家公司上班，陆家嘴的一家基金公司。

由于工作关系，Jenny常往来于京沪之间，时间长了，她发现上海所谓的金融中心概念非常分裂，其实北京才是真正的金融中心，是金融政策中心，四大行总部也在北京啊，而上海只算运作中心，还是之一。

金融业的职业前景当然更值得期待，但与外企比起来，人际关系要复杂得多，她不是很适应。这个行业的男人们也很分裂，平时西装革履、人模狗样的，可一有和漂亮女性单独相处的机会，就本性毕露了，他们被戏称为“金融狗”。

“金融狗”没有心思玩太多花样，他们的时间太宝贵，用在赚钱上比用在泡妞上更划算。恋爱结婚是一回事，泡妞是另外一回事。结婚对象很明确，要么对方是某大佬的女儿，要么女方自己也是基金经理什么的，年龄大小不要紧，反正娶来做老婆的，不妨碍在外面偷吃。泡妞的话更直接，他们习惯了请年轻女孩吃一两次饭后就开价，长包价多少，短包价多少，要么就按次给钱，连礼物都懒得费心思挑了。

Jenny既够不上结婚对象，也不想做人家的情妇，因此极不愿意和他们交往。可是常在河边走，哪能不湿鞋呢？

有次出差去北京，公司临时增加了一个任务，要求她务必邀请到某经济学家，为公司主办的金融论坛做主题演讲。那可是个经常在电视上露面的热点人物，虽说就在北京，可是没有交情，没有业务往来，只有电话号码，怎么约呢？主管说那人在业内很有名望，就是想通过名人效应提升论坛影响力。老板是见过他的，但公司的威望不够，要是老板亲自约的话，万一被拒，没面子不说，事情还办不成。所以想换个方式。主管提醒她，务必见面约，否则没指望。

她想了很久的台词，终于战战兢兢地给对方打电话了，说自己是专程来邀请他的，人已经到北京了，想当面递送邀请函并细说详情。不想，人家很爽快地答应见面，说你一个姑娘家别跑来跑去的了，我来你这边吧。Jenny大喜，赶紧做准备。宾馆大堂太简陋，她在旁边的一家豪华茶馆订了个包厢。

对方准时抵达，她递上了精心准备的邀请函，说明来意以及酬劳之类的。结果话音刚落，对方立刻答应了。这么简单？她觉得事情过于顺利，反而有些惶恐不安。

接下来的话题和工作没什么关系，对方很关心她，家乡在哪？你的岗位具体都干些什么事啊？平时爱读什么书呢？等等。最后问到她在北京住哪。她便说就隔壁的宾馆。对方便说这里不好，住客多数都是去旁边医院看病的。

“要不你换家酒店吧？”对方提议道。Jenny没料到他会建议这个，分明是说自己住的酒店太寒碜嘛。

“哦，不了，我们差旅有标准，都是公司预订的。”反正是工作，她觉得自己只是基层的员工，出差住不上豪华酒店而已，不会给公司丢人的。于是把话题转了下，提了提北京的天气，这几天蓝天白云，没什么沙尘嘛……

不料几分钟后，话题又转回来了。

“要不我给你换到金融街威斯汀酒店去吧？这里环境真的不好。”对方语重心长地说道。

什么意思？他要掏钱帮我换个酒店？这不好吧？他是不是有什么想法？我该怎么回复？Jenny一时答不上来。

对方见她不说话，以为她在犹豫，便继续劝道：“没事，那边我很熟悉，很安全的。”说话时又点点头，像是要她相信，又似乎有深意。

她觉得对方的笑脸有点怪异，她不敢看了，低下头思考：威斯汀酒店很安全的？难道这里不安全吗？这里是北京，住宾馆有什么不安全的？看来意思很明显了。她回道：

“这边房费都收了，又不能退，就一晚，明天就回上海了。”

这时，对方有点急了，把头往前一伸说话，似乎这样就能大大拉近距离，但这包厢里并没有别人。他低声说道："从地下车库的电梯上去，不经过大堂，不会有人知道的。"

声音虽小，却字字句句听得清清楚楚。Jenny心中一震，对方还真是这么个意思。难怪领导再三叮嘱自己一定要面谈，难怪前几天办的事看起来毫无出差的必要，原来这是他们早就设下的"美人计"，整个行程就是他们安排好的，老板、主管早就知道对方是个大色狼了，所以派漂亮的女员工来引诱他。

怎么办？拂袖而去？工作怎么办？回去后怎么说？她没有这个勇气，这需要刚烈的性格做支撑。只好这么想，最近上映的电视剧里，大汉的吕后面对匈奴冒顿单于的挑衅侮辱，尚且能够忍，自己有什么不能忍的呢？还是采用缓兵之计吧，熬过当下，先脱身再说。她想起之前有个小姐妹提到的办法了，虽然有些委屈，但不妨一试。便回复道："真抱歉！这次来北京，本来好好的，不巧下午突然身体不舒服，提前了几天，这段时间不太规律……到上海之后，我再陪您好好逛逛。"

对方见她这么说，也只好缓一步了，大概觉得自己确实太急了点，便说自己也常去上海，在陆家嘴一带同样好安排。Jenny只好附和着，好说歹说拖到了埋单时刻，对方却抢先一步结了账。

出来后，她本想说就不远送了，不料对方也替她想好了，提前一步说自己已经叫了车。另外，论坛开始前一天他会赶到上海，接机住宿什么的历来是自己安排，就不劳主办方了，这样方便。届时他会约Jenny一起吃晚饭，讨论下第二天的会议细节。

回到房间后，她大松了一口气，开始怨恨起这份工作来，一晚没睡好。返回上海的航班上，她一边想对策，一边开始筹划离职事宜。

论坛前一天早上，Jenny去在陆家嘴布置会场，进展顺利，很快就演练结束了。她接到了那位经济学家的短信，其实前几天一直有联系，对方告知他下榻的酒店位置。她回复一句“知道了”，将早就编辑好的离职短信发给了主管和老板，之后把手机调成了静音。

于是，她又从Jenny变回了文倩。

小店“雯芊”

下午没事了，之后也彻底没事了。和暖的阳光照在身上，轻松极了。文倩看见路边一辆空空的公交车即将发车，992路，终点是周浦。周浦在哪里？来上海好多年，除了松江和朱家角，还没去过其他的郊区呢。于是她登上了这辆公交车。车里通着暖气，阳光穿透了整个车厢，非常暖和，听着报站的声音，她睡着了。

“终点了。”文倩被司机叫醒。

她有些恍惚：“这是哪里？”

“周浦啊。”

原来这就是周浦，眼前一片仿古建筑，有座牌坊上写着“小上海步行街”，看起来很像城隍庙嘛，熙熙攘攘的。原来上海这么大，外环外还有如此热闹的地方，上海之外，竟然还有“小上海”。她觉得眼前这一切都很熟悉，对了，不是很像铜陵的步行街吗？实际上，所有小城商业街都是如此啊。一间间小店铺紧挨着，看上去都很温馨，每个店主都有自己的小天地，装修风格自己说了算，进什么货自己说了算，招聘什么店员自己说了算，进来的顾客都是来试衣服的女生，大家打个招呼，讨论着时尚与冷暖的话题，比上班有意思多了。不经意间，她发现前方有几间店铺挂着牌子“转让”，便用手机拍下了电话号码……

经历了两份工作，一份做外贸，一份做金融，她觉得太疲惫了，太不自由了。是否能像自己的小姐妹一样，在上海开一间小店呢?

随后几天，她一一拨打了这些店铺转让电话。其中一家店铺让她很满意，留的电话号码是房东自己的，所以没有转让费，真是太好了，节约了一大笔钱。而这店铺原来就是卖服装的，不用装修，只消稍做装饰就可以开业了。

她又想了一夜，没有与任何人商量，甚至没有想过给妈妈打电话，便做出了一个重大决定：离开职场，开店。

一周后，她的小店开业了。

创业艰难，需要削减一切不必要的开支，她把住处退了，在店铺的阁楼上打地铺。不料，晚上竟然有一只硕大的老鼠从她枕边爬过，她吓得尖叫起来，不得已又去住了酒店。第二天，她赶紧找人来把房子里所有的漏洞都堵上了，才得以安睡。

与想象中不同的事情还有很多。文倩从批发市场挑来的流行时尚款衣服都滞销了，原因是年轻人都去市中心大商场购物，留在小镇消费的居民要么是中老年人，要么是外来务工人员，审美水平一般，倒是那些乡土气的款式比较畅销。文倩赶紧回批发市场把货给换了一遍，看着满屋子的“大妈装”“厂妹装”，她哭笑不得，还不如小姐妹在铜陵的店铺时尚呢。不过，月底结算时总算松了一口气，“进销存”系统显示，营收达到了三万余元，这里毕竟是上海，郊区的客流量也比铜陵大。除去进货成本和店租，还余下一万多元。盈利了！她欣喜若狂。

若干年后文倩分析起来，创业最初的那几个月根本不划算，因为她没有计算退掉的住所房租，耗费的时间也是上班的两三倍，还有她的生活品质损失。不过，也许只有“傻子”才能创业成功，有的人就是算得太清楚了才没勇气走出这一步，文倩当时没想那么多，她连成本都懒得算，看着账上那三万多块就觉得开心。

她打电话告诉妈妈。得知她辞职创业的消息后，妈妈大吃一惊，但还是很支持，决定给她“注资”。文倩拿到“投资”后，又物色了两间店铺，统一装修风格，开起了连锁店。她给自己的服装店起名叫“雯芊”，并给每件衣服装上了定制的吊牌。

她聘用了两个店员。一个叫丽丽，南汇本地人，相貌端正，说话做事也很麻利，年纪和自己差不多大，看上去却很稚嫩。文倩有些纳闷，丽丽为什么不去大商场上班呢？另一个叫庞娟，来自安徽阜阳，十七八岁，她的缺点是不太懂得顺着客人说话，总是一味地强调自家的商品好。

新店的营收很不稳定，文倩认为是人的问题，想调换庞娟。庞娟是个小姑娘，没经历过什么事，一听自己被解雇，眼泪就下来了。文倩有些心软，正不知怎么办好，却赶上丽丽癫痫发作。原来这就是丽丽找不到正式工作的原因，所以她才会到“雯芊”这样的小店来打工。一阵手忙脚乱之后，丽丽回家休息，只好先留下了庞娟，原计划替代庞娟的候选店员便顶替丽丽上班了。然而，不到一个月，替代丽丽的店员就不辞而别，情急之下，丽丽又被她召回来上班。

紧接着小店“雯芊”又遇到了消防和营业执照的问题。

三家店铺都不符合消防要求。丽丽是本地人，多亏了她用本地话和消防局周旋，店铺才没有被立即关闭，而是要求整改。文倩买了几个灭火器，找来电工将电路全部检查维修了一遍，事情就告一段落。

至于营业执照，并不是文倩不想办，而是按正常流程根本办不了。办理营业执照必须要有房产证复印件，但这三间店铺：一间属于违章建筑；一间没有房产证；还有一间是二房东转租，拿不到业主材料。反正都不符合条件。

“唉，真傻，还说开什么连锁店，自己连这点儿破事都搞不定，好难啊！”刚开店时的喜悦一扫而空，文倩情绪低落到了极致。另外一方面，她的反抗情绪也达到了顶点，甚至想着谁敢封她的店，她就跟谁拼命。

这次亏了庞娟比较实诚，她心态比较好，替文倩一趟趟找房东要材料、补合同、跑工商局，一个月后，营业执照竟然补办成功。

文倩想明白了，什么都好的人怎么会打这份工呢？丽丽除了每个月有一天会发病之外，其他的什么都好，她懂人情世故，既不想谈恋爱嫁人，也没有其他追求，就是工作和养病，能养活自己就够了。还有庞娟，正是因为智商不太高，什么都不懂，才来这里上班啊。只有她俩这样的人才能稳定地留下来工作，自己当初还嫌弃她们，真是太傻了。

丽丽对文倩还有一个重大价值，那就是提醒了她及时买房，这是意外的收获。有段时间，隔壁火锅店老板总是居心不良，她便想着再去租个房子住，免受其骚扰。丽丽听说后问道：“文倩，你为什么要租房子住呢？”接着她又帮文倩分析，“租几年房子，钱给了别人，自己还是没有房子。你买个房子，住得更舒服，而且交上二十年按揭后，房子就是你的了。想在上海落定下来，就要像本地人一样买房子。”

于是文倩动了心思，抽空去周边看了几个盘。买房子这种事情，还真是要现场体验，她从热火朝天的场景就看出来了，该买房了。文倩转让了一间不怎么盈利的店铺，加上妈妈给的，以及这几个月赚的钱，再借了借，交了首付，买下了一套88平方米的两居室。多年之后她意识到，开店和买房是她十年来最重要的两个决定。

小小上海滩

对于女人来说，选择什么样的城市环境，就会遇到什么样的男人。周浦是个小镇，地处城乡接合部，文倩在这里碰到的男人也同样具有“城乡接合”的特点。以文倩的容貌，在哪吸引的男人都不会少，周浦是个拥挤的小镇，追求者鱼龙混杂，文倩也常常闹不明白这些人是什么路数。几年过去，文倩已经从懵懂的大学生成长为一位极具魅力的成熟女性了，她自己也是通过男人们面对自己的反应才意识到这一点。

追逐文倩的男人当中，有隔壁火锅店的老板，有同一条街上培训机构合伙人，还有偶尔路过，因“惊鸿一瞥”而把文倩当作“千年的狐狸”的路人。“哎呀！周浦镇这种乡下地方，竟然有如此绝色女子出没，不是狐仙是什么？”

“千年狐？”不止一个人这么说过，从她十四岁起就有这个说法，盲人算命先生讲的，总归有一定道理吧？有个大和尚也提起过，说她一身仙气，上辈子可能是小白狐，破解办法是信佛，每年在庙里修行个把月就好。文倩可不傻，什么仙气，明明就是想说妖气。她只信前半句，感觉多聊斋啊，半仙半妖的，她还挺享受这种说法。后半句绝对是个坑，在寺庙里住一个月？呵呵，别以为我不懂他们在想什么，多少明星都中了他们的圈套。

一天，有对夫妻引起了文倩的注意：女方是个孕妇，估计已有四五个月了，塌鼻子，虚胖，满脸的“月面坑”加上满脸的怨气。她老公倒长得蛮精神，目光如炬，个子不高，瘦瘦的却很结实。

店里没有什么适合孕妇的衣服。不过，做太太的显然不甘心，目光停留在橱窗的模特身上，她看中了模特头顶上的黑色帽子。这顶帽子并非用于出售，只是文倩随手放上去的，前两年去香港玩时Tony给自己买的，只戴过一次而已。

“我要看看那顶帽子。”太太说话了。

文倩一边示意让庞娟取下帽子递给这位太太，一边解释道：“哦，这顶帽子是我从香港带回来的，原本没打算……”

“多少钱？”

“2600。”文倩见她没心思听下去，只好报价，这可能是周浦镇最贵的帽子了。

“豹子，付款。”孕妇脸上终于有了笑意，将这顶帽子戴在自己头上，并对着穿衣镜摆起了各种pose（姿势）。

豹子递给文倩信用卡时，他们有个短暂对视，他嘴角微微上扬说了声“谢谢！”眼神好迷人啊，深邃，专注，居高临下地看过来，让人感到亲切中还带有点儿压迫感。文倩赶紧低下头去刷卡，结束后把卡和收银单递给这个男人，还是不敢抬头直视他的眼睛，只好看嘴和鼻子。店铺中弥漫着一种尴尬的气氛，文倩能感觉到豹子一直在观察自己，可是他太太就在店里啊。

Tony留给她的Burberry（博柏利，英国一奢侈品牌）帽子终于卖出去了，似乎他们之间残存的最后一点儿关系也彻底结束了。之前她犹豫不决，有时想出售，有时又想留着，这个孕妇最终帮她做出了决定。

“他俩很不搭，”文倩想着，“像来自两个世界的。一个冷淡、丑陋、显老、没礼貌，另一个热情、帅气、年轻、有涵养。怎么会是一家人呢？”豹子是Tony离开后，她所见过的最有吸引力的男人。为什么出现在小小的周浦？实际上，豹子心中也有同样的疑问，如此美艳的女子，为什么出现在小小的周浦？

大约过去一周，深秋的午后，阳光穿透玻璃，小店暖和得像一个温室。这个时段顾客很少，文倩让丽丽去庞娟店里帮忙理货。她刚吃过水果餐，有些倦怠，便靠在椅背上休息。刚闭上眼，便听见一阵急促而有力的脚步声，显然不是女性，她睁眼一看，那人已径直来到她跟前，甚至能听到他呼吸的声音，这不是豹子吗？

“我要跟你说几句话。”还是那种有压迫感的眼神。

“什么？”文倩又惊又羞，不解地看着他。

豹子忽然捉住她的手：“我想告诉你，我喜欢你。”

“你胡说什么？！”文倩恼怒回道。

这算什么？“霸道总裁”吗？幸好店里没有别人，庞娟也不在场。她不知道豹子已经等待这个时机很久了。

“真的，我没有别的想法，只是想说我喜欢你。”豹子盯着她的眼睛，仿佛要把许多的话直接注入她眼中，然后传递到大脑、心里。文倩从未遇见如此专注而纯粹的眼神，甚至不想躲开。

丽丽又回来了，她来拿蒸汽熨斗。碰到此番场景，不知道该进来还是出去。文倩趁机抽开手，对着橱窗那边说：“丽丽，我刚想跟你说，庞娟那边蒸汽熨斗坏了……”

豹子见状说道：“我今天没事，就在对面楼上的咖啡厅坐着等你。”说完就出去了。文倩窘得像只小母鸡，脸上火辣辣地烧了起来。

丽丽虽然没有“亲自”恋爱过，可年纪和她一样大，“旁观”的情感故事可不少，她说这男人长得真帅，有气场。文倩心想，丽丽真会说话，让自己有台阶下。

对于豹子来说，时间过得真慢，他被一直晾到晚上九点闭店。其实文倩的感受也一样，她在考验豹子的时候，内心也在煎熬之中。

“我们走走吧。”文倩道。俩人便沿着年家浜路向东走，一直走到周浦塘的桥上，然后再折回来。最后豹子去停车场开车，把文倩送回住处。

原来豹子还真是“霸道总裁”，不过不是什么大老板，他家是浙江金华的，全家都开厂做汽车配件，自己也管理着一家工厂。上次来周浦，就是来看厂址，要在这里开个分厂给一家外资汽配公司做配件。

之后豹子每周都来，有时陪同文倩去批发市场拿货，有时就陪着她下班后在店里盘点账目，吃夜宵之后再送她回家。他们既像老朋友又像情侣。实际上，所有的爱情故事偏偏在青涩的阶段最有趣，最值得回忆，相互间有充足的好感，不那么熟悉，不那么放肆，不那么亲密。

慢慢地，豹子也提到了他太太，两家是世交，定的娃娃亲，目标是双方财产不外流。他太太脾气很大，从不管生意，也没有其他事可做，正怀着二胎。

文倩没想那么多，她从来是个乐天派，不喜欢给自己的生活定规则定目标，为什么要给自己找那么多烦恼呢？她还没有彻底爱上豹子，也从未想象过婚姻生活。到目前为止，豹子有没有老婆孩子，或者他有什么样的产业，和自己没有任何关系。

他们终于没能坚持住“友谊”，从而成为情侣。那是2010年初，文倩过生日，豹子陪她长途旅行，两人便在一起了。

豹子比Tony更用心，至少舍得在她身上用力气，真的像一只豹子。不过，这也许是“小别胜新婚”的关系，他不定期地来上海住一两晚就得回去。文倩想：“他是精力充沛呢？还是和老婆‘相敬如宾’呢？”其实，他和老婆“相敬如宾”，最初是因为妻子怀孕，后两年是因为妻子忙于照顾孩子。女人有了孩子，就顾不得老公了。

豹子不常在上海，文倩也没产生依赖感。文倩的新房交房后，她也不带他去，宁可住酒店，大家都保持了自由。

文倩也保持着泡夜店的爱好，不过频率低了很多，有段时间，夜店成了她与市中心的唯一联系。她甚至不觉得自己生活在大上海，市区里发生的事情，大多和自己没关系。她认识的朋友，有的是来自安徽的老乡、同学，在上海工作或创业，有的则是通过各种渠道认识的同龄人，白领、美容店老板、服装店老板等。女人之间的“友谊”，往往是最说不清的，不需要共同利益、共同经历，只要聊得来，玩得来就好。

世博之后，上海没有发生什么新鲜的大事，文倩觉得时间过得飞快，一转眼，自己就三十多岁了。

豹子和文倩的关系是不稳定的，因为豹子还有一个家，时间长了，必然会导致矛盾。因此在他们交往的这些年里，曾经多次分手，最长的一次持续了大半年之久。就在分手的这段时间里，文倩发现自己怀孕了。怎么办？把豹子找回来吗？她已经恨死豹子了，来了又如何？难道要把孩子生下来做单亲妈妈？她可从来没想过生孩子、养孩子的事。豹子已经有了两个女儿，他的父母一定还会想要个儿子，不行，她不能给他这个希望。他这一年来很少在上海，对自己关心不够，所以才分手，她决定要把胎儿打掉。

检查结果是宫外孕，她为此先后经受了两次手术。文倩气不过，最终还是把豹子找来了。豹子说要对她负责，结果是他们又复合了。

又过了很久，豹子的太太终于找上门来了，找到了她记忆中的店铺，在这里她给自己买了顶“绿帽子”。是自己非要买的，所以才更觉得懊恼。如果只是别人的错，还是可以忍的，人唯独原谅不了自己犯下的错。自己的错，发泄在别人身上，那才叫真正的恨。

“狐狸精！”她把Burberry帽子直接扔到了文倩身上。紧接着她带来的两个壮汉把店铺橱窗、衣架砸个稀烂，旁边火锅店老板、保安赶了过来，匆忙阻止，之后警察也来了，事情得以平息。文倩远远地看见了豹子的车，他正坐在驾驶座上注视着这一切，她知道他没有勇气走过来。

文倩回到家，她把自己关进了淋浴房，热水哗哗地从头浇下来，她鼓励自己道：“我，许文倩，无所畏惧，我还有自己的房子，有朋友，有自己的生活。凡是不能让我毁灭的，都将使我更强大。”

第二天，小店“雯芊”门口挂了个牌子，“旺铺免费转让”。

户口、户口、户口

对于京沪“土著”居民来说，户口就像空气一样，是天然拥有的。平时感受不到它的存在，只有孩子上学划片时才能体会到它的价值。

而对于想要定居京沪的外地人来说，户口也像空气一样，不过是火星上的空气，对于移民来说是那样稀缺。如果不能在大学毕业时一次性搞定户口，就要在未来数年甚至数十年里为之而烦恼。

郁晓已经为户口问题烦恼了十年之久，甚至可以说这是导致她单身的主因。十年来，她觉得这个城市最讽刺的口号，莫过于“海纳百川”了。

经过不懈努力，33岁的郁晓今天终于拿到了户口簿，一离开派出所户籍窗口，她便对着这本小册子的第一页拍了照，发在朋友圈里了。接下来她要回公司上班，坚持半天不看手机。仿佛一个长跑冠军冲刺之后不愿意接受媒体采访，非要等到新闻发布会上正装亮相，然后再将酝酿好的台词一一回复记者一样。

已经成功了，还有什么不能等的呢？好不容易才有一点儿真正值得“炫耀”的东西，让点赞和留言先热闹一会儿吧。时间越长，攒下的留言越多、越有意思，就像嗑瓜子一样，先嗑出大把瓜子仁来，最后再大口咀嚼，让满足感来得更强烈些吧。朋友圈里一定很热闹了，自己得稍微端着点儿，挑重点答复，至于其他人，她要等到睡前再写一句：“统一回复，谢谢大家！”这种感觉，就像有满口瓜子仁一样。

一直熬到晚上回家，吃晚餐，转呼啦圈，洗澡，直到将近九点，她才半躺着靠在床头查看朋友圈。今天她只发了这么一张照片，已有几十个赞和二十几条留言了。

第一条留言是个同事写的：“字越少，事越大。”

接下来是另一个同事回复上一个同事：“人家就没写字好吧。”

其他的留言以恭喜居多，她要找那些有意思的。

大学时的男友胡枫出现得挺早，中午就留言了。自从他们添加微信号之后，大概是为了避免影响对方的生活吧，相互不聊天，不留言，不点赞，只是静静地潜伏着，偶尔想起来就翻翻对方的朋友圈。这次例外，他写的是：“恭喜夙愿达成！”其实语句上和别人没什么不同，但“夙愿”的含义却深了不少，只有她的大学同学们能看懂，当然，他们都当作没看见，不会在胡枫的留言下跟帖。此时此刻，郁晓不免要回顾一番：

当年和胡枫在一起，首先看重的就是他平时只说普通话，没有什么口音，身上没有土气，阳光、健康。胡枫这口标准的普通话得益于他是外来干部子弟。

而郁晓是地道的淮阴居民，家族中七大姑八大姨的杂事让她烦心不已，加之街市小混混的脏话，让她打心眼里讨厌这样的地域环境，进而迁怒于方言。她认为这种黄淮口音没有一点儿名人故里的气度，反而有一股子乡土气息。前些年，淮阴竟然自卑得连自己的名字都改了，简直让长眠于地下的“淮阴侯”颜面尽失。郁晓从此便打定主意，自己及子孙后代绝不再做淮阴人。然而胡枫并没有这些观念，他认为人要做成一点事情，总要利用好资源，家庭具备的基础没有必要放弃，因此，他不打算离开淮阴，也劝郁晓用不着去大城市看人脸色。

从大三开始，胡枫决定听从家里安排留在当地做公务员，而郁晓则打算来上海打拼。

俩人志向不同，也因对生活的看法不同而嫌隙渐生。23岁的郁晓从淮海师范学院一毕业，便与男友胡枫分手了。

郁晓想了半天，回了胡枫一句："谢谢。十年了，甘苦自知。"老情人之间的问候，越简短越好，像是回顾性的总结，比如"我还好，你也保重"，有一种守望而无法相助的观感。对郁晓来说，没有比"甘苦自知"更好的表达了，而且"甘"只是陪衬，"苦"才是主角。

郁晓毅然决然地来到大上海后，立即被现实浇了一盆凉水。她被社区大妈催促去办理居住证，她永远也忘不掉社区大妈那冷冷的表情。

她查了一下落户政策，积分的话，按她的条件七年也落不成户，七年后自己都三十岁了，岂不是人到中年了吗？她觉得自己用不上户口，便没在意。

第二年，她交往了一位上海男友。这第二任前男友也在她的微信好友当中，郁晓注意到，他没有留言，只是点了一个赞。足够了，这个赞对她很重要，这张照片如果只想给一个人看的话，那么就是他了。

她要通过户口簿洗刷往日的耻辱，没有比这更刻骨铭心的往事了：

郁晓认识了一位上海籍的男友，因此也就有了一位"准上海婆婆”。中秋时节，郁晓买了些水果去看望老人家。

午餐中，老人家提到儿子有位舅舅在美国加州圣迭戈居住，他邀请外甥去美国过圣诞节，男友说想带郁晓一起去，他母亲也很支持。

不过，美国领事馆的签证官和他们开了一个大玩笑，男友的签证毫无问题，郁晓被拒签了。郁晓想理论一番，被男友拦住了，他说：“没关系，我也不去了，我们改去日本吧，离上海近一些，还可以去北海道滑雪呢。”

日本领事馆同样拒绝了郁晓，她没有结婚，搭不上男友的“便车”。这些国家最提防的便是单身女子，何况是非一线城市的单身女子。男友只好说：“那我们改去泰国吧，那边还暖和。”她知道，如果自己是上海户口，肯定不会被拒签。

从泰国回来后，男友没再提结婚计划。郁晓知道他是妈宝男，实在忍不住，便开口问他：“你妈对我怎么看呢？”男友支支吾吾地搪塞了过去。郁晓觉得不太对劲，但又说不上什么来。

几天后她参加了一个高中女同学的聚会，组织聚会的家慧早已定居上海，她现身说法劝郁晓趁热打铁，赶紧和这个上海男友结婚。

她觉得不能再等了，决定独自去拜会男友的母亲。她心情忐忑，一种不好的预感笼罩着她。

老人家礼貌而直接地说明了意思：女方不是上海人不要紧，但至少得自己争取到上海户口，不至于什么都依靠男方，甚至拖累得连出国都不方便。

果然，“怕什么来什么”，也就是“墨菲定律”发挥作用了，她亲自求证了一个答案：“You are fired（你被解雇了）”。

她感到了无边的屈辱，甚至觉得整个城市都和她没关系了。

她天生倔强，主动选择了分手。接下来的一年，她捧起了大学时的课本，并报考了上海某985高校的研究生，打算三年后以应届生身份直接入户。

"上海户口"从此成为她心中的"红字"："我不要像别人说的那样，靠男人拥有上海的房子、上海户口，我一定要自己拥有这一切。让所有轻视我的人都后悔去吧！"

留言的还有她研究生毕业后第一家公司的主管领导："办下来就好，恭喜！"这里也包含着一段曲折经历，刚好接着上面的故事：

郁晓考研成绩离最后一名差了几分，因此被调剂到了广州。

三年的研究生学习生活飞快地结束了，觉得快的原因：一是忙着写论文，每天从宿舍到院系到食堂三角轮换；二是她不想在当地找男友，坚持要回上海，因此生活单调得每天都一样，如"白驹过隙"。

即将毕业时，她回到上海找工作，应聘到了一家新创办的生物公司。

HR、主管、老板都问到同一个问题："为什么不留在广州呢？"

她答道："我就是为了上海户口才去读的硕士。"

她对这家公司的第一印象是比较有朝气，不过新公司和老牌企业在应届毕业生落户上的分值是不同的，老牌企业由于承担重大项目或拥有各种抬头，可以加分。HR和郁晓按前一年的情况计算了落户分值，发现刚刚好，于是签署了劳动合同。

几个月后，HR帮她递交了应届生落户申请材料，遗憾的是，分数恰好不够。原因是上海今年调整了计分办法，并重新划定了分数线。一来她硕士毕业的学校不属于一类高校，也非上海高校；二是她的专业为非紧缺专业；三是所在公司新成立，尚未被认定为高新技术企业，无任何加分项。前两个因素是客观的，而第三个因素纯属就业时的“一念之差”。这样一来，她就只能按人才引进申请户口了，这可能需要几年时间，这和当年本科毕业就开始累计积分有什么区别？她因此懊悔不已，感觉三年研究生白读了，自己已经29岁了啊！就是公司因素导致自己少了两分，从而不能顺利入户！倔强再次带来偏见，她的心中充满了懊悔和愤怒。

这几个月的工作也不大顺利。她发现，老板的很多经营思路都不对，和最初的印象有很大差异，这样下去公司生存都有问题，更别提上市了。一无所有的“光脚”员工和衣食无忧的“穿鞋”老板一起创业，简直就是头重脚轻，摔倒是迟早的事。另外，HR小姑娘毫无经验，在薪资类型和税务结算上有错误，在提交申请材料时也出了纰漏。“新仇”加“旧恨”，她决定离职，换一家公司。而且，她觉得不能就这么算了，决意提出劳动仲裁。官司打完后，她彻底与公司闹翻了。

又过了三年，入户的分数攒够了，她再次提交了申请材料，但人事部门要求她提供研究生毕业后第一家公司的工作证明，因为当时的薪资类型和税务结算有误，必须说清楚。但她离职时正与公司打官司，连离职证明都没来得及要，这会儿去开证明，人家能给吗？而且她也不想低头去求别人，那不符合她倔强的性格啊。眼看入户申请的截止日期临近，她不禁焦急了起来。

最后，她还是想到了老领导，原来的部门主管，虽然他也离开了公司，但还是愿意去帮她。这并非是郁晓说了什么好听的话，恰恰相反，她说话从来都是直来直去，丝毫不懂得打个圆场。帮助她的理由很简单，只因当年聘用她进公司的是自己。虽然郁晓在户口办理上的磕磕碰碰和自己并没有什么关系，但还是愿意在力所能及的范围内帮助她。

经过努力，原来的公司同意给她开离职证明，但因为当年缴税出了差错，要修改一个词以避免风险，将“工资薪金所得税”更改为“个人所得税”。

电话里，郁晓的情绪一下子凝重起来，声音急促而又尖锐。“换几个字？不行啊！”“市里的人事部门肯定不同意啊！”“他们为什么要难为我！”

老领导已经想尽办法来帮助她了：“就差这几个字嘛！还是先试试看吧？”

“好吧。”郁晓最终只好接受了这个建议，向HR再次递交材料，静候审批信息下来。

事实证明，要求没那么严格，她的户口办下来了。郁晓回复留言道：“还是多亏了您帮忙，感谢！”话虽然这么说，她心里还是在埋怨，当年要不是面试时你说公司好，我还不至于踩进坑里去呢。她这想法对方也知道，大家各自尽职而已，并没有什么错，后来也帮过你了，还能说什么呢？

她的那几位高中女同学也都留言了，尤其是家慧，她说：“户主啊！腻（厉）害腻（厉）害！新独立女性，比我们这些嫁上海老公的强太多了。”郁晓点开了家慧的朋友圈，家慧已然一副全职太太的模样，每天不是分享孩子的照片，就是制作蛋糕和各种菜肴的照片，当然她最擅长的还是家乡的淮扬菜。人家已经有两个孩子了，儿子9岁，小学三年级，女儿5岁，幼儿园大班。家慧来上海十几年了，早就通过夫妻投靠的方式获得了上海户口，人家什么都有。郁晓一下子就不开心了，自己除了户口簿之外，房子是租来的，没有老公，当然也没有孩子。

家慧上学时文化成绩不太好，以体育艺术见长，但也够不着特长生的门槛，于是高中毕业后就来上海打工了，在一家体育用品商店上班。她个子很高，面容姣好，性格洒脱，心思简单，和很多爱好体育的年轻人一样，她喜欢参加各种活动，因而社交能力也锻炼出来了，不到20岁就认识了现在的老公。

男方也从事体育用品相关行业，刚好比她大两岁，一个“正宗”的上海男人。怎么“正宗”法？就是他们家世代居住在人民路、中华路围成的老上海县城范围内，那两条路也恰好是原来城墙的位置。拆迁之后，他们家仍然选择在原来的位置附近买房，当时并不算贵，单价才四五千，于是一下子拥有了两套120平方米的大房子，其中一套的阳台上还能远远地看见豫园呢。他们年龄一到就结婚了，并且自己创业开店。

郁晓想起来，她第一次去家慧家里是在2009年，就是她和上海男友在一起那段时间，家慧的儿子满月了，借满月酒席组织了一次小型同学聚会：

同学们进门后都抢着抱小宝宝，一边道“恭喜”，一边惊叹。感觉自己才刚刚走出校园呢，结果人家孩子都满月了。差距啊！读书有什么用？早跑四年，至少领先十年啊！事业、房子、孩子都有了。不过人家也说了，读书还是有用的，人一定要追求上进，经常觉得自己文化程度不够，于是正在双双补修本科学历，之后还要读个MBA出来。

大家问孩子叫什么名字，其中有个字比较难解释，于是孩子爸爸给大家看刚添加了名字的户口簿。有个女孩便大叫道："310101耶，看看人家，一出生就有上海户口耶，而且是黄浦区的户口，以后上学也方便。"家慧说自己名字还没资格写在这户口簿上呢，不过再等几年就可以按夫妻投靠加上去了。

宴会在城隍庙九曲桥边的"绿波廊"进行，走过去也不远，这是他们家招待客人的"定点餐厅"。包厢里布置了很多彩色气球，粘贴了各种卡通图案，氛围相当不错，这个小型的"满月酒"办得既体面又节俭，还很有纪念意义。郁晓望着这些花花绿绿的装饰，居然为主人心醉起来，这是多幸福的家庭啊！人家的生活已经早早走上了正轨，完完全全地融入了上海。

她正沉思中，旁边抱着婴儿的家慧碰了碰她，把她惊醒过来。

"嗨！发什么呆呢？"家慧轻声问起她情感状况如何。因为自己正在给老公的一个朋友物色女友。

郁晓简单地讲了讲，自己男朋友也是上海的。

得知情况后，女主人便说："条件这么好的男人，还不抓紧结婚等什么？！"这句话换个说法就是：像我一样，你也可以！

郁晓默然了。她没想到对方这么"头势清爽"，表达如此直接。

郁晓听同学嘁嘁喳喳地说，内心虽有些抗拒，但理智觉得还是在理。虽然受了十多年教育而形成的价值观不那么容易被改变，但被现实的案例激烈碰撞着，有时不免模糊了意志。

女同学们在巨大的心理落差中结束了这次聚会，这也是一次骄傲、羡慕、嫉妒和恨的情绪聚会。恨从哪里来？确实还没有来，但已经埋下了恨的种子，不是她们之间的同学情谊发生了变化，而是生活的巨大差异带来了心理落差。没有对比，就没有伤害。

回忆完这一段，她再往下看，是刚到上海时的公司同事刘颖的留言："你也入户上海了，欢迎欢迎！"郁晓总觉着这个欢迎带点讽刺意味，不想回复她，心里嘀咕道："我想入户就入户，不想入就不入。干吗要你欢迎呢？又不是为了与你为伍。"她这么想，是因为当年有一次争论留下了过节：

她刚到上海不久，陪一个老家来的亲戚去逛豫园，忽然想起有人说过那里的南翔小笼包不错，但她们兜了两圈只看到"南翔馒头店"，并没有找到小笼包。走路走累了，也饿得不行，馒头也将就吧，于是走进店去，结果发现里面卖的全是小笼包，并没有馒头。

第二天，她被刘颖嘲讽了一番："哈哈哈，你来上海大半年了，连这个都不知道。我们上海人的馒头就是你们苏北人说的包子，肉馒头就是肉包子呀。"

原来如此。她抱怨道："明明是包子，为什么叫馒头呢？难道是不想让别人知道里面有肉馅？"

她固执地认为这是老上海人"小气""藏富"的又一条证据。之前就和同事争论过上海人把"租房子"说成是"借房子"的事，于是再次抱怨道："哎呀，你们上海人说话为什么老是言不由衷啊？感觉总藏着掖着的。比如上次提到的'租房子''借房子'，汉语里面关于租和借的区分难道还不够清楚吗？一个要给钱，一个不用给钱。明明就是那些老上海人不想让人知道房子是租出去的，要么是怕单位把房子收回去，要么就是怕缴税，非说是借出去的。后来说习惯了改不过来了吧？”小气就是小气，还找借口？！最后这句她没说出口，是在心里想的。

刘颖说不是这样的，但也说不上所以然来，便说：“馒头本来就是那样的嘛，有的有馅，有的没有。另外，我们上海人一直说的就是借房子，租和借是一个意思，借房子本来就是要收钱的，借钱不也是要还钱的吗？”

郁晓的逻辑也很清楚，说：“不对，借一物还一物，租一物还一物另外要加租金。”

刘颖不高兴了：“哎呀呀，怎么不一样啊？在我们上海借钱也是要收利息的啊，我知道你们外地人之间借钱是从来不讲利息的。你来了上海就要融入进来的呀，要尊重这里的表达方式的呀。即使是不会说上海话，也要入乡随俗的呀。”

“我为什么要入乡随俗？”提起上海话，郁晓更不高兴了，她不想学。

“没人逼你入乡随俗，反正每年那么多外地人挤破脑袋也要排队等着要上海户口。”

“我才没想要上海户口，没上海户口不一样过日子？”

“哼，话别说得太早。”

两人不欢而散。虽说互联网时代已经到来，但各种信息的整理和传播还是滞后的，郁晓对于“馒头”，对于古汉语并不了解，倔强叠加了无知，从而导致了偏见。同样，刘颖对于所谓海派文化也知之甚少，她的认知依旧受限于自己和上辈的生活琐事，保守带来傲慢。在一个再度开放起来的城市里，不思进取的旧居民视野，无异于“坐井观天”，自居于近几十年来积攒的城市碎屑里，不经意中，周边已筑起了高高的壁垒。傲慢遇到偏见，争执在所难免。此后，郁晓对城隍庙一带印象就不好，她觉得这个地方周边环境很差，房子很拥挤，店铺里面的老太太对人也很凶，“一个非把包子称作馒头的地方”，反正不太友好。

无论是家慧还是刘颖，郁晓都是“不高兴”搭理她们的。“所有女人都是同行”，同行相轻，更何况她们之间还有这么多交集。

家慧领先那么多，看着她每天发的照片，气都气死了，所以郁晓设置了“不看她的朋友圈”。

而刘颖以老上海自居，总是把她当外来妹，郁晓也不喜欢她，“什么了不起嘛？还不是投胎投得好，家里有两套房，没有生活压力，一放假就四处旅行，朋友圈里都是酒店和景区照片，跟开旅行社似的。”更可恶的是，当年刘颖还放下一句“话别说得太早”，不幸被她言中，自己还不是费尽心思弄户口，真是懊恼。

最末的一条留言是“哈哈，上海又多了一条‘单身狗’”，现在的同事何泽几分钟前刚写下的。“这家伙，一定是才下班”，对于这个男人，她知道发怒无益，自己已经可以做到对方说什么都不生气了。

曾有好事者想撮合何泽与郁晓，这引起了她的极度反感。“别人不要的剩男，凭什么要我来接手？”

何泽来自湖北农村，口音极重，是个“低矮矬”的王老五。陌生人会以为他在一个季节里从不换衣服，因为他身上总有股不好闻的味道。

熟悉的人知道，他并非一直不换洗衣服，其实也是一天一换的，只是每个季节的衣服他都买两套一模一样的，看起来就和没换一样。不过，衣服或者身体总有一样没洗干净，否则这气味从何而来就不好解释。难道是体臭？他倒是天天洗澡的，但几乎没有梳过头发，胡子总是不刮。

何泽还有一个毛病，就是工作太“严谨”，上班时他总是在毫不留情地批评别人，包括女同事。他看待事物确实特别准，别看他老是批评人，但总占理。不过爱情不是讲道理，批评可以泯灭一切火花，相当于给自己披上了一层绝缘外衣，所以何泽到四十岁都不来电。

何泽的优势是工作能力强，且非常努力，每天都在公司加班到晚上九十点，最后一个离开。郁晓虽然在生活中看不上何泽，工作上还是佩服他的，这也是多数同事的看法。

有个周末公司组团去常熟游玩，何泽鼓起勇气向郁晓靠近，但他不会说话，铩羽而归。

郁晓和两位女同事一早去了虞山脚下的兴福禅寺吃面喝茶。当时阳光正好，闭上眼睛，听潺潺小溪水流淌，间杂着游客的嬉笑声，鸟语花香中，郁晓在藤椅上渐入梦境。

“郁晓”，有人在叫她的名字。睁眼一看，竟然是何泽。“这个吝啬鬼，会放弃酒店的免费早餐来这里喝早茶？”郁晓纳闷地想道。

“怎么闷闷不乐的样子啊？”

“没什么。”郁晓淡淡地回复他，心里想着：“这个老男人什么时候关心起我来了？”

“听说你最近因为办户口的事情很焦虑啊。”

“你怎么知道的？”郁晓一脸戒备状。仿佛身上有颗痣，冷不丁被某个陌生男人说了出来一样难堪。

“大家都知道啊。” 何泽尴尬了。他“不知道郁晓不知道大家都知道”，便随口问了一句，当作打开话题的引子，没想到是这番情景。许久没有恋爱过的“直男”面临的问题都一样，怎么开口都讨人嫌。

对郁晓来说，这颗“心痣”竟然众所皆知，就好比穿上了“皇帝的新装”，只有自己不知道，什么都被别人看了去。大家同事已久，郁晓也不能介意太多，便默然了。

“其实户口用途不大。”何泽鼓起了勇气继续说道。可是话一出口，连说话人自己也觉得还是不中听了。这不叫冷场，简直是放冷气。没有人接话，停住更完蛋。

何泽只好强忍着，想找话题继续说下去。他认为：不小心碰了别人伤口之后，最好的安抚方式是也扒开自己的伤口给对方看，瞧瞧，我比你更惨啊！

“我的上海户口什么用也没有，没买房子，没老婆，没孩子要上学，都四十了。”

其实这话更不中听，听者可能误解成：就算你有了户口，今后也可能跟我一样惨。何泽也意识到了这点，暗自为自己的嘴笨叫苦。

旁边的女同事终于出面解围：“何泽，不会讲话就不要讲了，人家郁晓要和你比惨吗？罚你给大家买一份冬枣和一份橘子。”

接受惩罚后，何泽就轻松多了。事后男同事们分析说，这足以证明他有“受虐”倾向。

之后，两位年轻女同事谈论的也是户口话题，公司某某海外归国人员，按规定可以在北京、上海任意选个城市落户，可是人家偏偏不落，真是旱的旱死，涝的涝死。何泽想不通，按说这两位姑娘讲的例子更加气人，为什么郁晓反而哈哈大笑呢？

实际上，何泽“卖惨”是有用的，郁晓听进去了。她没法和留学归国人员比，人家是冲着海外身份去的，当然不在乎北京、上海户口了。何泽讲他自己的上海户口十几年来没有发挥任何作用，对郁晓是有心理安慰效果的。不过郁晓是女性，传统意义上的适婚年龄也过了，户口究竟有多大用途呢？不结婚，不买房，没有孩子的话，用途还真不大。郁晓心里明白，自己还是在赌一口气，买房的话首付款还没有，孩子的话题就更远了，男朋友还没有呢。

“这个臭何泽，不会是其他同事怂恿过来撩我的吧？”郁晓想道，“我可不想和他在一起，坚决不！宁可单身。”

其实何泽心里也毛毛的，他觉得郁晓太强势了。他虽然四十岁了，但也没有和异性在一起生活的经历，肯定驾驭不了这样的女人，这不连开口说话都不会嘛。和二十年来的若干次一样，何泽浅尝辄止，他放弃了。

在朋友圈看完留言，回复好之后，郁晓再次感到了满足：一件大事总算尘埃落定了，心心念念十年的户口到手了，付出了多少代价啊。考研，换工作，攒积分，甚至一直单身，都是为了这么个小本本。现在好了，可以买房、拍车牌了，小孩也可以入学了……可是自己根本没有孩子，没有钱，没有男友，户口有什么用呢？

她的生活曾被一次次“预言”过，就像当年刘颖说中她一定需要上海户口一样，看来这次又要被何泽说中了，跟他一样，什么也没有，只有自己被剩下了。她长叹了一口气，唉……

不如归去

有进取心的女性，绝不希望自己的生活被长辈们一次次“预言”成功：哎呀，女孩子待在老家挺好的，去大城市有什么好？到头来还不是“竹篮打水一场空”啊？女孩子家，创什么业啊？别到时候欠一屁股债回来，找份好工作、早点贷款买房是正事。女孩子找男朋友要求别太高，差不多就行了，错过年龄成老姑娘了……

毕竟有那么多先行者都证明了自己，为什么我不可以？

现实往往是残酷的，自己除以那巨大的分母，成功概率自然小得可怜。大家听到的，往往都是分数线以上的励志故事，可分数线以下那些不开心的事，很少有人愿意去了解。然而，这世上的多数人又何尝不是分母呢？即便你在某一擅长的领域幸运地成为分子，但在其他领域还是会沦为分母。

今天，我就来讲讲分母里的真实故事，谈谈一位女性为何没能够成为分子。当然，这只是当下的现状，生活还在继续，我希望她能够愈战愈勇，早日跳跃那条分数线。

战红是一个说话特别直爽的姑娘，声音跳跃有生气，一听就非常善于表达。她是安徽黄山人，大学毕业后一直在上海工作、生活。

昨天晚上，她给我打了一个小时电话，讲述自己的苦恼。

战红告诉我，受疫情影响，他们公司开工也很迟，各地的隔离政策不同，但多数员工都在半个月前回到上海复工了。领导问她什么时候能回到上海上班，她觉得很焦虑，不知怎么答复。

她母亲说什么都不让她再来上海了，原因是她花了十年时间，在上海一无所有，倒成了家乡人口中的老姑娘，现在已经33岁了。

“记得你今年32岁啊？”我惊讶地问道。

“我是（19）88年年底出生的，现在已经是2020年了，我们老家只算虚岁，所以全村人都知道我33岁了。我是举办世博会那年毕业来上海的，马上就十年了。”战红讲起这些细节来，还是非常有条理的。我听她这么说，自己也感到了年龄的压力，唉，这世上最容易增长的数字是女人的年龄，最不易增长的数字是存款金额。

我便问她打算怎么选？

她说：“我本来是毫不犹豫地要来上海的，可这次在家住了两个月之后，有些动摇了。不仅仅是妈妈的意见，连自己也有些怀疑人生了。我来上海之前满怀希望，但十年过去了，确实一无所获，没有房子，没有男友，没有存款，甚至连工资都很低。在别人眼里，可不就是浪费青春，一事无成吗？”

我回想了一下，上一次见战红是一年半以前，当时觉得她自信满满，挺有干劲的啊，为什么变化这么大？

战红继续说道：“其实，留在老家我心里更没底。从小到大，我对家乡都不是很了解。小时候的活动路线几乎就是家和学校两点一线，高中毕业去合肥上大学，毕业后来上海。成年后在老家待的时间很短，黄山这么小一个城市，我现在连路都认不清楚，也不知道能干些什么。”

战红来到上海，既是为了拓宽自己的发展空间，也是为了体验大都市的繁华与各种新奇事物。目前看来，前一个目标并没有进展，后一项耗费了她的时间和金钱。

现在到了战红必须要面对真相的时候了。可怕的是，这样的真相似乎来得太迟了，三十而立，如何立呢？巨大的时间成本、认知成本，让未来的每一天都要连本带利偿还回去。她觉得现在的生活就像黑洞一样，正吞噬着自己的青春，撑住不往下沉，已是最不坏的结局。此刻，她选择什么样的路都不容易。

我觉得只能给予战红一些安慰和鼓励，此时讲述励志故事、提建议不合时宜，就做好一个倾听者吧。

战红继续说道：“我家有两个孩子，弟弟比我小2岁。农村出生的女孩，一般都会帮助家里做点什么，可我的父母从来没让作为大姐的我搭把手，甚至连洗衣做饭都很少，还让我读完了大学。我的父母非常淳朴，与邻为善，在村里口碑一直很好。但即使是这样，我也不想在家里，就想逃离故土，离开那里，宁可去无依无靠的大城市打拼。

“我过去没有考虑太多，都按照自己的想法生活，想怎样就怎样。虽然说上海压力挺大的，但我之前真的对压力没有任何感觉，过得挺肆意的，可现在真觉得，唉，压力好大。真想发个朋友圈叩问怎么活得这么辛苦啊，看看有多少人和我有共鸣。我面临棘手选择，到底是继续在上海发展？还是回老家，我很烦。”

“肆意”“想怎样就怎样”，多么熟悉的话语，那曾经也是我对于生活的看法，直到后来体验到“肆意”之下隐藏着多大的代价。这也是许多来到一线城市的年轻女孩的真实写照，从影视剧里认识世界，对周边环境的探索浅尝辄止，打卡一遍之后，便再没有深入了解的兴趣，以主观体验来安排生活。按正常逻辑，要在一个城市长久生活，要在这里生根发芽，就得对这个城市做足功课，怎样才能留下来呢？怎样才能获得有品质的生活体验呢？我将来的家会在怎样的一个小区？离市中心有多远？未来的他又是怎样的一个人？他为什么要和我在一起呢……要知道，城市的“土著”们，从人生的第一步开始，早已有家人长辈为他们做足了规划，提供了浓缩的人生经验。这种人生经验，为孩子规避了很多“坑”。对于他们来说，“肆意”“想怎样就怎样”是有着家庭托底的，无论是认知、金钱，还是社会关系。

以自我体验为中心的女性人群，她们喜欢的生活方式是，走出家门就能接触到最新奇的事物，结交各国朋友，听各种音乐会演唱会，消费体验随着街区的升级而不断进阶，就像打怪兽升级一样，在变化中寻找刺激和满足感。许多女孩都认为这就是大都市的好处。电视剧中不都是这么演的吗？意见领袖不都是这么讲的吗？人们来到大都市不就是为了体验这个城市的精彩吗？但这些东西并不能给普通人家的女孩带来真正的进步，生存才是第一位的，优雅得建立在衣食无忧、有房有车的基础之上。无知叠加倔强，必然导致偏见。不经意间，一些外地来沪的女性会发现，周边已筑起了高高的壁垒，自己好似坐井观天，再也无法在这个城市中逗留下去。总有一天，她们会懂得，“周边的壁垒”是什么，那是留在这个城市生活的必要条件，忽视它们而追逐一些表面的感官体验，真的成了舍本逐末。

战红继续道：“前半生，我至少是活得无忧无虑、没心没肺的，唉，不过也可能正是这个原因，后半生怕要颠沛流离了。我还很乌鸦嘴，说什么来什么，怕什么来什么。上高中时，有人来家中做客，恭维我爸道‘你女儿是有福气的人，将来一定能有段美满的婚姻’。我在一旁硬生生地答道‘我才不着急，不到30岁不结婚的’。那人尴尬地笑道‘哇呜，这个小妮子嘴挺厉害的，长大了不得了’。

“我当时懵懵懂懂地把这股‘初生牛犊不怕虎’的豪气保存到了日记里，希望它能这么一直“保鲜”下去，本子上写道：我，罗战红，要成为事业女强人，哪怕是一辈子都遇不上爱情。我现在已经33岁了，什么都没有实现，倒是那句‘不到30岁不结婚’一语成谶。”

“一语成谶”的背后，有它必然的逻辑在里面。30岁之前不结婚，只是战红高中时的一句玩笑话，至少她在大学毕业后就抛弃了这种想法。真实情况是一位外地女性追求一线城市的生活，本身经济条件又不好，打拼几年就30多岁了，这是概率非常大的一件事。她来上海后和很多大龄单身女青年一样高不成低不就。显然，在上海30多岁没结婚的女性大把大把的，人们并不觉得年龄有多大，也不是什么问题。只是在一线城市生活到30多岁之后又回到安徽的乡村，情况就不一样了。就好比在高收入的都市赚钱回到乡村里来花，数字怎么看都挺高的。不过这个数字转变到年龄上，就悲剧了。

而且，“一语成谶”的，不只是婚姻一件事。

自从我说出“不到30岁不结婚”这样的豪言壮语之后，村里就传开了。但凡我有一点点小事、一句戏言人家都会知道。大家除了说我有福气，让我父母高兴之外，还想逗我说出更多玩笑话来，好成为他人茶余饭后的一种谈资。村里人抬头不见低头见，那时我虽小，也懂得尴尬了。既然是自己的豪言壮语，为什么会惴惴不安呢？我闹不明白，只觉得大家看我的眼神有些异样，好像我不属于这个世界，而是来自外星球的。明明是你们挑起的话题，我不过老老实实地说了自己的想法，为什么反倒是我觉得尴尬？我离经叛道的“思想”被迫示众后，越发觉得在家乡没隐私，越是期待着赶紧长大，赶紧离开。

我考上大学后，有一天，抱着孩子的邻居大姐悄悄跟我说道：“战红，你一个农村女孩子考上大学不容易，以后要懂得保护自己的利益，可不要成为‘扶弟魔’啊。”我没好气地回道：“我弟弟将来一定很有能力，才不需要我帮衬呢。”

现在，我连一个问题都没搞清楚呢，另一个问题又来了。

弟弟最近出事了，不自觉中又一句话应验了，我成了他人口中的“扶弟魔”。弟弟高中毕业后，大学读不下去了，总想着要创业，家里人拦也拦不住。父亲、母亲勤勉老实了一辈子，也从不用重话说我们，再加上弟弟夸下海口，也就随他去了。直到去年，他瞒不住了才告诉家人，开公司亏了很多钱。

弟弟的创业项目经常变、经常换，刚开始说做什么电影众筹，没做出名堂来，然后又炒黄金，再后来又是做什么手表。反正他讲的东西我听不明白，只是感觉很复杂，我就问他能应付得过来吗？他总是信誓旦旦地说，不怕，我有“合伙人”。我跟他说“十个创业九个不成，成功的也维持不了三年。可他坚持说“就算失败了，也是我人生一笔财富”。多么官方的语言，幼稚得就像答记者问，唉，这笔“财富”的代价可真大啊。结果就是欠了一屁股债，欠房租、欠工资、欠货款，满世界借钱，信用卡套现，后来实在撑不住了才告诉家人，甚至连房贷也断供了，那可是父母凑首付给他买的房子啊。

还能怎么办？他是亲弟弟啊。在我们农村，女孩子还没成家，肯定是要一起想办法的呀，我有多少钱都拿出来了，还远远不够，我们全家人都要为他的债务奋斗好多年。以前我一直觉得自己与众不同，什么困难都能跨过去，没什么可怕的，弟弟出事后，我害怕了，觉得承担不起生活的风险。我开始反省，怎么出了一点点事，就扛不住了呢？第一次想要找个人来拯救我，想要找一个人来依靠，哪怕能帮我分担一点，哪怕帮我出出主意也好，但是都没有。

战红成为“扶弟魔”的必然性，要比“不到30岁不结婚”更强一些。外人都能听得出来，她弟弟的创业很不靠谱，但作为亲人的父母和姐姐还是没能阻止，因为他们的生活环境是一致的，没有创业经验，很多领域的认知停留在想象上。

“在我们农村，女孩子还没成家，肯定是要一起想办法的呀”，这是做姐姐的宿命。如果她已婚，就不用倾其所有帮扶弟弟了，但是她没有，所以还得想办法打工给弟弟还债。可一个背负着原生家庭债务的未婚女子，在恋爱和婚姻上就更加被动了。

提到婚恋，战红又叹息了一声：

“唉，儿时无知者无畏，不知道这个世界有多危险，现在有些事情发生了，才意识到我还是会害怕、会退缩的，以前我说一辈子不结婚也不怕，现在我意识到不结婚的后果，我可能承受不起……

“老家的亲戚给我介绍男朋友，都是一些高中毕业，甚至初中毕业的，介绍人本身也是这种学历层次。我没有多高要求，但你说一个初中毕业或高中毕业的，我们怎么沟通交流啊？况且我的思想本来就比一般女生的思想要独立前卫，怎么能谈到一起来？对方的学历怎么也得和我一样吧？

“你刚才说有的人本来学习很用功，只是由于经济情况没上大学，但也不能因为这个让我去体谅他这一点。我觉得不管是个人学不进去也好，还是家庭的原因，最终结果就是没有一个跟我同等的学历，我肯定是不能接受的。有人说我弟弟也只是高中毕业，说：‘那你想想如果是你弟这样的人你会嫌弃吗？’我说：‘那不一样，我弟弟人品很好，各方面都很好，是特别有担当的一个人。’我可以接受自己的弟弟，但接受不了别人这样的情况。再说了，我的闺密们老公学历都很高，不是说攀比，总不能差太多吧？

“我有两个玩得很好的闺密，从小学到大学都玩得很好，我是其中成绩最好的。她们就属于毕业后留在安徽不敢出去的，都在芜湖生活。一个在一家大国企做人力资源；另一个原本学的汉语教育，然后找关系进了芜湖电视台，她说单位里都是富二代，要么就有权有势的人家。她们早就买房买车了，老公也都是研究生毕业的，工资啊什么的都很好的。我就不明白，为什么偏偏我会混成这样子。

“我们三个在高中时都有收到情书，都很害怕、很害羞，都把它退回去。她们也是在大学里开始恋爱，但从一开始就以结婚为目的，而我属于胆子比较大，而且没有太多顾虑的人。她们是很传统、很听话、很稳的那种女生，害怕人生出现任何的差池，所以她们结婚很快，步入正轨很快，什么年龄做什么样的事，人情往来各个方面都了解得清清楚楚的。但我就不行，我觉得自己啥也不懂，到了三十多岁还是一样的。”

我问战红：“你在上海遇到过合适的人吗？”

战红说：“其实在上海，我能认识的人基本上也都是外地来的。我是外地来的，人家本地人一般也不会找你一个外地的。

“在上海也谈过几个，但都没有结果。

“我喜欢一个人喜欢了很多年，从刚来上海就喜欢他，一直追到去年才死心。你知道吗？我们俩连见面都很少，最近几年都是通过微信联系。他长得很帅，刚开始是同事，一个团队的。他有自己的兴趣爱好，想做那种航拍导演，就离职去北京电影学院进修。然后进各种剧组，全国各地跑，拍片，朋友圈里都是和明星的合影。但我觉得自己情商比较低，老是把天聊死。他可能觉得：既然你喜欢我，凭什么还那么傲慢啊？但我的想法是：我喜欢你，但不能让你觉得我卑微啊。对不对？所以我跟他讲话就很顶很冲，反正挺让人不舒服的。我本身就不太会讲话，而且像我这种颜值肯定也入不了他眼吧，他那么帅的人遇到的美女肯定很多，所以一直就没有进展。我从来都没有放下，他的微信号我删了又加，加了又删，拉黑，又加回来，反反复复好多次，都没有真正放下，现在才算是放下了。”

我觉得战红最大的优势是“有趣”。但是，认可她“有趣”而又可爱的男人，她不一定能遇上。在国内，这种男人至少得不为生存发愁，甚至天生富贵。战红上哪去结交这样的男人呢？即便能找到，除了“有趣”可爱之外，婚姻当中还得考虑其他因素，战红可没有其他的牌了。

在战红的老家，别人已把她的年龄当作缺陷，她经济条件也不太好，唯一的优势就只有学历。况且中间人的质量也不高，所以怎么介绍都没有好的。

而在上海，她几乎没有任何优势。甚至没什么机会和那些已经在上海扎下根来的人交往，她遇到的男人几乎都是“沪漂一族”，这本身就隐含着很大风险。一个不确定能够留下来的男人，或者一个未必定居上海的男人，对待感情能有多大定力呢？如果双方的经济条件都不好，又怎么在上海安家立业呢？

战红迷上的那位帅帅的前同事，更是一个“巨坑”，这样的男人飘忽不定，既不现实，与她也不匹配，对方也从未把她当成女友对待，暧昧了许多年，终于归零。

我不禁要怀疑，战红在感情上，在职业上，在各种选择上，都被一些虚无缥缈的东西所吸引了。

战红说：“我大学选了心理学，但毕业后也没想过专业对口，只想能得到锻炼，自己喜欢。毕业后去了上海，想离家人更远一些。

“刚来上海那几年，工作之余，我只要有时间，都愿意看书，而且也能看得进去，平时还会自学韩语，虽然半途而废，但有那个劲，能把内容装进脑子里去。但现在完全不同，我现在每天烦恼很多，什么都学不进去。

“我在上海租住的房子楼下有个书城，每到周末，我都会去书城坐一坐，在那里看一会书。回想那段时间真美好，我再怎么累都能看得进去，也没有太多想法，没考虑房子、感情这些问题，就当作岁月静好，找机会锻炼自己往上走。

“有个朋友劝我练习写作，他觉得我写的东西还不错，可以在网上投稿什么的，这样宅在老家也能赚钱生活下去。可我哪里静得下心来呢？要解决的问题太多，连书都看不进去，更别说写了。以前发朋友圈时，好歹还会想一想用什么文字来配图，现在连这点心思都没了。

“我只想赚点钱，把眼下的债务危机度过去，然后再把我的心理学书籍找出来看看，写点东西出来。不过，我那朋友从开始写作到每月有稳定收入，也花了两年时间呢。”

在感情方面，战红还提到了一个人：“去年我处了一个对象，比我小三岁，学历虽然是个大专，但在上海做IT，至少这个职业我是满意的。因为现在是互联网、人工智能时代，我自己之前也学过编程课，当时想自己做互联网方向或互联网教育相关的创业。自己一个人肯定是做不起来的，以后和他一起，有个专业的人做后盾。所以我就想，我俩肯定是合适的，他也有创业的心。”

战红说自己对上海依依不舍：

“你知道吗？我就喜欢大城市，觉得很有安全感，很有界限感。在老家就不行，虽然邻里之间也很帮忙，生活水平和城市差距也没那么大了，但我就是不喜欢这种模式。可能从小住校比较早，习惯了独来独往，不喜欢鸡毛蒜皮的小事都要被用作谈资的生活。

“我没把挣钱当回事，也没意识到要存钱……以前找工作都是想锻炼能力，要成为一个有用的人、有价值的人、一个事业女强人。这些公司便顺着我的想法来讲：‘刚上班收入不重要，关键是提升自己，挑战自己，达成KPI（关键绩效指标）后就能证明自己的能力。’因此薪资一直都不高，我也没有多挣点钱的欲望，平时够用就好，买房的事想都没想过。从去年弟弟出事开始，我就只想赚钱，我在上海的最后一份工作是销售，就是想赚大钱，像公司里的top sales（顶尖销售）一样每个月拿到五万块以上的销售提成。但什么事到自己头上就不一样了，我连续6个月都是拿的底薪，底薪非常低，低得连房租都交不起了，这份工作做下来，我非但没有存钱，还倒贴进去两万多块生活费，唉……我还能坚持那么久，真的是服了我自己。

“你看之前我做文职的几年里，信用卡都没申请过，也没有负过债。我看别人做销售赚得挺多的，结果到我自己连基本的KPI都完成不了。我觉得自己根本就不喜欢销售工作，为了赚钱，为了生存，不喜欢的事情也得做啊，每次都这样安慰自己。再说，像我都33了，很难再找到一个什么文职性的工作。我感觉自己现在什么技能也没了，在上海能找到什么好工作呢？唉，这十年真的是全浪费了。”

刚刚接到战红电话的时候，我是这么想的：战红得先回上海找个薪资高一点的工作挣钱，在“婚恋市场”中找个经济实力好的，能帮衬自己的。弟弟的事情暂时没能力管，就先把自己顾好。怎么能把责任丢给城市呢？怎么也轮不到上海来背这个锅吧。

可当我把故事认真地写下来，细细回味的时候，发现事情远没有这么简单。

让我们回到战红“事业”的起点来分析，从上大学开始。其实这也不是人们共同的起点，由于家庭的因素本来差距就很大。对于有些人来说，上大学只是父母安排的一个小小环节，绚丽的舞台才刚刚拉开序幕。对于有些人来说，能上大学已经是人生巅峰了。

心理学、艺术，说得直白点，都是有钱有闲人从事的职业，面对的服务对象也都是有钱有闲阶层。对于家境不够宽裕的孩子，大学里学点实用的技能多好：计算机与网络、医学、建筑、会计等等。所以战红的第一张“牌”就打得很模糊，可惜她善良淳朴的父母无法对此做出有效的指导。战红从事的职业也非常具体，无法结合自己的学业，渐渐地专业也就荒废了。多年之后，她还能将自己的专业利用起来吗？从她目前的各种职业选项来看，还没有这种迹象。

战红还提到“写作”，是朋友推荐她这么做的，显然她听进去了。对于这战红这方面的能力，我没什么了解，无法评判，也许她有些基础吧。只能说，之前没有任何迹象，而在穷困潦倒之际突然转行，靠写作赚钱，这种情况真的很少见。

战红在上海的最后一份工作的“失利”，源于她对销售工作的无知。为什么别人可以赚到钱？为什么自己就不可以？销售就像打仗，结果说明一切，能赢才是第一位的。战红坚持了许久都不能赢得销售业绩，说明她没能抓住这份工作的本质，没有“开窍”。

她与IT男的情感故事里，没有提及相互间吸引对方的是什么因素，更像是一个合伙人故事。初听感觉挺好，谁不希望找个潜力股呢？小伙子大有干劲，可细细分析起来，这“潜力股”又隐藏着一个“大坑”：在乡下，缔造一个家，开创一份事业并不难，有田有力，就能吃饱穿暖。可是这些认知与技能，在风云变幻的大都市，就远远不足以应付层出不穷的问题了。当一切要素变得越来越贵之后，自己的认知要重新评价。战红想和一个同样来自农村的大专生一起在上海创业？在IT方面的创业方向竟然还是战红提出来的？这事怎么想怎么都不靠谱。总觉得和她弟弟的创业故事非常类似。“隔行如隔山”，战红和弟弟为什么都喜欢频繁换行业，而丝毫不考虑在该领域有无经验积累？难道自信真的可以打败一切？难道未来真的如此不可预测？

有人会问：这十年来，除了没存款，没房子，战红在上海就没有其他收获吗？至少她开了眼界啊。我相信有经历便有收获，不过这种收获暂时无以名状，无法转化成财富，也无法让她迅速走出困境。

战红的“依依不舍”可以理解，无可厚非，毕竟大都市的好处很多，越有魅力的城市，越能吸引女性。不过，正如前面所提，一些经济条件不太好的女性并没有抓住问题的本质，得考虑怎么在上海留下来，怎么生存下去，然后再考虑那些优雅的，如烟花一般绚烂的东西。

上海不是游乐场。女孩们来到一个新世界，遇到一个新奇事物，就好比在游乐园中尝试了一个新项目，比别人玩得早一点、好一些，先秀一秀，满足了虚荣和优越感而已。回过头来才发现，之前没自己“肆意”的人领先了那么多，看着别人每天发的照片暗自神伤，最后把对方设为“不看她的朋友圈”。战红的闺密们，就是在她醉心于都市生活的那几年，悄悄地超越了她，拉开了差距。

如果岁月可以回头，如果战红当年留在家乡，找个稳定的工作，生活不说大富大贵，但小康总是可以达到的。一个本本分分、不贪财、不害人的女生，怎么突然一下子陷入到这种境地？也许问题就在于本本分分的人，总以为自己有“超能力”，对这些美丽的大坑都没有正确的认识，有钱人家孩子和普通人家孩子之间的差异，往往就体现在日常生活的智慧上，平民要翻身，谈何容易。

在本篇文章即将完稿时，我又接到了战红的电话。她说上次谈话后自己冷静地想了两天，觉得过去的十年过得太虚幻了，还是决定留在安徽，找个中等城市发展。她想做线下教育培训的讲师，不一定是心理学，中小学的必修课程也可以啊，大不了再复习一遍，她已经联系到芜湖的一家培训机构，有初步意向了，校方觉得她的学历、成绩，以及在上海从事过互联网教育的履历都很好。如能谈成，待遇甚至不比上海差。

我听她这么说很欣慰，这不就是“以退为进”吗？战红小时候成绩很好，那就是她的优势啊。

我竟迫不及待地希望时间过得快些，来年好给战红写“续集”。

彼岸花

庄瑜是个闽南姑娘，老家漳州，她在上海读大学，2008年硕士毕业后在一家中外合资的基金公司工作，成为一位投资经理的助理，这是年轻人梦寐以求的职位。庄瑜有一个响亮的英文名，叫做Diana（戴安娜）。

圣诞节前一天，公司开会，照例要宣布年会地点。这是她加入公司后的第一次年会，大家都以为是在长三角某个度假村，因为前几年有过先例，公司业绩不好，就近去了绍兴。但仪式还得有，老板表现得和电影里差不多，是这么宣布的："由于金融危机的影响，需要节约开支，今年的年会只好从简，"然后低下头，叹了口气，似乎很气馁，慢慢地打开红皮信封取出卡片，突然中气很足地念道，"清迈。"场下沸腾了，发出的声响犹如北京申奥成功那一刻。

年会放在春节前一周，虽然在国外，但宴会上的节目还是不能少，男女主持人也不能少。公司将晚会策划和女主持人的角色都交给了庄瑜，她与大家行程不同，需要提前一天去清迈准备。当然，并不是只有她一个人，同行的还有男主持人，国际部经理Cohen（科恩）。他是英国人，大学读了一半来中国学汉语，然后再回英国爱丁堡大学读了好几年，最终拿到了金融数学硕士文凭，很年轻，三十五岁不到，个子高大，肩膀很宽。

英国是绅士的故乡，Cohen的表现完全符合他的出身，庄瑜一路上都被他照顾得好好的，在清迈购置晚会物品时，也都是他帮忙拎东西，看起来他倒像是庄瑜的助理。不过Cohen对清迈相当熟悉，显然来过不止一次。

中国企业的年会都差不多。第一个节目是请当地乐队助兴渲染气氛，然后是老板致辞，接下来是某部门集体出演劲歌热舞，之后是才艺表演，相声、独唱、模仿秀、小品等等。夹杂着游戏和抽奖，踩爆了几十个气球；还有老板参与环节，要把老板打扮得很夸张但有面子，而且要充分展现他的才艺；照例还有年轻男员工反串女角，大家一如既往地哈哈大笑，效果犹如兴奋剂。对于年会组织者来说，一切都在头脑中预演过，就不那么兴奋了，便可以在现场很镇定地操控局面，于是庄瑜背台词不笑场，Cohen抖包袱很自若。

宴会结束后，是大家的自由活动时间，按公司安排，在清迈待两个晚上，然后去曼谷住两晚，再返回上海，后面几天她不能独住了，要与前台女孩同一个房间。作为年会的女主持人，庄瑜拥有了很高的人气，大家都愿意与她结伴出游，当然也包括Cohen。当晚，Cohen带着庄瑜、前台女孩和几个同事去“马杀鸡”，一个他来过的小店，性价比相当高。室内有香薰，灯光昏黄，技师的力道刚刚好，庄瑜不到半个小时就睡着了，醒来已过午夜。她和同事们走在大街上，没有来来往往的车辆，路上都是自己人，两侧没有高楼大厦，看到的都是寺庙的塔尖，月高风清，好舒服啊，就像当年看完午夜电影回到校园。庄瑜和Cohen被一大群同事围绕着，成为中心的感觉真好。

回到房间后，虽然过了半夜，她们还睡不着，又闲聊了一会儿，前台女孩说昨晚宴会主持得真好，大家都觉得庄瑜和Cohen很配呢。庄瑜听了并不当回事，从小到大这样的话听得多了呢。

第二天多数同事乘大巴去清莱看黑白庙，庄瑜和Cohen都不喜欢跑来跑去点卯式的旅行，与剩下几位同事一起去了素贴山双龙寺。山上可以清晰地看到清迈全城，这里观景不需要担心雾霾，只要不下雨，就一览无遗。准备下山时，他们碰巧遇到几位上海同行刚上山，是同一座写字楼上另外一家基金公司的，大家顿时觉得世界好小啊，大家在台阶上站了两排，以两条龙为背景拍了一张合影，庄瑜和Cohen很自然地站在C位。事后庄瑜自嘲天生具有领队气质。

下山后大家去一些寺院逛逛，自然三三两两地散开了。寺庙非常之多，街角路边到处都是， Cohen带着庄瑜去了几个名气小点的寺院，式样差不多，但人少环境好很多。路过清迈图书馆时，庄瑜提议进去看看书休息休息。图书馆的规模和苏南的县级图书馆类似，不过几乎没什么中文书籍。但工作人员很热情，尽量为他们找寻适合的读物。庄瑜能感觉得到，管理员并非只是对外国人热情，而是对所有人都很好，这就叫国际化。其实整个泰国都是如此，国民心态平和，街上没有人吵架，没有人大声大气地说话，对待同胞和国际游客的态度没有差异。她觉得清迈在城市面貌上非常像大理，都存有完整的方形城墙，都是古代某个王国的都城，只不过清迈更加国际化，看来主要差异在人和文化方面。

晚饭庄瑜吃的是芒果糯米饭，竟然只要40泰铢，相当于人民币8块钱，比上海便宜太多，让她想起了小时候的漳州城，林林总总的闽南小吃又便宜又好吃。而Cohen点的则是海南鸡饭，他说自己吃不惯甜食。庄瑜忽然想起来：“哦，我忘了，你们英国人喜欢吃炸鱼薯条。”

Cohen笑道：“又是从香港电影《重庆森林》里看来的吧？”

“你怎么知道？”

“你是第三个这么说的。炸鱼薯条确实是英国很流行的快餐小食，但我不太爱吃，我喜欢亚洲菜。”

“亚洲菜？还有这么个菜系？”

“当然。在我们西方人眼里，亚洲菜都比较精致，注重烹饪，欧美主要是油炸、烤、焗。”Cohen看起来对美食很有研究，他继续说道，“当然，亚洲菜也有差异。比如日本菜比较朴素，吃多少做多少，冷食多；韩国菜总是有一种泡菜味，要么就是烤肉；中国菜系比较复杂，但多数用大火爆炒，油多，分量大；印度菜咖喱多；东南亚菜介于中国菜和印度菜之间，有很多水果，酸酸辣辣的。”

庄瑜觉得Cohen是一个挺有生活气息的男人，人们常说会做菜的男人很性感。“下次要尝尝你做的菜。”

“当然，那是我的荣幸，做菜是我的第一业余爱好，排在足球和旅行前面。”

第二天上午，大家一起乘机抵达曼谷，刚到机场，便有一些同事放弃了公司安排的五星级酒店，要去芭堤雅，或者普吉岛。去芭堤雅主要是体验夜生活，看人妖，庄瑜和Cohen在这方面继续达成一致，他们对人妖没兴趣。庄瑜是第一次来曼谷，准备第一天沿着湄南河参观一些必去的景区，第二天去大城，第三天早上去吉姆•汤姆森故居，然后去机场。Cohen表示完全赞成并全程陪同。

入住并放下行李之后，他们便乘船沿着湄南河两侧游览。Cohen陪她去看了大皇宫、国家博物馆、国立政法大学、郑王庙，然后晚上去了亚洲乐园夜市，登上了摩天轮。

回到酒店，他们才收到同事们的留言，其实入住酒店的一些人也去了芭堤雅，包括他们各自的室友。在电梯里，庄瑜刚想说“原来今晚我们都是一个人住”，又想到《围城》里鲍小姐勾引方鸿渐的哏，便打住了不敢说。其实她的本意是：早知道的话，我们就不必急着回酒店的。但这话似乎也不适合说出口，她觉得自己的想法有可能被Cohen隔空截获，脸上便有些微红，眼睛睁得大大的，嘴唇抿得弯弯的，像是在掩盖什么。

Cohen似乎真的猜到了，他盯着庄瑜那粉粉的脸色看了一会儿，忽然提议说：“我们去Sky Bar（天空酒吧）喝一杯，如何？”

“远吗？”

“不远，走过去十分钟。”

这家酒吧在西方旅行者中很有名，位于一幢摩天大厦顶楼，有点像上海茂悦酒店天台吧，曼谷的夜景不如上海，但国际化程度堪比香港，西方游客比例大。酒吧无非如此，除喝酒听音乐外也无事可做，他们还不至于无聊到摇骰盅的地步，那和猜拳有什么区别呢？就着清风明月聊了一会儿，他们决定还是走回去。路上看起来破破的、乱乱的，但是有Cohen在身边，庄瑜并不觉得可怕，其实，曼谷和上海一样，平时挺安全的。

后来他俩回忆起来，都觉得那一次泡吧是最失败的，体内有一种说不清的情绪往上顶着，又有另一种道不明的理智往下压着，所以根本没心思喝酒。

回到酒店，电梯里，他们互道晚安。

早餐人不少，他们想要湄南河边的露台座位。但半夜下过雨，空气潮湿，几个时辰都没干，服务生帮他们擦好一套桌椅，于是他们占据了整个滨江露台。

“睡得好吗？”

“挺好的。你呢？”庄瑜撒谎，实际上她三点才睡着，之前一直在看HBO的恐怖片，之后是听着NHK（日本放送协会）平缓的声音入睡。

“没睡好。躺着听了一晚上BBC（英国广播公司），我一个人出差住酒店时常把电视开一整夜，没有声音反而睡不着。”Cohen比庄瑜更坦然。

“是吗？怎么和我一样？”庄瑜觉得他们又多了一个共同点。

“等下你可以在车上睡一会儿。”庄瑜说道，同时又觉得不妥，自己关心他这么多干吗呢？从昨晚起，她就感觉两人似乎已经亲密到了一定程度，一直担心语言会暴露自己的想法。

在火车上Cohen果然睡着了，头一会儿晃到左边，一会儿晃到右边，最终还是在庄瑜的肩上稳定下来了。车上没有熟人，庄瑜觉得这样挺好，他们本来就是一起的，不必在意车上其他人的想法，再说总比Cohen的头磕到车窗玻璃上要好，那会疼的。不一会儿，随着车身的摇晃，庄瑜也睡着了，她那长着黑色直发的小巧脑袋靠在Cohen那金色毛发环绕的大头上。火车到站后，他们跟着众人出站，一直往前走，穿过一条长长的小路，过了湄南河轮渡，便到了大城。

大城也是古都，更靠近泰国的地理中心，在古代就是曼谷的地位，被缅甸人攻破后就废弃了，后来泰国人顺流而下，在更靠近河口的地方建设了曼谷这座新都城。了解到这段历史后，他们便想下午是否可以乘船回曼谷。来大城主要是看遗迹，类似柬埔寨吴哥窟。虽然东南亚风景本来都很类似，泰国、缅甸、柬埔寨的寺庙也大同小异，但大城还是给庄瑜留下了极为震撼的印象，记忆最深刻的是一颗嵌在菩提树当中的微笑佛头，让她感受到历史的无情和人世的无常。她突然有个想法，如果今晚Cohen提出同住一室的要求，就答应了吧。想到这里，她不禁又脸色潮红。不过Cohen并没有注意到，在红色砖墙和金色阳光的映照下，这里每个人脸色都是红红的。

后来他们总结过为什么在泰国拍照都那么好看，发现主要是色彩对比强烈，彻底的蓝天、白云，清一色的绿树和稻田，然后是红色或金色寺院建筑，色彩天然。不像中国的古建筑，哪怕是故宫，外墙也总挂着一些空调外机，要么是掺杂着瓷砖，或者白色塑钢、铝合金窗户。

确实有船从大城到曼谷，于是他们决定乘船回去。湄南河两侧有很多破落的仓库和码头，并不比昨天在曼谷看到的风景更漂亮，但一路上还是体验到了从荒凉落后到繁华现代的变化。一天下来，他们乘坐了地铁、火车、轮船、双条车，经历了城市和乡村，了解了泰国历史，和当地人有了很多交流，可以算得上是一天深度游了。

回到酒店后，他们发现去芭堤雅的同事们都已经回来了，Cohen的失望之情溢于言表，电梯里只有他们两个人时，Cohen说：“我们去普吉岛吧，迟两天回上海？”

庄瑜摇了摇头，她可不想让同事们都知道他们“私奔”了。Cohen又在耳边悄悄提议今晚换家酒店开个房间，被庄瑜狠狠地打了一下。

晚上同事们集体吃海鲜大餐，喝了很多酒，有些人喝醉了，为即将结束的行程再添一波高潮。其间，庄瑜感受到了同事们不一样的眼光，既像是对他们俩在一起的认可，又像是一种集体疏远。

经过这趟旅程，庄瑜发现Cohen与自己的男同胞们相比还是有很多优势：

第一是不落俗套。中国男人都喜欢看人妖啊，参观什么热点景区啊，自己人一多嗓门就大得很，不管是高管还是普通职员。

第二，许多中国男人都有着那种仿佛知晓对方一切的眼神，似乎在对女孩说："你就从了吧，装什么装？我们都是一样的。"这种不友善的感觉让人很难受，而Cohen完全不会给人这种感觉。换言之，多数西方人对女性的尊重是打心眼里的，而部分中国男性对于女性的偏见却是骨子里带来的。

行程结束回到上海后，大家各自回家过年。Cohen无处安排自己的假期，几天后，他偷偷地从上海飞到了厦门，从机场出来就给庄瑜打电话："Diana，Do you know where I am?（戴安娜，你知道我在哪里吗？）"

既然这么问，肯定是离自己很近的地方了。"你在漳州？"

"不，我刚到厦门，告诉我，怎么去漳州？"

庄瑜告诉他，机场航站楼就有前往漳州的大巴，她会在终点接他。从家里出来时，她心跳得很快，Cohen特意跑来看自己，一件新鲜而又刺激的事情，即将发生在家门口。她还不能把Cohen介绍给自己的父母，他们过于传统，肯定会接受不了的。他们原来的想法是女儿长大后不要嫁给闽南人就好，最好嫁到福州去，那座城市女性地位高，管钱、管家、管男人，当然，后来女儿的本事超出了他们预想，成绩优秀，考上了上海的大学并留在那里生活。

她安排Cohen入住漳州宾馆，这里离家远一些，又靠近老城区，方便游玩。她在中山公园外请Cohen吃漳州的小点心，旁边一家音像店里正播放着闽南歌《浪子的心情》。Cohen一边喝着面线糊，一边对她说："Diana，漳州的音乐很美好，我来中国这么久了，怎么头一回听到这样的歌曲？！你的家乡非常像清迈，为什么没跟我说起过？"

"只有这一小片城区像，其他的都拆完了。"

"我喜欢漳州，"Cohen激动地说道，"这里和欧洲一样，保留了原来的样子，节奏慢，有许多老人坐在大街上喝茶聊天，阳光很温暖。还有很多好听的歌，既喜庆又亲切，是从心里唱出来的歌，你知道吗？Diana，这才是真正的音乐。"

庄瑜明白了，Cohen喜欢去传统的、有文化的小城市旅行，这样的地方很放松，很减压。她把Cohen送回房间后，告诉他今天是大年夜，相当于西方的圣诞夜，她必须赶回家去帮妈妈打扫卫生和准备饭菜。

"哦，Diana，庄瑜，"Cohen连着叫她的中英文名字，似乎郑重其事，"可以把我介绍给你的父母，打扫卫生，做饭，我都会。"装出一副楚楚可怜的样子，似乎中国的团圆年对他也很重要。

"不行。你还是不要出现，我的父母相当传统，他们见我带外国人回家过年会晕过去的。"庄瑜一边觉得他的表现很有趣，一边又忧心忡忡。

"为什么？这里不是林语堂的故乡吗？我又不是怪物！你可以说我是你的同事。"

庄瑜沉默了几秒钟，说："还是不行，我还从来没有提到过你，妈妈不会高兴的。林语堂是牧师的儿子，中西合璧，那是以前，现在的漳州人相当封闭，甚至听说过林语堂的都不多了。"

Cohen抱住她，不让她离开，庄瑜只好说："明天吧，现在我真的要回去了。"

庄瑜离开后，Cohen又去老街散步，街上只剩下一些顽皮的孩子在放鞭炮，他便凑上去和那些孩子一起玩了会儿。

晚饭时分，街上所有的餐饮店都关闭了，只有中山公园北侧商场的麦当劳还在营业，他只好将就买了一个巨无霸、一对鸡翅和一份薯条。天色彻底黑下来，玻璃墙外到处是鞭炮声，街上没有行人，也没有几辆车，偌大的麦当劳餐厅只有他和一个店员，他真的感到了孤独。

回到酒店房间，他开始在窗口观察起这个城市来：除了老街和公园是一片低矮老建筑并绿树葱茏之外，城区其他部分已经挤满了高大的公寓和商厦，确实和清迈不一样。到处是庆祝新年的焰火和礼花，一直持续到夜里，而且午夜十二点，他还被一阵急促的鞭炮声吵醒，这种声响活像是刚刚爆发了一场战争。半小时后，激烈的“战斗”结束，但零星的“巷战”一直持续到天明。一夜没睡好，Cohen连酒店的自助早餐也不吃了，蒙着头继续睡。

“叮咚”，门铃响了，Cohen打开门，发现庄瑜拎着两个袋子，一袭红衣出现在门口。“新年好！懒虫，十一点了！没吃早饭吗？”这个“吗”字拖得特别长，让Cohen觉得她的声音年龄只有十四岁，“好看吗？我的新衣服。”庄瑜继续问道。

Cohen显然被她新衣服吸引住了，答道：“当然好看。”虽然庄瑜给他带来了很多好吃的小点心：土笋冻、海蛎煎、五香卷、碗糕、龙虾酥，但对于他来说，还有一种比饿肚子更难熬的饥渴。他接过那两袋食品往桌上一放，将庄瑜横抱起来，扔到床上，之后，大红的新衣就被Cohen抛在沙发上……

庄瑜跟父母说福州的同学约她去家里玩，顺便早点回上海上班，避开春运高峰。第二天，年初二中午，他们离开酒店开始春节旅行，先去了南靖土楼，然后是泉州古城、福州三坊七巷。

回到上海后，上班第一天，庄瑜得到一个爆炸性消息：公司高层集体离职去了另一家基金公司，同时，空降团队的任命也下来了。但Cohen的职位不变，这充分说明，Cohen虽是国际部的经理，但在公司里不是核心，也没有加入任何派系，外来的和尚更加职业化。

之后的半年里，公司继续换血，老员工陆续离职，新员工持续加入，Cohen居然成了任职时间最长的员工。庄瑜因为才加入公司不到一年，反而在员工清洗中幸运地“存活”。

经历公司大变动后，庄瑜搬去Cohen的住处开始跟他同居，每到周末，Cohen都给她做世界各地的美食，她也跟着学。下一个春节即将到来时，庄瑜与Cohen商量，是回漳州过年呢，还是去英国旅行？“我还没去过英国呢。”言下之意很明显，想向双方家庭公开他们的关系。

可是Cohen说他有一个更好的安排，就是去南半球度假。他有个朋友在南十字星大学教书，正好回英国休假一个月，他在黄金海岸校区有一间大房子空出来了。于是庄瑜没有回家过年，而是和Cohen一起去澳洲度假。

几个月后，庄瑜的父母来上海看世博会，她想安排Cohen见上一面，但是很不巧，Cohen去北京出差一周，刚好错过。父母亲建议她应该着急个人问题了，“在漳州，女孩子过了25岁就是老姑娘了，你都28岁了。”按照闽南的习惯，父母把她的年龄又虚加了一岁。庄瑜告诉他们，自己有一个男友，不过是个外国人，父母大吃一惊之后，还是表示了谅解，因为他们在上海确实看见了很多外国人，特别是游览了世博英国馆之后，对这个昔日“贩卖鸦片”的国家印象还不错，只不过对女儿将来生活在国内还是国外有些忧虑。“要是在英国，一年见一次都不能够，怎么办呢？”

此后，妈妈和庄瑜通电话时，会经常问起Cohen的情况：“那个科恩，他什么时候来家里看看啊？”

庄瑜一直跟妈妈说肯定会来的，因为她记得上次他去漳州就主动要求去她家吃年夜饭嘛。

2011年春节，庄瑜真的满28岁了，她如愿以偿地将Cohen带回了漳州过年。父母给他们准备了两个房间，所以他们不能表现得太亲密，又不能表现得太生疏，这可难坏了Cohen，不过他相信，自己经过这些历练，可以更好地理解林语堂的*My Country and My People*（《吾国与吾民》）里讲述的中国国民性。

年夜饭时，妈妈问起他们什么时候结婚，庄瑜没说话，意思是让Cohen来回答，因为她也想知道答案。Cohen居然进步巨大，学会了中国人的说话方式，他说：“尽快。”

可是，“尽快”了一年多，也没能正式讨论婚姻的话题。妈妈在庄瑜三十岁之前抱外孙的梦想破灭了，但庄瑜给自己设定的三十岁之前结婚的目标还来得及。

在2012年12月21日，传说中的“世界末日”，中国的冬至日，西方的黑色星期五，庄瑜提前下班回家，做了几个Cohen最爱吃的菜，静候他回家。她觉得自己有些焦虑，做了一些准备，有话对他讲。

等到晚上七点，Cohen回来了，带着一个女人，他看见客厅和餐厅都没亮灯，餐桌上点了好多蜡烛，除了几盘菜，还有两杯红酒，却没有人。待他走到跟前，庄瑜从房间里跑了出来，开了灯。尴尬的一幕出现了，庄瑜头戴婚纱，她打算主动向Cohen求婚，结果看见房间里还有另一位金发女子。

Cohen说："对不起，庄瑜，我不该隐瞒你。五年前Elizabeth（伊丽莎白）和我分手了，我来到上海，原以为离婚只是个形式，迟早的事。后来我遇到了你，三年多了，但离婚没有成功。"说着他看了一眼Elizabeth，低下了头。

Elizabeth说当时太年轻，他们说好给对方几年自由和空间，但从去年开始，她决定不放弃和Cohen的婚姻，为此他们之间经历了长期挣扎和交涉，最近他们想清楚了，决定一起来对庄瑜说明这个情况。按西方人的说法，做一个正确的决定，最好的时机是五年前，其次是现在；按中国人的说法，这叫"亡羊补牢"。

庄瑜瘫坐在椅子上，她不知道自己该哭还是该笑，该闹还是该握手。因为完全不在计划中，完全没有想象过这种场景，她是受害者呢，还是第三者？完全懵了。

"嗨，真傻，自己从来就没想到要去英国看一看，查一查，老一辈人的婚前'查家'习俗还是有它存在的合理性啊。"

当她清醒过来时，已经是2013年的春节，父母为三十岁的庄瑜庆祝了生日，犹如她三岁时一样，点燃了三只蜡烛。除了蛋糕，还有她最爱吃的五香卷和海蛎煎。她想还是爸妈好，永远都不会抛弃自己。这个春节，庄瑜在老家住了一个月，她离职了。三月，春天到了，庄瑜回到上海，在另一家公司担任了基金经理，并且在唐镇按揭购买了自己的房子，她要保证自己在任何时候都不会被困难击倒，不会被驱离。

在国内，三十岁以上的未婚女性就会被称为"剩女"，而在欧美，女性在三四十岁结婚都是极为平常的。而且，要求女方年龄低于三十岁的，一般都是国内的“凤凰男”，反而是具有国际化视野的男人没有年龄上的要求，确实存在很大差距。她决心将来一定要和一个能在全球大部分地区自由往来的男人生活在一起。有女性朋友说她是因为在金融行业工作，薪水高，接触的人层次也高，视野自然也就高了。那是自然的，身边的人都是想飞哪就飞哪，完全的世界公民，自己也要向他们看齐啊。公司的高层似乎都持有来去自由的外国护照，庄瑜也想在有一定积累后移民海外，无论经过多少年，这个目标一定要实现。

后来，她又经历了两段较短的恋情：一位是某证券公司的首席经济学家，美籍上海人，可对方三十多岁了依旧还是个“妈宝男”，庄瑜搞不定他的妈妈，最终也就无法走到一起去；还有一位是美籍的爱尔兰人，同样不到四十岁，是同事的朋友，也是基金从业人员，在上海和纽约之间来回奔波，交往一段时间后，庄瑜发现对方在纽约也有不止一个女人，人倒不坏，但实在做不到钟情于自己，作为闽南人的庄瑜认为这样的男人实在不适合走入婚姻，于是也放弃了。

2018年，获得新加坡绿卡两年后的庄瑜换取了新加坡护照。她因工作频繁往来于两地，在新加坡也拥有了住房，并且当作主要居住地。

今年，当她前往市民中心办理户籍注销时，工作人员反复向她确认：“你确定吗？”

“确定。”庄瑜冷静地答道。

天使淑贞

“今天情人节，但是我从来没有过过。疫情之下，除了我们医护人员，大家都是重复着一样的生活吧，也没有什么新鲜事可以发朋友圈。我们聊一会天吧。”2月14日早晨，淑贞给我发来这么一条信息。

“好啊，聊聊吧。”到处都在隔离，我哪儿也去不了。

“你最近还在创作小说吗？”

“是啊，现在这种时候，最适合写写写了。”

“我给你讲讲我的事吧，也许能写成故事。”

淑贞是“白衣天使”，一名护士，今年30岁，单身，家住南汇。

她刚下夜班，正在公交车上，便和我聊了一路。

以下便是她讲述的，一个普通得不能再普通的单身女性故事。

提到我们“本地人”，大家的印象就是“拆二代”，家里至少有好几套房，没有生活压力。媒体上不是有很多这样的故事嘛：某某公司的保洁阿姨，某某小区的保安，手上好几套房子，每个月租金就好几万，上班纯粹是为了不让自己闲下来……

然而我却不是其中的一员，虽然也是“本地人”，却名下无房无车，父母也一套多余的房子都没有，只能给我提供一个房间。

相对于外地来沪的“人中龙凤”来说，我没有任何优势，甚至算得上“弱势群体”。不是吗？我家距离单位40公里，也想买套近点的房子啊，但是我连首付的钱都掏不出来，甚至加上父母的积蓄也不够。说到按揭，医院只能给我开月薪五千的收入证明，因为基本工资还没那么多呢，其余的都是按绩效奖金、夜班费、过节费、补贴的方式发放，一部分算科室收入，医院并不掌握。

如果乘公交上班，高峰期要两个小时以上，下班一个半小时。地铁通车后时间缩短了，也可控一些，但要换乘两次，步行一公里以上，一趟下来同样疲惫不堪。说到上班，我还没有熬到不用上夜班的资历。如果在外地，我的资历足以担任护士长了，但这是在上海，三甲医院的护士长岗位竞争激烈。成不了护士长，年过三十的护士也得轮夜班。这不，昨晚又是一个夜班……

我一边查对医嘱，一边还要背诵着那些管理规定：“护士条例”“十不准”“十不交接”。也许明天，也许后天，市卫健委就会来检查。

楼道里永远是惨白的冷色，以及浓烈的消毒水味道，不过比较起外面的湿漉漉来，还是室内稍微好受一些。上海的冬天淫雨霏霏，寒冷入骨。

夜班虽然辛苦，但相对白天还是有点空余时间的。只要没有遇到紧急抢救，执行医嘱、巡房、打点滴换药水的工作量就少很多。夜深人静，病房里鼾声四起，楼道里空空如也之时，就可以发发呆了。

我上了十年夜班，依照不成文的规矩，只要后续年轻人足够多，超过30岁的护士就可以不轮夜班了。既然不是什么规定，就有可操作空间，还得看护士长眼色。原来的护士长调走了，以自己的资历，即便竞聘不到护士长职位，也该有特殊待遇了吧？不过也难说，如果其他人上去了，就有可能给我穿小鞋。

十年夜班已经严重损害了我的容貌，即便不再值夜班，肌肤也恢复不了。嗨，还没结婚，没男朋友呢，就青春不再，长出了鱼尾纹，真是悲哀。

人们通常认为，从事教师或护士职业的女性结婚是最快的，因为工作稳定，教师能管着孩子的教育，护士可以照顾家庭；但没想过的是，老师们回到家，嗓子疼得一句话也不想讲了，而我们回到家，累得谁也不想服侍了，所有的好脾气，都给了病人，到家不发泄一下才怪呢。

这些年，各行各业的薪资大幅提升，只有护士的薪资还是那么低，地位反而不如从前，病人对我们大呼小叫，上级单位也总考核评审护士。最势利的还是有些病人家属，给医生送红包，给护士顶多送水果；他们有意见了不敢对医生说，只敢拿我们来撒气，真是怯懦、丑陋。所以我们都不愿意接受病人家属的小恩小惠，实在推脱不过，就放在护士站大家一起分享好了。唯一真正懂得尊重护士的反而是医生，因为他们要靠我们来实施治疗方案啊。

我又不是外企“白骨精”，美剧里的独立女性生活场景不适合我，这是在中国，从事着吃青春饭的职业，28岁之后就彻底是老姑娘了。可不是嘛，从前卫校毕业只有18，到28就工作满10年了，嫁不出去就彻底单身了。如今推行本科护士，毕业年龄推延到21～23岁，像我这样超过30不结婚的就成“老妖婆”了。

相比其他吃青春饭的职业，我的收入尚不及人家十分之一，却责任重大，“挣卖白菜的钱，操卖白粉的心”。护士是人人都赞美的天使，但什么好处都绕着我们走。我觉得，天使就是广场上的鸽子，白天是和平的象征、人类的理想，晚上就成了烤乳鸽。这个世界上很多话都得反着听，我已经习惯了，人家越捧着你，说明你对别人越有好处，这时便要小心，千万别吃亏了。

我是地道的上海人。可偏有人不这么看，因为我家在南汇，现在叫惠南镇。郊区人民被称为“本地人”，就是说，只有出生并生活在上海老城厢和老租界的移民后代，才能被称为真正的“上海人”，而原来江苏省松江府辖区内的所有“土著”居民，统统是“本地人”。

许多“本地人”因为拥有土地，在近二十年的造城运动中得到很大好处，可我家却一点儿好处也没捞着。我们家1960年代从乡村移居县城，成了“吃商品粮”的城里人，从而失去了土地。后来大规模的土地征用、拆迁和我家没什么关系。既不是“官二代”“富二代”，也没能成为“拆二代”，从小学习成绩也不好，只好读了卫校。和你们内陆地区八九十年代最优秀的初中生上小中专、卫校不同，到我这一代，只有成绩排名靠后的女生才去读护理。我毕业分配到医院时，赶上院里护士数量不足，又引进了大量来自内陆省份的本科护士，我的学历又落在下风了，只好赶紧考“专升本”。

说起来你们可能会不信，我几乎没离开过长三角，甚至没乘坐过飞机，我感觉自己虽然生活在大上海，却像是井底之蛙。难道这就是大隐隐于市？咳，算了吧，我可不是什么饱经沧桑的隐士，世界那么大，我还想去看看呢。说起外出旅行，特别是出国，一个人去可不成，总得有人陪着吧。我记忆中最早的一次旅行，是初中时的一次春游，学校组织大家去绍兴参观鲁迅故居。跑得最远的一次是参加肿瘤学会的护理分论坛，去北京，差旅还是老标准，火车24小时内可以抵达的不能乘坐飞机，这也是我唯一一次离开长三角。除此之外，我还去过无锡、苏州、嘉兴、杭州、宁波，跑亲戚顺带游玩。

我旅行少，除了单身原因外，还有单位的因素。医院里规定，任何人离开上海市域，哪怕是周末，也得向院里汇报。护士向护士长汇报，护士长向护理部汇报，医生向主任汇报，主任向院长汇报。原则上除了书面许可，任何人都必须在接到通知后2小时内赶回医院，手机必须24小时待机。不过现在有了高铁，有时候在外地，2小时也能赶回医院，也就是说，自己确保能赶回来的，实际操作中就不必汇报了。

既然一切好处都跟我没关系，我就想着安安心心工作、踏踏实实生活、稳稳当当结婚生孩子。可婚姻也是个“市场”，产品就是人，无论上海人、本地人，还是外地人，都会考虑对方的容貌、职业、收入、家庭背景这些“产品可用性”。我除了第一项还马马虎虎之外，没有其他优势。只是皮肤好，容貌和身材端正而已，没有什么特殊气质加持，三十岁一到就过期。在上海，漂亮的小姑娘比比皆是呢。

我不好交际，上的又是卫校，几乎接触不到什么男生，在校期间就没有恋爱过，毕业后接触到的异性无非是病人和医生，病人多数年纪大。医生似乎是理想的对象，电视剧不都是这样的情节吗？比如《心术》里，海清三十多岁了还能嫁给一个很帅而且很有前途的年轻医生，现实怎样呢？多数医生都不愿意娶护士，两个人都在医院忙，谁来照顾家庭呢？距离产生美，医生和护士走得太近，相互间看得太清楚了，反而很难走到一起来。而且，影视剧还忽略了一个事实：有成就的医生都四五十岁了，三十五岁以下的极少，有几个未婚呢？像我们这样的三甲医院，优秀医生真不少，但多数博士毕业前就被预订甚至结婚了，余下几个死活不结婚的，脾气还古怪得很。

提起年轻医生，我又想起上次提到的科研医生潘正大来了。

这家伙半年前开始献殷勤，平时送零食送水果，后来生日还送花，搞得全科室的人都以为我们在恋爱。然而，生活总是和你想象的不同。有一天，潘正大拿了一把抗凝管过来，要我帮忙给病人抽血，给一家基因公司提取科研样本。有的收费，有的免费，虽然收费的事情和我没有关系，但这事主任没提到过，护士长没交代，主治医生没下医嘱，医院里没规范。潘正大解释说，虽然卫生部还没有正式的医疗许可，但没说不能与企业开展科研合作，很多肿瘤科室都在做。

我明白了，这算外送检验，不走院方流程，他原来是有求于我啊。潘正大提前运作和我的关系，目的就是让我配合他的“工作”而已。实验做好了，科研成果是他们医生的。万一出了差错——医生不过被处分，大不了换个医院而已；护士的责任就大了，未经主治医生同意就擅自给病人抽血外送样本，出事后不但被开除，还会失去执业资格。他怎么不去找别人呢？唉，真傻，还以为他真的喜欢自己，搞得众人皆知，原来我在别人眼中又笨又好利用！我再也不搭理他了，除工作外不和他说一句话，即便是工作上的事，我也一定要问清楚："主任知道吗？知道的话，找主任签字。"

忽然27床亮灯了，呼叫护士站，我立即从思绪中跳转回来，赶往病房。

"护士，护士，好疼啊。"

"哪里疼？"

"腰上，肚子里，呃，还有胸口，骨头疼，好像全身都疼。"

"这是化疗，肯定会疼的。坚持一下，我联系医生，看看有没有止疼的办法。"

"他白天都吃不下东西呢，吃什么吐什么，怎么办啊？"陪夜的家属说道。

"嗯，这是正常反应，不用太担心。"我继续解释道。

27床病人的呻吟持续了一夜，在这个病区里属于常态。

进来这里的病人，有很大一部分就出不去了，即便出去，也支撑不了多久。肿瘤领域有个术语叫"五年生存期"，听起来就很让人绝望。从事医护工作，总以为自己能帮助到病人，到头来发现能做的太少。特别是中晚期病人，常规化疗太痛苦，靶向用药又不够成熟。质子重离子的精准化疗效果不错，还可以减轻病人痛苦，但不是一般家庭能承受的。

医生提出新的治疗方案，可能对病人有减轻痛苦的作用，对家属却是一种煎熬，上哪去找这么些钱呢？治疗下去负债累累，不治的话又说不过去。俗话说有一种病最难治，那就是"穷"。家属只好把怨气撒在医护人员头上，认为是我们想赚钱，所以才推荐这种又贵又不能保证治好的方案。

肿瘤科医生和病人家属交谈，往往不是提要求，如何配合治疗，而是在解释为何要这么做，希望能得到家属的理解。解释多了，病人和家属便“久病成医”。理解得好，就说医生医术高明，理解得不好，医生可能有预想不到的危险。

医院里能给人们带来希望和喜悦的似乎只有产科，新生命的诞生总是能冲淡人们对于疾病和死亡的恐惧。而肿瘤科室的病人来自全国，各种各样的悲情故事每天都在发生。

我父母比我更能了解世态炎凉，所以他们极力反对我找外地男友，从概率上说，外地生活水准一般要低于上海，“到时候七大姑八大姨都要麻烦你给她们挂号看病，三天两头来人，那还不烦死你？”

前几年有人给我介绍了一位“张江男”，老家是湖南的。其实人家挺聪明的，特别会安排事情，我们一起吃过两顿饭。第一次安排在静安寺的上海人家，环境好，本帮菜加粤菜，有面子有品质，价格相比同类餐厅来说也不贵。吃过饭后去久光、越洋百货、静安嘉里中心都挺方便的，楼下就是地铁。一回生，二回就熟了，第二次他就请我去吃湖南家乡菜，正大广场的望湘园，江景无敌还实惠，所以我就觉得“张江男”特别会过日子。之后还去过一次东方艺术中心看话剧，出来还可以在林荫道下散散步，还偷偷拉我的手。

可是很快被妈妈发现了。妈妈看到我连续几天回家都很晚，就问道：“科里福利这么好，天天聚餐？”还说我的气色看起来也好了不少，看来有情况，做妈的得问问。

我只好招了，“张江男”不但是外地人，还是个来自农村的

“凤凰男”。

妈妈立即来了脾气：“他有上海户口吗？什么都不了解，就敢跟他谈恋爱，你去过湖南的农村吗？你知道那是什么样的地方吗？连厕所都没有啊！你住过没卫生间的房子吗？！”几句话就把我问懵了。

我睡觉前，我妈悄悄地跑进来。这种情况已经好多年没有过了。

“实话跟妈妈讲，跟这个男的发展到什么程度了？”

“妈，现在哪还有人问这个的？我都多大了啊？”

“不行。你得说实话。就是二十六了也不能便宜乡下人。”

“就拉了拉手。”

“真的？”

“不信你查。”哎呀，说完我脸都红了。

“呃，还会脸红啊，我告诉你，明天就跟人家说清楚，我们不找外地人。你要记住，在上海，大家都很看重历史清白的哦。”

我就想：湖南农村到底是什么样子的呢？房子里没有卫生间，大家去哪上厕所呢？真是在田里？有意思，明天得问问去，不过话题好羞啊。哦，不对，明天都要跟人家说分手了，问什么乡下厕所啊？不是找不愉快嘛……

我正想着这些事呢，忽然感觉有人在靠近，猛一抬头，发现护士站台前站着一个五十多岁的男病人。

怎么没声音？吓死我了。虽然多数病人走路都没什么声音，病快快的，但这个病人脚步尤其轻，穿着白色病号服，从空无一人的过道上踱步过来，没有任何表情和多余的动作，就像一个幽灵。

“有什么事吗？”我只好故作镇定地问道。

对方目光呆滞，慢慢地摇了摇头。

“那回去休息吧。”

病人转过身，往另一侧的过道走去，重复着刚才的动作和木讷的表情。走到尽头后，他停住了，也不回头，像一尊雕塑，又似乎在沉思。过了几分钟，我再看时，那人已经转过身来，依旧站着不动，目视前方，依旧毫无表情。

“他不回自己病房？”我纳闷道，“又是一个失眠的人。”

我不再关注他，继续想自己的心事。

之前还有个男的和我交往过一阵子，家住普陀区，比嘉定的潘正大离市中心更近一些。他和我同龄，家境差不多，但痴迷于网络游戏，还有某本地论坛。不知为什么，他有空时，我便没空，我有空时，他也没来找过我啊。对话一般是这样的：

“今晚去丁香花园吃饭吧？那里有家粤菜馆，环境特别好。”

“不行呢，今天晚上8点才交班呢，交班还得半个小时到一个小时呢，根本赶不上。”

“那么明天呢？”

“明天我上夜班，晚上8点前要到科里……”

“要不我们周末去黄山吧？”

“不行，我不能跑那么远，我们医院要求，万一有紧急事件，必须在两个小时内能够赶回医院。”

“哦，那再说吧……”

显然，听起来都是因为我的工作太忙了，所以没约成。两个月了，我们还没见上几次面，即使见了也很匆匆，吃碗面就各自回家了。两家在这座城市拉了个对角线，相隔60公里以上，可以算得上异地恋了。对方似乎更喜欢在网上和我交流，就是在微信上你一言我一语的，省钱省时间，说的无非是些日常的话题，而且是我说一句，他就打很长一段文字，或者发来十几条留言。对于这个城市，对于生活细节，他总有很多想法要发表，比如早晨在地铁里碰到的不文明现象，昨天在公交车上看到个“奇葩”女人，还有今天新闻说退休年龄要推迟，诸如此类，都引发了他的长篇大论，而且写在论坛上。他和我交往后，他也开始观察起医疗行业来，说自己从新闻媒体中发现了一个有趣的现象，那就是的公立医院总是在谈盈利，而民营医院总是谈公益。还有，民营医院的标志是挂着两块牌子：一块是“医保定点单位”，另一块是“某某医院支部委员会”。

“你们这样的公立医院，绝不会挂这两块牌子，就像人天生有五官一样，根本不需要额外标识哪里是眼睛、鼻子、嘴巴、耳朵，声明自己是个正常人。”

我想了想，觉得还真有道理。

起初，我觉得这人还挺有生活情趣的，非常注重细节，将来一定很会照顾人，但时间长了，兴趣就递减了，因为这些关注点对我们两个似乎都没有实际的帮助。比如了解公立私立医院的差异，发表在论坛上与网友们互嘲，城市管理者又看不到，医护人员又不能由此而加薪，有什么用？还不如帮自己看看哪里有好吃的好玩的，有什么漂亮的衣服呢。后来，我终于对他的话题有点厌烦了，就想问问是什么样的论坛让他乐此不疲。链接打开一看，KDS（上海一民生论坛），是一个以上海人为主体的网络论坛，办得挺不错，话题也很丰富。我发现他每天发布的帖子或回应有数十条之多，话题里充满了“硬盘”“YP”“本地人”等地域歧视性用语，让我觉得有些心凉，原来在他的心目中，讨论这些话题比陪伴我还有趣啊？

他也许不需要一个女人，也许是我对他吸引力不够吧，无论如何，人家的关注点不是我，每天说那么多，他只不过在寻求一个稳定的支持者而已。“他对你有没有诚意，就看他为你花了多少钱啊。”我记起一个女朋友对自己说过的话，算了一下，两月来对方在我身上花的钱不超过五百元，还不如“张江男”的一顿饭钱呢，可以算算，上次吃……

此刻，我又隐隐觉得旁边有人，转身一看，“啊！”我吓得尖叫了起来，那个病人竟然出现在我身后。就在椅子后面，眼睛呆呆地盯着我面前的电脑屏幕，似乎在看什么，似乎也没有特意要看什么。应该有一会儿了，自己竟然没发现。

听见我的尖叫后，另外一位值班的实习护士赶了过来。附近几间病房鼾声停了，也匆匆地走出来几位病人，大家围过来看发生了什么。我说明原因，大家一起把这位呆滞的病人送回了病房，然后再聚拢过来安抚我，都说这病人大概是梦游了。

众人散去，我坐下来，心还在怦怦地跳。实习的小姐妹陪我说话，我也没心思，答非所问，一半是因为刚才的惊吓，一半是这小姐妹年龄太小，完全没法在业务之外的事情上跟她对话。

女孩说：“淑贞姐，你脸色发白啊。”

“嗯。”

“我那里有红糖，我给你冲点红糖水吧？”

“不用了。”

“淑贞姐，你先休息一下，我先去巡房啊。”

“还是我去吧，3床那个换药你还不能操作。”

“哦。”

“淑贞姐，吃鸭脖子不？”

…………

这女孩子一句一个“淑贞姐”，让我真觉得自己年龄好大了。仔细算了算，自己比人家大十岁呢，人家没管自己叫阿姨就不错了。

后半夜对于没有经验的人来说会更加难熬，年轻的实习护士困得直打哈欠，坐下来则会打盹。我知道，一般来说，只要没有急救，后半夜会更安静些。东方发白，曙光就在眼前。

七点了，天空已经完全亮了，雨也停了，走廊里走来了一个很精神很年轻的小伙子，刚从校园里走出来的感觉。原来是那小姑娘的男朋友，来接她下夜班，他手上拿着一束花。哎呀，今天是情人节啊！

“要是也有个男的能陪我上班就好了，接我下班也好，哪怕一次也行。”我心里想，我还从来没有享受过这样的待遇。我当年实习时，原本想叫父亲来接，可是看到别人都是男朋友来接，便打消了念头，我又不是小孩子。爸妈不喜欢去医院的，如果不是因为我在医院上班，最好永远不要进医院，似乎这样就能保持健康长寿。想到这，我感到了凄凉。

回家路上，我没有乘坐地铁，因为不赶时间。就乘坐沪南线吧，省得倒换线路了，由于疫情影响，早高峰的路上也空荡荡的。这条路平时是最为拥堵的，我经常会因为自己恰好逆向躲过早高峰而感到一点点小幸运："原来上夜班也是有好处的。"

车上有暖气，一路上晃晃悠悠的，像是温暖的摇篮，平日里我会打个瞌睡，但是一阵暖一阵凉地循环反复，一会儿在梦里，一会儿又回到现实中，总觉得什么地方不踏实。今天可是情人节，我彻底睡不着了，因为心里难受，我拿着手机，和我的好姐妹聊聊……

到惠南镇后，我下了车，往家的方向走去。园林工人们在修剪路边的梧桐树，那些树光秃秃的，像是刚截肢的病人，但是整齐划一，关键是不再有触碰高压线的危险。太阳出来了，晒在我后背上，很舒服，继续和她聊天："不就没有男朋友吗？其他一切都还好啊，在这暖阳里，钻进被子里去，踏踏实实地做一个白日梦，也不错……"

并蒂莲

在我认识的女性朋友中，周氏姐妹最为独特，姐妹俩人一直单身，妹妹今年也过四十了，她说，自己有个中学女同学马上要做外婆了。

姐妹俩出生在江西临川，当地孩子们有提前一两年入学和跳级的传统，所以上大学时通常要比同班同学小一两岁以上。她们家是乡镇居民，半农半商，不过临川作为著名才子之乡，读书氛围浓郁，周父给两个女儿分别起名：诚静、爱莲，以示对祖上名人周敦颐的敬重。两个女儿也相当争气，先后考上了名牌大学。现在，姐姐周诚静是大学教授，妹妹是外企的职员。

姐姐先在广州上本科，后来去北京完成了硕博连读，随后来到上海一所211高校任教。妹妹则是大学毕业后直接来上海落户，比姐姐还要早两年。姐姐诚静当初之所以选广州，因为它是1990年代国内最繁华前卫的都市，离家也不算太远。读研时，她还是理智地选择了北京，"每一片琉璃瓦都反射着文化光芒"，在文史哲方面拥有众多"学术权威"。对于工作地，她折中选择，上海气候条件和家乡差不多，既有南方的繁华，又有浓郁的文化氛围。

姐妹俩的性格如辣椒一般，这也是长江中游流域女孩们的典型特征。说到容貌：妹妹爱莲只能算一般，因为牙齿有些往外凸；而姐姐诚静尚可，没有牙齿问题，嘴也小小的。

姐妹之间感情不错，年龄相差三岁，未成年时在老家“同居”到十几岁，成年后在上海也“同居”了十多年。女孩们长期生活在一起，一些行为模式会趋同，甚至生理周期都会同步，何况同胞姐妹？姐妹俩为什么都单身呢？她们长期在一起生活，究竟是单身的结果还是原因呢？姐妹俩自己也闹不清楚。

“老妹，老妈说我们单身的原因就一个：两个女人成天待在一起，连这种天涯海角的地方都不是和男朋友来。”这是某天早晨，诚静起床后的第一句话。

“你叫我来的哦，从小到大不都跟着你？你不要我来，才不跟着呢。”

“Jack Ma（杰克·马）多久没联系你了？”

“一个多月了吧。应该不会再联系我了。”

“这人怎么回事？还真以为他是马云啊？！”

“人家四十一枝花，谁还找同龄人呢？”

“他可有个女儿，年轻女孩子要嫌弃他的。你毕竟还是没结过婚的女人，历史清白，皮肤又好。”

“什么历史清白，呵，年龄才是硬道理。”

…………

这是姐妹俩的周末旅行，她们来到了嵊山岛。入住的民宿叫做“呼啸山庄”，坐落在“东崖绝壁”旁的一个半山腰上。

太平洋的季风从各个方向吹来，这幢矗立于山坡拐角处的石屋常年风声不止，作为“Wuthering Heights”的中文译名，“呼啸山庄”用在这所房子上是极为确切的，虽然它的命名不符合中国风水传统，这房子与小说中的庄园也没有任何联系。这里原本是一个废弃的村落，近年来旅游业兴起，于是这些背山面海的石屋又被改造成了民宿。

她们是昨天下午到的，住在二楼西南角的一间海景房，南面是“东崖绝壁”，西面是号称“海上牧场”的养殖基地和枸杞岛。民宿老板说，如果是台风天，穿堂风就会把房间里一切可移动的东西都抛出窗外，像她们这么瘦的小姑娘肯定不能幸免。不过此时海波不惊，阳光明媚，她们待在房间里既可享受壮美无边的海景，又无日晒之虞，且听风吟如歌。

俩人梳洗后下楼吃早餐。民宿主人是个五十多岁的高大男子，一看当下只有姐妹两个，又上来搭话：

“小姑娘，你们住上海哪个区？”

脱离实际年龄的称呼，会让人有种回光返照的悲凉，仿佛把秋天伪装成春天，虽然阳光和温度类似，可空气中的味道怎么也回不去了。妹妹的心态要年轻一些，自己未婚未育，不是“小姑娘”是什么？

于是爱莲答道：“徐汇。”

“徐家汇好地方啊。我有个妹妹就住田林十二村。”

“田林十二村名气很大啊，智慧社区，离我们家很近。”

“她在那边住了三十年了。”

…………

姐妹俩一起旅行，是最为保险的体验。她们生活在一起的时间加起来有三十多年，比当下多数夫妻都要长。和父母一起旅行会有巨大的代沟，特别是消费观念上的差异。与异性旅行则可能会有情绪上的起伏，以及交流上的潜在冲突。姐妹之间的沟通是极为简便的，姐姐做好安排，妹妹不会反对，妹妹如有新建议，姐姐也都采纳。她们作息时间一致，饭菜的口味一致，旅途中的分工也极为自然，甚至十多年来，从未讨论过哪一笔消费该由谁来支付这种问题，是一种“左手握右手”的姐妹关系。

早餐后，她们来到“东崖绝壁”，除了护栏、台阶和一座灯塔之外，这里完全是一处自然景观。诚静想起了墨尔本附近的“十二门徒石”：

那是她即将年满30岁的前几个月，应“校友”陈世龙的邀请来到了墨尔本，就住在“十二门徒石”附近的酒店里。说是校友，其实更像网友，他们之间的通信工具是QQ，之前总共只见过两次面，都是陈世龙回国的时候来看她的。

1999年，一个5位数的QQ号加她好友，好奇之下闲聊起来，才发现对方竟然是校友，大她两岁，不过已经移民澳洲了，这人便是陈世龙。网上的陈世龙代表了另一个世界，诚静把生活中的不满都讲给他听，而陈世龙则讲述自己在澳洲的工作如何不如意。对于诚静来说，现实当中的男人缺点太多，完全不足以俘获她的芳心，而网络会掩盖一切现实问题，他们开始网恋。

2001年底，陈世龙第一次回国来看诚静。诚静这时正读博，同宿舍的女生已经结婚了，所以经常不在，陈世龙就想着直接住进来。不过诚静坚决不同意，让他去住小旅馆，因为他真人和想象的有差异，声音也不太好听。

他离开北京前，周诚静勉强能接受他“和衣而卧”躺在自己床上了。对于陈世龙来说，网络恋情落到现实中，没有“见光死”就相当不错了。

诚静平日里有一种冷冷的傲气，才华和履历不如自己的男人不敢轻易尝试，而配得上自己的往往又被其他女孩子绑定成男友了。她终日里忙，查资料，写论文，上课，完全没有时间接触外人。她也不是没有“桃花运”，但常常遇见“烂桃花”，比如有次参加学术会议，某大学教授就多次暗示她，如果愿意，自己可以在学术上提携她，或安排她去他的研究所工作。诚静看到他秃秃的、油油的头顶就觉着恶心。

忙可以治愈一切情绪。2003年，诚静博士毕业后在高校任教，为了职称，得写论文，所以又持续地忙着。学校分配了一间宿舍，诚静便让妹妹搬来同住，上海房租贵，让她一人在外面租房住多不合算。这年，陈世龙又一次回国来看诚静，再次被拒门外，他提出了抗议。

直到2005年的冬天，陈世龙邀请她去墨尔本体验南半球的夏天。于是，他们在大洋路边的一间度假酒店住了下来，诚静下了决心，在三十周岁生日前把自己交了出去。

可是没过几天，她发现陈世龙早就结婚了，他的妻子正带着孩子去纽约的亲戚家过白色圣诞节呢。她中断了旅行，回到了上海。

不过，后来陈世龙又来找过她……

“打搅一下，能帮我拍张照吗？”一个好听的男中音，把诚静从“十二门徒石”拉回到“东崖绝壁”。她转过头去，见一男子递上来手机，妹妹迎了上去，接过手机给他拍照。

诚静看这男子挺顺眼的，个子适中，不胖不瘦，30多岁，眼中透着含蓄。结束后，男子说道：“我昨天中午在船上看见你们了。今天不回上海吧？”

“不，我们明天回去。”妹妹回道。

“哦，我们还是同一班船。”男子道，他向姐妹俩挥手告别，回到自己那一群人中去了。

随后她们去“绿野仙踪”，也被称为“无人村”：1990年代，由于码头不能满足新型渔船停靠的需要，村民陆续搬走，最后小学并校，剩下的村民也搬到镇上去，村落便废弃了。人类消失后，爬山虎占据了每一栋石屋，形成了“后人类时代”的自然景观。村落唯一的陆路通道在山顶，往下走都是石阶，石阶到底便是海湾。

有一些背着单反相机的老年人正在村里四处拍照。他们发现姐妹俩的裙子和绿色爬山虎形成了鲜明的色彩对比，于是热情地邀请她们作为模特拍几张照片。爱莲对于老头们的镜头并不抗拒，但诚静有些抵触，她想起当年那个打她主意的油腻教授来了。她躲进一个小院落去买饮料，坐下来等妹妹。这里是村里唯一遗留的商店兼餐馆。

坐下后才发现，之前在“东崖绝壁”遇到的男青年和他的同伴们也在这个院子里休息。男子也注意到了她，便招呼道：

“这个岛好小啊！”

“对呀，来来回回还都是这些游客。”诚静笑着说。

男子把椅子搬过来，靠近她说话。团队中其他人都在这次旅行中陆续结成了对，只有年纪稍长些的他落了单。他是做建筑设计的，平时比较安静，喜欢看看书，这个旅行地点也是他提议的。诚静觉得他是特意向她们靠近的。

“你妹妹比你更好动啊。”

“看她高兴的，哎哟，一群老头子围着给她拍照，有这么开心吗？咳，真是的。”诚静注意到对方用的是“好动”而不是“活泼”，这两个词的含义可不一样。

“你是大学老师吗？”

“好厉害！怎么猜到的？”诚静惊奇地说道。

“从事一项工作久了，自然带着职业的气质，我们上大学时见的最多的就是老师，所以不难猜啊。”

“是不是太老了，一看就像老师？现在装不了嫩，呵呵……”诚静竟然脸红了起来。

“哪里话？！你和我一个同学很像，昨天在轮船上我就一直看着你，还以为是她呢。”

“怎么可能？我比你们大很多好吧……”

此时妹妹也走进来，诚静便打住了话题，递给她另外一瓶刚买的盐汽水。不想爱莲却把汽水递给那男子：“劳驾，帅哥帮拧下瓶盖，谢谢！”最后一个“谢”字拉得老长，男子接过汽水，麻利地拧开后递给她，回以礼貌的微笑。

诚静问妹妹道：“他们会把照片发给你吗？”

“唉，我才不要呢，懒得留联系方式，客串一下就好。”妹妹继续兴奋地说道，“那些老头好像还真是你们学校的退休教师呢。”

三人继续闲聊，男子名叫余远航，单身。他的同伴们要去沙滩，但他决意留下来与姐妹俩同行。三人简单地吃过午饭，继续在这里喝茶聊天，直到下午三四点。诚静发现她们忘了买土特产的事了，便决定赶紧出发去镇上买东西，然后再去“山海奇观”看日落，最后赶回住处去吃饭，她觉得民宿的餐厅比镇上好。她一向是严格按计划行事的。余远航没什么主意，便跟着一起行动。

这个安排并不好。在鱼市场里兜兜转转花了很多时间，眼看太阳就要落下去了，三人才匆匆赶到“山海奇观”，余远航帮姐妹俩拎着几大袋鱼干跟在后面，气喘吁吁地爬上了那块巨石，然后又匆匆忙忙放下这些东西给她们拍照。

天黑后，诚静又想着赶回住处的话就过饭点了，还是选择在镇上吃饭，于是余远航又拎着那些大包小袋回到了鱼市场。诚静看他劳累，过意不去，中午又是他请的客，执意晚上做东，余远航拗她不过，只好将就。点菜时就犯了难，姐妹俩是要吃海鲜的，但余远航又不忍心让她们多花钱，好不容易才达到一个平衡点。吃着吃着，余远航还是觉得不对，悄悄把账结了。诚静最后才发现，忙说“谢谢，今天有劳了”。

于是原计划的海鲜大餐便被他们的客气给消耗没了。余远航为没能表现出自己的诚意而尴尬，姐妹俩为没吃上大餐又欠人情而懊悔，出现这种结局并不奇怪，不擅于人情世故的人都会碰到。姐妹俩没配合好，让绅士风度没有充分发挥的机会：诚静为什么要请客呢？过于独立和对等恰恰是绅士风范的大敌。

余远航护送姐妹俩回到“呼啸山庄”，并约好明天中午来接她们去码头。进了房间，妹妹叹了一大口气，躺在床上说：“唉，还是你先洗澡吧。”诚静顿觉今天又抢了妹妹的风头，怕她不高兴，自己记得明天让着她点。想归想，这么些年来，姐姐的风头都盖过了妹妹，虽然同样没什么结果。妹妹虽然比姐姐年轻三岁，对四十岁以上的人来说，这三岁可以忽略不计。姐妹俩都不胖，但爱莲个子比姐姐矮一些，身材不如姐姐好。姐姐学历高，在欧美呆过两年，经历也比她多一些，自然更懂风情。姐妹俩在一起时，姐姐占上风也是理所应当的，爱莲这么多年来也习惯了，毕竟从小到大，也是姐姐“罩着”自己的。

诚静对于妹妹的愧疚和补偿也是有的，比如一起买房的时候让她少出点钱，月供也是，还有平时的花销。为了买第二套房，姐姐直接把自己的名字在第一套房子上去除了名字，这些都不用妹妹操心。姐妹俩在一起生活，收入和财产上的分割，跟夫妻差不多，诚静承担了一家之主的角色。

但也有她操心不到的地方，比如她一直搞不懂妹妹的情感状态，似乎从来就没有过稳定的男朋友，莫非她比自己当年还保守？不会真的还是老处女吧？嗨！管她呢，谁管这事呢？还是找机会给她介绍个男朋友吧。不过当下也没什么人选，嗯，上一次？应该是十年前的事了，追求自己的人，大多也都认识妹妹的，诚静便鼓励他们去追妹妹。不过，这种鼓励有点像生日蛋糕，虽然分给别人吃，过生日的终究是自己，男人们即便和妹妹交往，话题终归还是姐姐，这种“机会”终究没有结果。

就说眼下吧，姐姐跟妹妹争什么呢？余远航的意图还不太明确，一个三十多岁长得还不错，有正当职业的单身男子，会娶四十多岁的女子吗？虽说够不上“钻石王老五”的身价，但对于三十岁以上没什么家庭背景的女子来说，也算得上是抢手货了。生活不是演电影，女权主义也不能当饭吃，现实就是，这类男人几乎不会考虑和年长于自己的女子结婚。那么就是玩玩啰？玩玩也和妹妹抢？这么些年，她只是玩玩的也比妹妹多啊，从陈世龙开始算，应该有七八个了。自己的第一届学生江北，在美国做访问学者期间遇到的Wilson（威尔逊）教授，在英国期间的通信工程师Alexander，学校里唯唯诺诺的韩湘渝老师，社保局的赵颂……其中赵颂是官二代；韩湘渝没胆量和老婆离婚；Alexander好像有多国血统，俄罗斯移民，长得特别帅，缺点就是理工男一根筋，没情趣；Wilson太老了；与江北是姐弟恋，太冲动……所以都没结局。

诚静冲完澡出来，发现妹妹已经趴在床上睡着了，真是个没心没肺的女人啊！这样的心态既好也不好，好处是会忘却很多烦恼，坏处是容易上当。不过她人长得不够好看，又没余钱，这么多年跟着姐姐过，不会像“傻白甜”一样被骗得那么惨。她的烦恼无非是识别不了男人的礼貌与爱恋之间的差异。

好不容易叫醒了妹妹去洗澡，诚静一边站在窗口吹风，一边用浴巾擦干头发。外面只有风声，小岛的夜晚漆黑一片，远处漂浮的渔船亮着一两盏灯。

这时外面有人敲门，谁呢？难道是余远航？晚上寂寞来找我们聊天吗？打开门，原来是民宿的老板送水来了，拎着两个玻璃瓶，站在门口说：“昨天忘了，水龙头里的水是海水净化来的，洗漱可以，但没法喝，瓶子里是山泉水，要是不够喝，再打我手机，随时送过来。”老板皮肤黝黑粗糙，又离这么近，显得比白天时更高大威猛。诚静下意识地整理了浴袍的胸襟，说了声“谢谢”。

关上门后开始烧水，妹妹从浴室里跑出来问是谁？身上湿漉漉的，诚静在妹妹身上看到了自己的样子：皮肤蛮好，还跟少女一样白嫩；腰也挺细的；腿不够长，胸也不够大，但屁股却很大，不成比例。诚静把衣柜里另一件浴袍递给她，说是房东送水来了。妹妹说道：“我还以为是余远航呢。啊？！我说今早的水怎么有咸味呢？原来是忘了给我们饮用水。”

诚静坐在书桌前，打开一本法学论文集。法学是她的第二专业，早在本科期间，她就通过了司法考试，拿到律师资格证书，所以这么多年来，一直有挂靠律所的，只不过从来没有接过实际的业务。和一般人旅行时读游记、散文不同，诚静有着异于常人的定力，不管和谁一起旅行，她总能啃得下那些大部头学术著作。妹妹把电视打开，调到静音，让它随意播放画面，一边躺在床头刷微信、微博。

午夜，妹妹睡了，诚静的手机振动了几下，她坚持着把一篇论文看完，然后才打开手机屏幕，是余远航发来的两条信息：

“睡了吗？”“明早去看日出不？”

她没回信息。到日出只剩四五个小时，她不想早起，傍晚刚刚看过日落，日出能有多大区别呢？浪漫的年纪已经过了。她曾多次在跨国航班上看到过日出，那是迫不得已。不过余远航愿意约自己，她还是开心的。

凌晨两点，阅读告一段落，诚静躺下休息。照例她要回顾往事，然后很快入睡。关灯后，海浪声似乎更大了，不过有节律的自然声响不影响睡眠。闭上眼睛，她便回到了夏威夷，她和Wilson度暑假的地方，岛屿有一种和大陆不同的特殊气息，无法描述，却让人轻松。

那家酒店只有一层，八角形的房间囊括了客厅、厨卫，落地窗连着阳台，阳台连着沙滩，沙滩连着大海。远处是依然喧闹的BBQ，入夜后，酒店的景观灯全部开启了，射灯从地板照向天花板，将家具和窗帘都映衬成米黄色……

那时的生活像是在山顶，在学校已站住脚跟，后顾无忧，情感上虽然还没有归宿，但眼下有人陪伴，还算不错。关键是年纪正好，三十多岁，身体各项机能勃发，不再青涩含蓄，像盛开的花朵一般毫无保留地散发出女人的魅力。二十多岁时自己还未成为真正的女人，很多问题也没想清楚，经历了职称评定、访问学者、购房之后，她觉得整个世界都为自己张开了。

可好景不长，欧美的两年访问学者生活结束，回国后很快就直奔四十岁了。四十过后，心态完全变了，人生的下半程正式启幕，就像巨石从山巅滚落一般迅雷不及掩耳。眼角有了鱼尾纹，眼睑也耷拉下来，脸上胶原蛋白少了，苹果肌明显松弛，总之，自己越来越像二十年前的母亲。

…………

天亮了，诚静还想再睡一会儿，转过身去抱“Wilson”，感觉不对，睁开眼发现是妹妹，她才意识到这不是在夏威夷。海浪声有点吵，诚静把另外一个枕头压在脑门上继续睡。

再次醒来，十点多了。洗漱后，她给余远航回了信息：

“抱歉，昨晚睡了，你去看日出了？”

“没呢，你不去，太阳也不起床。”信息回得很快。

“逗小姑娘呢？”诚静心里想，不过还是给他回了一句，“昨天你辛苦了，睡个回笼觉吧。”

早餐时，店老板继续跟妹妹聊天，诚静听到大叔加妹妹微信号那一瞬间，她感到一阵悲凉，怎么沦落到这步田地了？连搭讪的人都变成五十多岁的乡下大叔了。其实，Wilson当年也是五十多岁，但感觉不一样，伊斯特伍德在《廊桥遗梦》里都六十五了呢。

早餐后她们就在“呼啸山庄”的花园里散步，这里有摇椅、吊篮，是简化版的“半山半岛”。中午时分，余远航包了一辆出租车来接她们。退房后，房东大叔送给她们一些鱿鱼丝和鱼干作为礼物，并且说以后要来上海看她们。

黄色的出租车沿着海岸行进，窗外一阵阵海腥味扑面而来。穿过嵊山镇和跨海大桥，来到了枸杞岛，山道弯弯曲曲，路过好几个沙滩，又翻过两座山梁，终于抵达最西边的干斜码头，这里和“东崖绝壁”正好拉了个对角。

轮船启动后，他们来到后甲板上，爱莲问道：“海鸥为什么要跟着我们？”

“可能因为气流吧，跟在后面飞比较轻松。”余远航回答道。

“一方面是气流，另外一方面是因为食物。水花会让很多鱼游到水面上来换气，海鸥趁机捕鱼。”诚静又补充道，“还有水汽，船尾的空气湿润。”

姐姐的专业补充让这个男人的回答相形见绌。

姐姐有些疲惫，进舱内休息。妹妹说想再看一会儿海鸥，余远航陪着妹妹待了一分钟不到，又进去陪姐姐了。对于妹妹爱莲来说，这相当于一个小测验，检测余远航在乎姐姐还是自己，她预想的答案也是姐姐，可最终证实时，她还是有些不愉快。但很快她就习惯性地忘了，十多年来，但凡此类场景，不都是姐姐占上风吗？

对于诚静来说，四十岁之前的旅行是猎奇，之后的旅行纯属度假，地球上没什么风景是非看不可的，她已经审美疲劳了。船舱里游客来来往往，加上机器的轰鸣声透过几层甲板传了过来，她闭着眼睛却并没法睡着：

她想起了江北，她的第一届学生，年龄和余远航差不多，但她对江北的记忆还停留在十几年前。江北对自己很痴迷，常来宿舍讨教问题。诚静认为姐弟恋不会有结局，对方父母绝不会接受，所以从未答应过他，偶尔一两次因为感动而拥抱，过后她也总结为空虚。大四时，江北开始明目张胆地追求老师，直到那年夏天的一个中午。

江北在门外等了很久，门开了，诚静正在整理头发，里面还有一个光着上身的男人，汗涔涔的，像是刚锻炼回来的，原来是陈世龙回国了。江北说打搅了，此后就再也没有来过。

陈世龙也倍感压力，觉得责任重大，虽然自己不这么认为。事实上，他的若即若离对诚静确实产生了很大影响，她大龄单身至少一半是因为他。后来陈世龙也逐渐淡出了，偶尔在线上打个招呼，再后来，QQ弃用，谁也没有主动加过微信号。

江北前几年被一个比他还要小十岁的九零后女孩“收”走了。那女孩个子小小，“刁钻古怪”，对于江北这样木讷的男人来说正好。

余远航与江北比起来，似乎要世故很多……

她这么想着，睁开眼去看他在不，发现余远航正递过来一听可乐，原来他竟然一直在关注着自己，好尴尬。冰镇可乐对于迷迷糊糊的人来说真是太激爽了，里面的碳酸也能给人带来好心情。

汽笛声响，轮船停靠在沈家湾码头，游客们带着满足和疲惫登岸。余远航与姐妹俩挥手告别，回归到原来的同事队伍中，姐妹俩也上了开往南浦大桥的大巴，旅行结束了。

第二天一早，诚静收到余远航发来的信息：“晚上有空不？我们去逛上海书展吧，明天要结束了。”

“抱歉！这两天都没空，我要备课，还有一篇论文没完结。”

“好的，改天。”

她放下手机去洗漱，妹妹的手机遗落在洗手台上，突然有条信息出现在屏幕上，也是余远航的：“今晚有空不？古北有家新开的日料店，听说口感不错，我们去体验一下？”

诚静回到房间，把余远航从联系人中删除，念道：“又是一枝烂桃花。”然后开始写论文，心无微澜。